三國奇變
戰略篇
卷
3
三國美女

目錄

第一章

無毒不丈夫

董卓笑道：「無毒不丈夫，成大事者，至親亦可殺！只要我做上涼州刺史，就會派人好好照顧你的宗族，這樣一來，你也可以安心地在朝中為官，等到我入朝之後，我會把你的宗族全部帶到洛陽去，讓你們好好的團聚。」

之後的半個月時間內，皇甫嵩親率大軍前往榆中，接受了韓遂的投降，並且讓他暫為金城太守，撫恤投降的叛軍。

除了隴西、武都兩地是董卓、鮑鴻打下來的，其餘涼州各地的郡縣都在高飛制定的招撫策略中投降，整個涼州的叛亂在十二月初三的時候全部被平定。

隨後皇甫嵩接管了涼州的一切，並且上疏表彰，以功勞的大小奏請朝廷封賞。

半個月後，朝廷聖旨頒下：皇甫嵩因功勞晉封司空，以涼州刺史身分率兵屯駐漢陽郡；高飛轉為羽林中郎將，原都鄉侯的爵位改封為忠勇侯；董卓晉封前將軍，斄鄉侯，率部屯駐隴西；孫堅被任命為長沙太守，封烏程侯；曹操轉為虎賁中郎將，封忠義侯；袁術為將作大匠，劉表為大鴻臚，鮑鴻因為在進攻羌人的過程中部眾受損嚴重，功勞相抵，奉命率部屯陳倉。周慎被列入殉國的名單中，追封關內侯，賞千金，其餘平叛的將校一律官升一級。

當聖旨頒布之後，眾人在皇甫嵩的帶領下一起拜謝皇恩，有的人滿意，有的人不滿意。

當傳旨太監走了以後，袁術第一個站了起來，哼了聲，罵道：「一個蓋房子的將作大匠有什麼好當的，我來平定涼州叛亂，就算沒有功勞也有苦勞吧，居然把我的兵權給卸下了，哼！」

劉表倒是歡喜，大鴻臚是九卿之一，他的臉上洋溢著一番笑容，聽到袁術的抱怨，便大聲喊道：「袁公路，你就知足吧，將作大匠好歹也是兩千石的高官了，你帶兵打仗又不行，要那兵權有什麼用？」

「劉景升，你別得了便宜還賣乖，咱們以後走著瞧！」袁術當下快快地的離開了大廳。

劉表隨後也告退了，皇甫嵩本來就和部下不怎麼待見，這次得到了三公之一的司空官職，又兼任涼州刺史，也算是名動朝野的人物了，他心裡高興，拿了聖旨之後，便退出了大廳。

剩下的這些人中，就數董卓最開心了，前將軍可是一個高官了，在常設的將軍中，第一大將軍，第二驃騎將軍，第三車騎將軍，第四衛將軍，第五前將軍，做到將軍職位中的第五個高官，他能不開心嘛。

不過，董卓確實功不可沒，帶著軍隊去攻打先零羌、白馬羌、參狼羌，部下的三千士兵居然一個都沒少，也平息了三種羌人對大漢的反叛。

董卓一個人在大廳裡哈哈大笑了起來，每走過一個人，便拍拍別人的肩膀，同時道上一聲「好好幹」，唯獨走到高飛身邊的時候，卻趁人不注意，塞給高飛一個字條，並且使了個眼色，之後便離開了大廳。

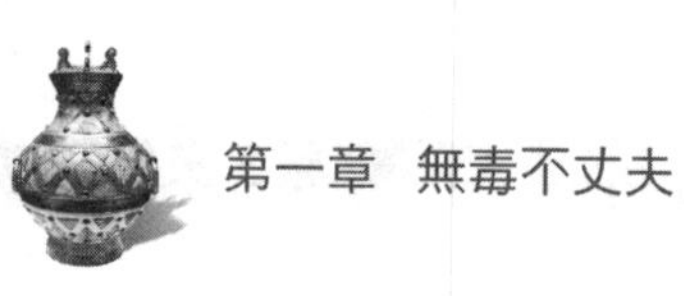

高飛、曹操、孫堅三人最為鬱悶，拼死拼活弄的，卻只弄了個中間值的官，雖然都封了列侯，可三人都不滿意。

孫堅不但丟了中郎將的職務，還被外放到了長沙當太守，此時是一臉的悲憤，對高飛、曹操道：「孟德、子羽，你說這朝廷還有公道嗎？咱們拼死拼活的在前線打仗，結果卻換來了這樣的封賞，我心不甘啊。」

高飛冷笑道：「這個爛朝廷，我算是看透了。」

曹操聽後，沒有說話，和孫堅都看著高飛，對於高飛的大膽，真是無可挑剔。罵朝廷爛，那不就是等於罵當今的皇帝爛嗎，可是三個人心照不宣，對朝廷確實有點傷心，誰也沒有捅破這層窗戶紙。

「以後大家就要分開了，文台兄遠在荊南（荊州南部），我雖和子羽在朝當中郎將，但是一進京師就會有太多的顧慮，恐怕不會再有現在的逍遙自在了，以後也不知道大家幾時能見面呢。」曹操嘆了一口氣。

孫堅道：「二位賢弟都在京畿，都是宿衛皇宮的中郎將，見面是早晚的事，可我就不同了，我遠在荊南，路途遙遠，要想見二位賢弟一面，真不知道會等到哪年哪月了。但願我們兄弟三人以後情誼不散，見面的時候還能彼此敘舊。」

高飛將董卓給的字條悄悄地塞進衣服裡，朝孫堅、曹操拱手道：「今朝有酒今朝醉，我們應該珍惜現在的日子，彼此開懷暢飲才對，二位哥哥，今日我做東，咱們喝酒去。」

「好！」曹操、孫堅齊聲歡喜地叫道。

冬夜，殘月如鉤，清寒的月光撫過萬里河山。

榆中城外的軍營中，一面飄著「董」字的大旗正在夜空中飄舞。大旗下面，相距不過三百米遠的營帳中，董卓正獨自一人靜坐在一張蒲團上，面前是擺好的美酒和烤肉，他的目光中露著一股森寒，足以讓所有的人為之害怕。

不多時，門外的守衛朗聲稟報道：「啟稟將軍，高將軍到了！」

董卓那森寒的目光轉瞬即逝，銳利的眸子裡透著一分希冀，只淡淡地說了一聲「終於來了」，便站了起來，大踏步地朝帳外走去。

掀開大帳的捲簾，董卓看到高飛穿著一身勁裝筆直地站在帳外，急忙上前拉住了高飛的手，一臉笑意地將高飛帶進了營帳，並且對帳外的人吩咐道：「沒有我的命令，誰也不准進來，違令者斬！」

高飛跟隨著董卓進了大帳，董卓白天給他的字條上寫著「今夜子時，君來吾營，有要事相商」這些字，他準備了一番之後，便如約在子時來到董卓的大

營中。

董卓、高飛對面而坐，高飛首先拱手道：「不知董大人喚我來所為何事？」

董卓一臉的嬉笑，親自給高飛倒了一碗酒，緩緩地道：「如今涼州叛亂已定，朝廷也頒布了獎賞，我受封為前將軍，率部駐守隴西，而你受詔為羽林中郎將，要進京宿衛皇宮，從此以後，你我二人就要天各一方了，出於朋友以及盟友之間的情誼，我自當宴請你一番。」

「董大人不是說有要事相商嗎？」高飛開門見山地問道。

董卓嘿嘿笑了笑，臉上露出一絲狡黠，喝了一口小酒，道：「子羽老弟倒是真性急，那我也就不拐彎抹角了，老弟還曾記得我們之間的約定嗎？」

「記得，你我二人聯手，要把整個涼州牢牢的掌控在我們的手中。」

「嗯，如今你入京為羽林中郎將，我現在是前將軍，正好是一內一外。皇甫嵩雖然受封為司空，還兼任涼州刺史，但是他的這個涼州刺史做不長，皇甫嵩之前得罪過十常侍之一的趙忠，趙忠是絕對不會讓皇甫嵩得勢的。一旦朝廷解除了皇甫嵩的涼州刺史之職，那朝廷方面就必須找尋另外一個有威望的人來擔任涼州刺史，這個職位就非我莫屬。但是為了防止意外出現，我需要你在朝中幫襯一下。」

「要怎麼樣幫襯，還請董大人明言。」高飛知道了董卓如意算盤的打法，便順水推舟問道。

董卓道：「很簡單，你身為羽林中郎將，宿衛皇宮，掌管四百羽林郎，會經常遇到十常侍，你只需向十常侍多多獻媚，博得他們對你的信任，趁機向張讓、趙忠為我求得涼州刺史一職，那涼州就會掌控在我們的手中。至於錢財方面嘛，你不用擔心，我會給足你在朝廷中所需要的一切花費。事成之後，**我就在涼州暗中招兵買馬，你在朝為內應，我以清君側為名，從涼州發兵，咱們裡應外合，必然能夠將十常侍徹底根除，到時候朝廷還不是在我們的掌控當中嗎？**」

高飛聽完以後，微微地笑了笑，心中暗道：「**一旦你成功控制了朝廷，恐怕我也活不成了，你這種人我最清楚了，過河就拆橋，又怎麼會容得下我在你眼皮子底下晃悠？我幫你就等於害了我自己……**不過，我可以先答應下來，你既然給錢，那我何不借花獻佛，為自己謀取出路呢？」

想到這裡，高飛隨即說道：「董大人的計策真是天下無雙，但是董大人似乎忽略了一個人。」

董卓的笑容突然煙消雲散，急忙問道：「誰？」

「大將軍何進！」高飛朗聲道：「董大人別忘記了，他可是掌控天下兵馬的

大將軍，就算董大人以清君側為名從涼州起兵，沒有陛下的聖旨和大將軍的調令，董大人擅行此舉，豈不是成了謀逆嗎？」

「咱們都是明白人，就不用說糊塗話了，**你難道真的願意就這樣死心塌地的為一個昏主打天下？**先是黃巾之亂，現在是涼州之亂，而且我已經接到密報，幽州、冀州一帶的賊子也是蠢蠢欲動，清君側不過是個幌子而已。最主要的是我們能從中奪取屬於自己的權力，我董卓向來敢為天下先，就算背上了一個謀逆的罪名，只要我能成功的絞殺十常侍，掌控朝廷，我看誰敢亂說！正所謂勝者為王敗者寇，這個道理難道你不懂嗎？如果你前怕狼，後怕虎的，躡手躡腳，如何能成得了大事？」

「董大人的意思是，**讓我跟著你一起去造反？**」高飛深深地感受到了董卓的野心，便將問題直接檯面化。

「錯！這和造反不一樣，造反是公然反叛朝廷，而我是借用清君側為名，天下痛恨十常侍的人多不勝數，只有如此才能獲得天下人的心。一旦成功之後，我董卓就是大大的功臣，當然還有你高飛，咱們就可以牢牢地掌控朝廷的生殺大權，什麼大將軍，什麼皇帝，統統都得在我們的庇護下生存。

「高子羽，其實我一直在暗中觀察你，從我們第一次見面，我就能感受到你身上的那種不臣之心，你劫掠隴西富戶財產，偷盜漢軍府庫，暗中訓練私兵，甚至暗殺周慎，這一切的一切都是你所做的，只要有一樣被公諸於眾，你就會身敗名裂！」

高飛聽到董卓的這番話後，不禁背脊直冒冷汗，他和董卓接觸很少，可是他所做的事，董卓卻瞭若指掌。

他看著面前的董卓，只覺董卓已經超乎了他的想像，目光中隱隱透露出來的殺機，讓他深感恐懼。**他想不通，自己所做的事情為什麼董卓會一清二楚，難道是自己內部有董卓的臥底？**

他不敢再想下去了，只覺越想越覺得冷，越想越害怕。

「其實你和我沒有什麼兩樣，你只不過是用你表面的跡象掩蓋住了你的野心。呵呵，你是不是很好奇，我為什麼對你的事情瞭解得如此詳細？」

董卓見高飛已經亂了方寸，繼續說道：「你不覺得像華雄這樣的人，卻只做了一個小小的縣尉有點奇怪嗎？」

「華……華雄？**華雄是你的人？**」高飛驚奇地問道。

董卓嘿嘿笑了笑，道：「當然，正所謂一個巴掌拍不響，我需要找一個盟友。我在關東平定黃巾之亂的時候，便留華雄在關西留意涼州以及三輔的動向，

為了不引起任何人的懷疑，我讓華雄見機行事，就這麼成了你的屬下，這也是錯有錯著。當涼州叛亂爆發之後，你突然聲名鵲起，加上華雄對你的一番評價，我就立刻確認視你作為我的盟友。你還記得我們第一次見面的時候吧？」

「當然記得。」

「如果當時不是我故意和鮑鴻鬥嘴，吵得傅燮和蓋勳無法脫身，你又怎麼能夠安安穩穩的在吳嶽山中訓練你的飛羽部隊呢？說到底，**是我在暗中幫你，如果不是我，你又怎麼能夠從上邽調任到前線呢？如果不是我，你又怎麼能夠在涼州獲得如此殊榮呢？**你應該感謝我才對。」

高飛終於清楚了事實的真相，冷笑三聲，朝董卓拱手道：「那我要多謝董大人了。」

董卓露出本來面目，臉上顯得很是猙獰，眼裡透出如同惡狼一般的目光，緊緊地盯著高飛，帶著威脅的口氣道：「如今你的所有把柄都握在我的手裡，如果你按照我的話去做，我保證你會有享受不盡的榮華富貴，但如果你膽敢違抗的話，我就讓你身敗名裂！」

「你威脅我？」

高飛此時清楚了一切，看見董卓的那張嘴臉，原本對他的那一絲懼意隨著真相浮出水面，變得煙消雲散。

「威脅你又怎麼樣？就憑你的一千飛羽部隊，又怎麼能夠鬥得過我手下的三千兵馬？**只要你答應跟我合作，聽我的安排，我保證今夜你的大營相安無事；如果你不跟我合作的話，我不僅讓你血濺當場，還會讓那一千個飛羽部隊的士兵給你陪葬。」**

董卓聲音一落，只見華雄帶著三十名全副武裝的甲士衝進了大帳，十個人的手中舉著強弩，其餘人的手中都握著明晃晃的長刀，在微暗的燈光映照下閃閃發光。

華雄朝高飛拱了拱手，道：「主公，我這是最後一次叫你，如今大營內外都已經被董大人的軍隊包圍，就連你的軍營周圍也都埋伏了許多士兵。只要董大人一聲令下，你的軍營就會立刻化為一片火海。這些日子以來，你對我不錯，我希望你考慮清楚，不要做無謂的掙扎。」

「哈哈哈，高子羽，華雄說得再明白不過了，你要仔細想清楚。跟我合作，不僅可以活命，更可以獲得榮華富貴；不跟我合作，只有死路一條。」

董卓突然站了起來，朝後退了兩步，隨手抽出佩劍，劍尖筆直地對著高飛。

這種氣氛已經容不得高飛說半個「不」字了，他嘴角露出一抹笑容，朝董卓

拱手道：「事已至此，我高飛還有選擇嗎？董大人有什麼事要我效勞的，儘管吩咐便是。」

董卓收起長劍，朝外面的人打了個手勢，華雄等人隨即退出帳外，只見帳外走進幾名士兵，抬來八個大箱子。他命人打開箱子，箱子裡發出金光閃閃的光芒，將大帳照得如同白晝。

「這是四千斤黃金，是給你在朝中打點用的，不夠了找我要，剩下了就歸你，只要你讓我做上涼州刺史，我保證你那些陳芝麻爛穀子的事從此煙消雲散。」

高飛笑道：「董大人出手好闊氣啊，那董大人是不是還讓華雄跟在我身邊？」

「你放心，華雄不會跟在你的左右，不過嘛，你高氏宗族卻握在我的手裡，如果你進京後不從中幫襯著我，你的宗族三百六十七口人全部得死。」

「你……你好卑鄙！」高飛指著董卓的鼻子罵道。

董卓笑道：「**無毒不丈夫，成大事者，至親亦可殺**！你好好的掂量掂量吧，只要我做上了涼州刺史，我就會派人好好照顧你的宗族，這樣一來，你也可以安心地在朝中為官，等到我入朝之後，我會把你的宗族全部帶到洛陽去，讓你們好好的團聚。」

高飛哼了聲，轉身朝帳外走去，道：「將金子抬到我的軍營去！」

出營帳後，高飛便惡狠狠地瞪了華雄一眼，他後悔當時沒有對華雄做一番深入的調查，才使得自己陷入如此被動的境地。

走在清冷的雪地上，高飛腦中突然閃過一絲邪念，心道：「對不起了！高氏的一家人，我絕對不能被這頭西北狼控制住……」

閉上眼，高飛的眼角滑下一滴滾燙的熱淚，在這個嚴寒的冬夜，漸漸地在臉頰上凝結成冰花，**現實往往就是這麼的殘酷。**

十二月二十。

天空中突然飄起鵝毛般的大雪，在朔風的鼓吹下，覆蓋住了整個涼州。眼看新年將至，高飛卻不得不離開涼州，向東朝洛陽而去，進京赴任。

風雪中，一千名飛羽部隊的士兵一半人騎著馬，一半人趕著馬車，每個人的身上穿的不再是統一的黑色勁裝，而是換上了普通老百姓的衣服，跟隨在高飛的背後。

隊伍的最前面，高飛、曹操、孫堅並肩而行，頂著朔風，冒著大雪，艱難地向前行走著。

約莫走了十幾里路，天便黑了下來，一行人便不得不暫時停止前進，在附近找一個可以遮風擋雪的大山洞。

眾人在山洞中升起篝火，吃著攜帶的乾糧。

篝火邊，曹操環視了一圈跟著高飛的那些私兵，問道：「賢弟，你真的要帶著他們去上任嗎？」

高飛點點頭，他明白曹操什麼意思，飛羽部隊是他私人的武裝，在外地絕對沒有人敢過問，可是這麼一大批人進入到京畿重地，勢必會惹來非議。大漢自古沒有這個先例，王公大臣若是沒有皇帝的詔書，不能帶領部隊進京，否則以謀逆罪論處。

皇甫嵩深知飛羽部隊的作戰能力，便主動提出將其收編入自己的軍中，高飛婉言拒絕了他，決定讓這些人化裝成百姓，跟著他一起進京。

高飛受到董卓的威脅，華雄也瞬間變成了董卓的爪牙，這對他的打擊實在太大了，他不願意放棄這支私兵，一旦放棄，就等於他什麼本錢都沒有了。

「賢弟啊，無詔而帶兵入京，要是被人發現了，那可是大逆不道的死罪啊。」曹操不禁為高飛捏了把汗。

孫堅插話道：「孟德，沒你說的那麼嚴重吧，再說，現在朝廷缺兵，涼州一戰，我大漢喪失了四萬人的精銳，如今子羽帶著自己的私兵進京，京中龍蛇混雜，危機四伏，不是可以起到保護你們兩個人的作用嗎？何況他們都打扮成老百姓的模樣，只要不說，誰知道他們是子羽的私兵？」

「他們都是一直跟隨我的死士，對我忠心耿耿，如今我升官了，自然應該帶著他們同享富貴。兩位兄長，你們不用擔心，船到橋頭自然直，飛羽部隊的士兵們原先都是官軍，我有辦法將他們再次變成官軍的。」高飛見曹操如此擔心，開口勸慰道。

孫堅、曹操兩人不再說什麼，三人簡單的用過晚飯後，便各自休息去了。

休息的時候，高飛一直在為如何解決飛羽部隊的問題而苦惱，他將這些人從正規的漢軍裡挪了出來，現在想再將他們挪進去，就有點困難了。

正當高飛苦惱的時候，賈詡從一旁走了過來，見高飛若有所思的樣子，便問道：「主公還在為董卓的事情煩惱嗎？」

高飛搖搖頭，他和賈詡之間已經沒有秘密了，有什麼不順心的事都會跟賈詡說，賈詡就如一個摯友般開導著他，不時還會給他出一兩個主意。

「賈先生，飛羽部隊是我精心打造的，如今殘存下來的都是精英中的精英，我不想放棄這支部隊，如今我要進京上任了，我想帶這支部隊去洛陽，可是又怕

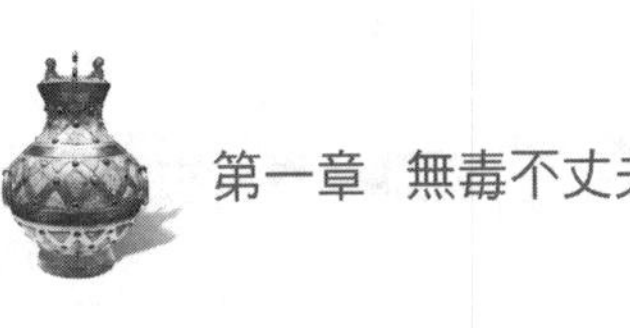

惹來不必要的麻煩，你可有什麼好方法避免這些麻煩嗎？」

賈詡笑道：「主公如今是羽林中郎將，宿衛宮中的羽林郎都是選自六郡的良家子弟，經過黃巾之亂、涼州之亂後，皇宮中現有的羽林郎為四百人。按照大漢的正規編制，羽林郎本該是兩千人，這中間就有一千六百人的缺口，主公為什麼不好好利用手中的職權呢？」

「你是說……我給陛下上一道招兵奏摺，然後以招選羽林郎為由，將飛羽部隊選為羽林郎，成為我的部下？」高飛瞬間開竅，問道。

賈詡道：「正是！這樣一來，主公就可以名正言順的將飛羽部隊帶回京，而且羽林郎的俸祿是三百石，遠遠高出普通漢軍士兵的俸祿，主公也無需再向他們支付傭金了，如此一來，主公不就可以高枕無憂了嗎？」

高飛臉上現出喜色，大嘆：「賈先生此招真是妙計啊，那我們就這樣辦了，只是我才疏學淺，這奏摺嘛，還需要賈先生代筆才行。」

賈詡點點頭，立時振筆書寫奏摺，第二天派人加急送往京師。

高飛等人到達上邽後，便暫時停留，決定在上邽靜候京師的回音。曹操、孫堅也留了下來。

此時的上邽還是一座空城，因為涼州大雪，又值春節將至，暫時還沒有人來接管，小小的上邽城便成了高飛等人暫時安身立命之所。

這一等便是半個月，半個月的時間裡，雪越下越大，中平二年的春節，高飛等人便是在這個荒涼的上邽城中度過的。

正月初六，風雪終於停止了，整個涼州都被厚厚的積雪覆蓋著，好在高飛等人所攜帶的糧草很充足，否則，他們會全部餓死在這上邽城裡。

初八，朝廷的使者來到上邽，傳達了皇帝的聖旨，准許高飛在涼州境內選拔一千六百名羽林郎，限期一個月內帶著羽林郎返回京師。

曹操、孫堅上任日期在即，不能再停留了，便紛紛告辭。

高飛準備向整個涼州選拔另六百名羽林郎。

羽林郎的選拔對於涼州人來說，是一個絕大的誘惑，這標誌著涼州出身的武人可以正式步入仕途。可是涼州剛剛飽受過戰禍之苦，人口急劇下降，而且還有一部分人內遷到長安一帶，想徵到六百名羽林郎對高飛來說，有點困難。

不得已之下，高飛只好派人向周邊郡縣散布消息，希望能夠招到六百名兵源。

正月十三。

一連五天，高飛一個人都沒有招到，倒是收到消息的董卓親自從隴西帶著華雄和六百名精壯的人到了上邽，高飛雖然心裡不喜，可也不能不接待。

「董大人親自到此，真是讓我受寵若驚。」高飛一見到董卓那副嘴臉，便違心地奉承道。

董卓從馬背上跳了下來，手中提著一根馬鞭，隨手扔給後面的士兵，趾高氣揚地道：「我本以為你這會兒早已到了京師，沒想到你居然會留在這裡招什麼羽林郎，別以為我不知道你打的是什麼如意算盤，你想將你那一千人的私兵全部變成羽林郎對不對？」

高飛覺得沒什麼好隱瞞的，承認道：「董大人真是目光如炬啊，我做什麼事都瞞不過你的法眼。」

「哼，廢話少說，現在應該沒有人來應徵羽林郎吧？」董卓冷聲道。

高飛見董卓帶來六百名精壯的人，便知道他的用意了，當即道：「有董大人親自送人來，這剩下的六百名羽林郎自然不用愁了。」

「你倒是個明白人，我帶來六百名精壯之士，正是為了給你填補空缺的，這樣一來，你就能夠提早返京，我的涼州刺史之位也就能夠早一天到手了。」董卓毫不掩飾地道。

高飛道：「大人放心，只要人數一齊，我自然會火速返京的。董大人，你這次帶華雄來，是不是打算讓他也加入羽林郎？」

董卓獰笑道：「咱們現在是一條繩上的螞蚱，我不幫你誰幫你?!華雄是我的心腹愛將，有他跟在你的身邊，我會更加放心。」

高飛斜眼看了華雄一眼，道：「華雄確實是個不錯的驍將，而且還立有戰功，有這樣的人在我身邊督促著，我自然不會違背董大人的意思，那就照這麼辦吧。」

董卓簡單的用過午飯，將華雄和六百名士兵交給高飛後，便帶著親隨離開了。高飛只要遠離董卓，他在京師便會見機行事，至於華雄和那六百名士兵，他自然有辦法對付。

正月十四。

高飛召齊了所有的羽林郎，便帶著一千六百名羽林郎，大搖大擺地沿著官道朝洛陽而去。

一路上，一千六百名羽林郎自動分成兩隊，飛羽部隊自成一隊，華雄所帶領的那六百人則是另外一隊，兩隊人基本上很少說話。

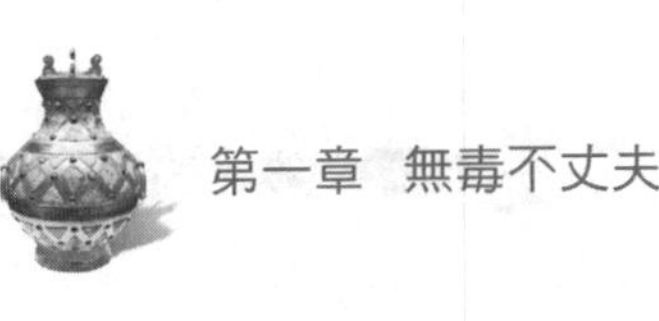

平時休息時，高飛還是像以前那樣對華雄，該說的說，該笑的笑，絲毫沒有將華雄當成外人，彷彿之前的事未曾發生過一樣。對華雄來說，實在太不可思議了，他居然漸漸地產生了一點愧疚感。

沿途路過長安，高氏宗族已經被董卓派人接走了，至於接到何處，沒有人知道。高飛沒打算去問華雄，他對華雄十分友好，並且讓所有的飛羽部隊都不得對華雄和那六百名董卓的兵無禮，一路上算是沒有什麼摩擦。

但是讓華雄想不通的是，高飛為什麼會這樣做，在他看來，高飛應該恨他，因為是他將高飛的一切都稟告給了董卓。他見高飛對他一如既往，甚至比之前還要友好，決定去找高飛問個清楚。

這日午後，華雄找到正在休息的高飛，欠身問道：「**你為什麼對我這麼好？難道你不恨我嗎？**」

「我為什麼要恨你？」高飛早就料到華雄會來問他，反問道。

「我……我之前出賣過你，違背過我所立下的誓言，我……」

「你不用說了，以前的事就讓它過去吧，現在我們不是又在一起了嗎？我能理解你的處境，你還記得咱們第一次見面的時候，前一天你不是還在納妾嗎？可是從你跟隨我以後，你就從未離開過，也沒有去見過你的家人，當時我沒有在意，現在想起來，應該是你的家人都在董卓的手裡，你不那樣做，你的家人就會有危險，你也是逼不得已的，對不對？」

「你……你都知道了？」華雄驚詫地道，他沒有想到高飛說的一字不差。

「呵呵，將心比心，董卓是個怎麼樣的人，你我心裡都清楚，從那天晚上，我知道你是他在我身邊安插的人之後，說實在的，我當時確實很生氣，也很懊惱。可是到後來，我轉念想了想你的種種事情，也就隨之釋懷了。」

「我……我……」華雄臉上為之動容，支支吾吾的說不出話來。

高飛繼續說道：「你還記得上次費安偷金子的事嗎？當時龐德是第一個站出來的，你知道龐德是無辜的，是在替人受罪，你為了不讓龐德受罪，緊接著站了出來，從那時開始，我就覺得你是個非常重情誼的人。其實，**你是個好人，只可惜你跟錯了人，董卓是一頭貪婪無比的狼……**」

「你別說了，求你別說了……」

華雄的眼裡流出滾燙的熱淚，高大威武的他像個孩子一般哭泣著，任由淚水流淌而下。

高飛站起身來，將華雄抱住，在他的背上拍了拍，他能夠感受到華雄胸廓裡那顆滾燙躁動的心，輕柔地道：「哭吧，哭出來會好受點！」

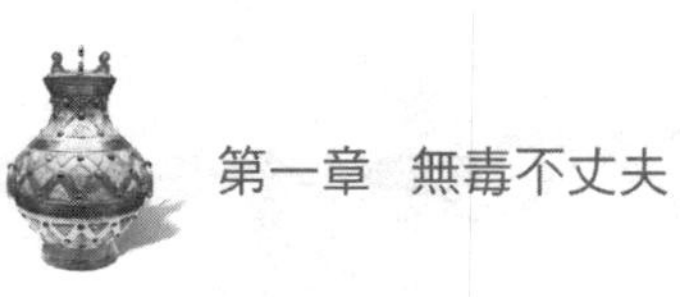

華雄因為高飛的真誠而流下了後悔的熱淚，嚎啕大哭了好長一段時間，才慢慢地止住哭聲，朝高飛拜道：「主公，你……你還肯要我嗎？」

「只要你是真心歸附，我的大門永遠對你敞開。」

「主公，**華雄從此以後只跟隨主公一人，上刀山，下火海，在所不辭！**」華雄跪在地上，感恩戴德地道。

高飛將華雄給扶了起來，臉上露出笑意，隨即又嘆了口氣，道：「不行，我不能害了你，你的家人都在董卓的手裡，我不能害你背上不孝的罵名！」

華雄誠心地道：「主公，我自幼父母雙亡，如今只有妻妾二人，男子漢大丈夫，何患無妻，我能夠遇到一位明主，這輩子就知足了。主公，你就讓我跟隨你吧！」

「我可以答應你，可是除了你以外，董卓還安排了那六百名士兵……」

「主公放心，那六百名士兵都是我親自挑選的，對我的命令言聽計從，只要我一聲令下，他們皆會效忠於主公。」

高飛終於笑了，笑得很開心……

眾人繼續行軍，趙雲、盧橫帶著飛羽部隊在前，華雄則帶著那六百名親隨在後，賈詡跟高飛走在隊伍的最前面，一行人在雪地裡急速行走。

「賈先生，你這個攻心計還真有效，華雄果然重新投靠於我了。」高飛一邊走著，一邊對身邊的賈詡道。

賈詡笑道：「這是主公的福氣，也是主公應該得到的。主公，等到了京師，下一步咱們就該一步一個腳印的走了，董卓給的那些黃金，正好可以派上用場。」

高飛點點頭，道：「得賈先生一人，勝似十萬兵啊。」

賈詡謙虛道：「主公過獎了，屬下不敢當。」

連續十幾天的急行軍，讓高飛等人吃了不少苦頭，終於在正月二十八那天趕到了洛陽。

洛陽城的上西門外，光祿勳劉焉穿戴整齊的等候在那裡，身後是清一色的執戟郎，隊伍兩邊旌旗飄展，顯得威風凜凜。城門附近的閒雜人等被驅趕的一乾二淨。

高飛身為羽林中郎將，隸屬於光祿勳的管轄，早在三日前，他就派人給劉焉送信，說今日會到。新兵初次入營，所有的統籌都歸光祿勳主持，所以劉焉才會早早地在上西門等候。

當高飛看到這種陣勢，當真是大開眼界。

洛陽城西邊有三個城門，最大的一個是上西門，其餘兩個分別是雍門、廣陽門，平時只有上西門開放，只有皇帝出行的時候才會三門全開。

劉焉雙眼深陷，臉容瘦乾，寬大的長袍空蕩蕩套在身上，很容易讓人聯想起骷髏這個字眼來。骨瘦嶙峋的他，乍看之下，彷彿一個抽了大煙的煙鬼，再加上暗淡無光的眼神，簡直就像要快去見死神一樣。

他見高飛帶著大隊人馬來，挪動步伐，朝前走了兩步，問道：「高將軍為何來得那麼遲？害老夫在寒風中等了足足一個時辰。」

高飛急忙下馬，掃視了一眼劉焉後面的執戟郎，見他們身上穿的鎧甲都非常的精良，不禁露出了豔羨的目光。

他朝前走到劉焉身前，匆匆地打量了一下，見劉焉大約五十多歲，隨即拜道：「請大人恕罪，天氣寒冷，雪地難走，所以來遲了。」

劉焉脾氣倒是還不錯，也沒有責怪的意思，一雙手互相交錯的塞進袖筒裡，臉也被冷風吹得發青，不經意打了個噴嚏，道：「罷了罷了，快跟我來吧，進了城，你們還有好多事要做呢！」

高飛看著劉焉遠去的背影，不禁在心裡冷笑道：「這劉家的江山看來真的是完了，劉表華而不實，今天見到的劉焉也跟個病秧子似的，劉備雖然有才，卻得不到重用，加上漢靈帝劉宏寵信宦官，劉宏的兒子還年幼，活該被董卓、曹操這樣的人欺負。」

洛陽不愧是大漢的都城，城牆不僅又高又厚，城池也很大，光一條護城河就有十幾米寬，雖然現在結了凍，但是一眼看去，綿延出好遠。

進了城，城中的道路也是四平八穩，地面只有少許積雪，看來每天都有人清掃。

劉焉在前面帶路，高飛跟在後面，轉過幾個彎後，劉焉將高飛帶進一座兵營，從外觀看，一座座兵營就彷彿他在涼州見到的塢堡一樣，唯一不同的是，兵營的面積要比那些塢堡遠遠大出好多倍，整個兵營就如同一座陳倉城那麼大，而這兵營不過是洛陽城中一個偏僻的角落而已。

「這座兵營裡住的都是宿衛皇宮的兵士，從今以後，你們就住在這裡，虎賁營在左，羽林營在右，虎賁甲士負責白天皇宮的安全，羽林郎負責夜間皇宮的安全，你們兩營每六個時辰更換一次班。平時沒事的時候，儘量別往外面跑，京師太大，你們初來怕迷路了，耽誤了換班的時辰，那可是掉腦袋的事情。」劉焉向高飛交代道。

高飛道：「大人的話，下官謹記心中，不敢有誤。」

劉焉點點頭道：「嗯，還有，你們初來乍到，那些新招募的羽林郎也無法立刻勝任宿衛，所以本官給你半個月時間，白天訓練他們，晚上休息，每三天放半天假，可以在城中四處走走，熟悉城中的地形，我會另派專人給你們當嚮導，省得你們迷路了。高將軍，多餘的話我就不說了，皇宮裡的規矩，想必你也知道，從今以後，就好好的做好本職的工作，做得好的話，我自然會在陛下面前為你美言的。」

高飛欠身道：「多謝大人。」

「好了，本官還有許多事要處理，就不逗留了，你帶著你的部下入營吧，到了夜間，自會有羽林左監帶著那四百名羽林郎去宿衛皇宮的，你就不必操心了，半個月後，我會親自來驗收你的訓練成果。一會兒，我會派人將羽林郎所需的一切裝備運過來，你驗收一下，還有什麼其他難處的話，可以直接來找我。」

「恭送大人！」高飛拱手道。

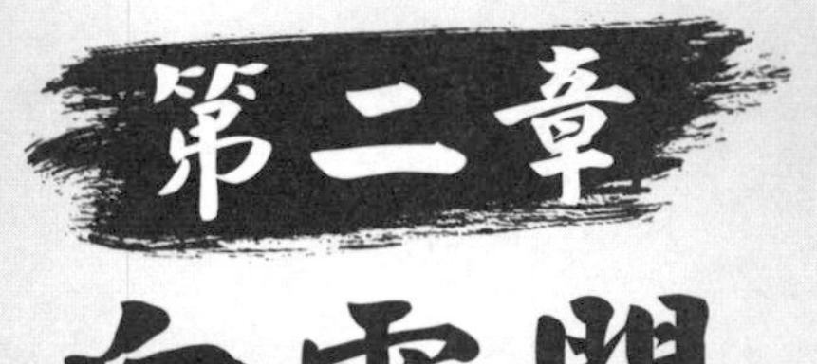

第二章 白雲閣

原來這「白雲閣」還真是不簡單，它是集酒樓、客店、妓院為一體的綜合性娛樂場所，後臺老闆居然是當朝的大將軍何進。「白雲閣」不論是吃的、喝的都經過精挑細選，就連端茶倒水的小廝都是參加過朝廷選拔秀女的。

初到洛陽，什麼都是新鮮的，就連劉焉派人送來的盔甲和武器，高飛都覺得光鮮，無論是做工還是外觀，都比普通的漢軍強了不知道多少倍，畢竟是宿衛皇宮的衛士，總不能丟了皇家的威嚴吧。

高飛讓人整理好一切，便帶著趙雲、賈詡二人出了兵營，三人騎著馬，從上西門出城，圍繞著都城周轉圈，然後再從上西門而入，走在各個街市上，感受著洛陽這座古城的魅力。

洛陽城背靠邙山，面對洛河，地勢十分險要。這裡原來是西周成周的一部分，東周時，瀍水以西成為王城，瀍水以東稱為下都，也就是王城的郊區，如今的都城就是在下都的基礎上發展起來的。

另外京畿有十二個城門，南牆四門，北牆二門，東西牆均為三門。其中以大夏門的規模最大，有三個門洞，其他各門則僅有一個門洞。

大夏門為北出城門，緊臨北宮，宏偉壯觀自不待言。通向各個城門的街道，均為南北、東西向。由於城門不對稱，形成許多「丁」字形和「十」字形街道，最長的街道達三千米，但兩個路口之間的段落，一般長五百米，最長的也不超過一千五百米。

街道一般寬四十米，分為三條平行的道路，用土牆隔開，中間一條稱為「御道」，是供皇帝和高級官員使用的。大體上可以劃分出東西、南北向的幹道各五條，分別以各自的城門命名。南北向的幹道有「開陽門大街」、「平城門大街」、「小苑門大街」、「津門大街」、「谷門大街」；東西向的幹道有「上東門大街」、「中東門大街」、「上西門大街」、「雍門大街」、「旄門－廣陽門大街」。

被這些幹道所分割的區域，就是居民區和市場，達官貴人多居住在上東門內，稱為步廣里、永和里，因為這裡既接近東出大道，又靠近北宮。城的東北角谷門以東為太倉和武庫，東南角旄門以北為太尉府、司空府和司徒府，西北角上西門以北為皇家禁苑濯龍園，均位於交通便利的地區。

另外，洛陽還有著名的三市，即金市、馬市和南市。金市在北宮西南，馬市在中東門外的幹道之上，與金市東西對稱，南市則在城南洛河岸上，位於津門外幹道之上，與金市南北呼應。三市均占有地利，商業興盛，「船車賈販，周於四方，廢居積貯，滿於都城」。

當高飛帶著趙雲、賈詡大致周遊完一圈洛陽城後，天色早已黯淡下來，三人便策馬返回兵營。

白天洛陽城十分的喧囂，人來人往，川流不息，可是一到了暮色四合的時候，整個洛陽城又給人一種別樣的寧靜，只有少許的酒家亮著燈火。

剛到兵營門口，趙雲便指著站在暮色中的人對高飛說道：「主公，是曹操。」

高飛定睛一看，果然是曹操！

只見曹操穿著一身寬袍，環抱著雙臂，筆直地站在兵營門口。

他在馬背上朝曹操揮了揮手，喊道：「孟德兄！」

曹操一臉喜悅地道：「子羽賢弟，為兄在這裡等候你多時了。」

高飛翻身下馬，歉意的道：「讓孟德兄在此久等，我實在是過意不去啊。」

曹操道：「咱們兄弟還客氣什麼，賢弟還沒有吃飯吧，今日賢弟到了這京畿重地，為兄便要盡一下地主之誼，我請賢弟到『白雲閣』好好的吃上一頓。」

「白雲閣」高飛已經不是第一次聽說了，他曾聽左豐三番四次的提起過，此時聽曹操又提起，便問道：「『白雲閣』的名氣很大嗎？」

曹操一把抓住高飛的手，道：「名氣大不大，一會兒你去了就知道了，我已經在那裡訂好位子，咱們現在就走。」

高飛也不推卻，畢竟和曹操將近一個月沒有見面，此時見了，自然要暢飲一番，當即對趙雲、賈詡道：「你們暫且回營，讓裴元紹弄幾道拿手的好菜，給哥幾個慰勞一下五臟廟，我隨曹將軍出去，你們今晚就忙各自的吧。」

趙雲、賈詡齊聲道：「諾！」

曹操喚人牽來一匹馬，和高飛一道騎著馬朝夜色中走去。

「白雲閣」在城東，一路上，曹操便給高飛說個不停，講解「白雲閣」的來歷。原來這「白雲閣」還真是不簡單，它是集酒樓、客店、妓院為一體的綜合性娛樂場所，**後臺老闆居然是當朝的大將軍何進。**

何進開設了「白雲閣」，凡是在京畿的官員，沒有不給面子的，加上「白雲閣」不論是吃的、喝的、用的都是經過精挑細選的，就連端茶倒水的小廝都是參加過朝廷選拔秀女的，而壓軸的更是貌如天仙般的美女們。

高飛這次真算是開了眼界，還沒有來到「白雲閣」，便看見絡繹不絕的人群，那些形形色色的人們趨之若鶩，各個穿的都是十分光鮮，四周更是被「白雲閣」映照得燈火通明。

和一般妓院不同的是，門口站著的不是揮動衣袖的美女，而是全身披甲、手持長戟的甲士，每個甲士都精神抖擻。

「賢弟啊，『白雲閣』可是京畿一絕啊，凡是來京畿的人，如果沒有來過『白雲閣』，就等於沒有來過京畿。賢弟，咱們下馬吧，再晚，怕是有人等不及了。」曹操勒住馬，翻身下馬，對高飛道。

高飛從馬背上跳了下來，道：「孟德兄，聽你的話，似乎還有人在等著我？」

曹操輕輕拍了一下腦門，笑道：「你看我這記性，我忘記告訴你了，今日我還請了袁本初，他和我從小就是摯友，而且他也想見見你。」

「袁紹？」高飛驚奇地問道。

「對，就是他，走，咱們進去吧。」

高飛和曹操將馬匹交給看門的守衛，守衛給了兩個人一個牌子，便將馬匹牽到了「白雲閣」後面的馬廄裡，而高飛和曹操則一起進了「白雲閣」。

一進「白雲閣」，高飛便驚訝地愣在了那裡，醇醇的酒香撲面而來，大廳內賓客滿堂，座無虛席。

正對面有一個大舞臺，上面有十名美女正在舞動著曼妙的身軀，舞臺的左右兩側有一道紗帳，紗帳後面是吹拉彈奏的樂師們。

輕歌曼舞，妙曲佳音，兩者形成完美的結合，使得那些正在用餐的客人們都沉浸在這歌舞當中，什麼叫秀色可餐，高飛算是真正的見到了。

曹操見高飛愣在門口，便笑道：「我第一次來到這裡，也和你的表情差不多。走！跟我上樓，只怕這會兒袁紹要等急了。」

話音落下，曹操一面朝大廳裡相識的人互相寒暄，一面帶著高飛朝樓梯走了過去。

「白雲閣」高三層，最底層是大廳，二樓是雅間，三樓便屬於那種ＶＩＰ包房了，裝修一層比一層奢侈。

到了頂樓，站在樓梯口的婢女一見到曹操，便急忙上前拜道：「曹將軍，你可來了，袁大人都出來催促好幾次了，你快進去吧。」

曹操笑了笑，扭頭對高飛道：「賢弟，隨我來！」

高飛跟隨著曹操走到一間房間前，抬頭見門上寫著「冬暖」兩個字，隨後曹操推開了房門，偌大的房間裡只有一個人，那人一見門開，便站了起來。

「孟德，你怎麼來的那麼遲啊？」

那個人首先發話，隨後又瞄了一下曹操身後的高飛，當即問道：「這位就是新上任的羽林中郎將高子羽吧？」

曹操點點頭，急忙給高飛介紹道：「賢弟，這位就是袁本初，現任司隸校尉，他可是我的摯友，你們多親近親近。」

高飛先是打量了袁紹一番，見袁紹三十多歲，一頭過肩長髮保養得光澤動人，臉型略顯瘦削，五官出奇俊秀，高鼻薄脣，特別是那雙眼睛，眼角細而長，目光冷冽有神，搭配在一起，有種說不出的特別之處，而他隨意的姿態則透出一種貴族的氣息。

他朝袁紹拱手道：「在下高飛，字子羽，見過袁大人。袁大人的大名我早有耳聞，今日一見，真是三生有幸！」

袁紹笑哈哈地走到高飛身邊，抓住高飛的手，另外一隻手抓住曹操，將二人帶到酒桌前坐下，隨後道：「高將軍既然是孟德的朋友，也就是我袁本初的朋友，我們現在不在朝堂，大家用不著那麼拘謹，高賢弟若是不嫌棄的話，叫我一聲本初兄即可。」

高飛聽到袁紹這番話，很是對味，心想袁紹出身世家，可言行舉止卻和他那個同父異母的弟弟袁術大不相同，舉手投足都顯得十分平易近人。當即回道：「既然如此，那我就不客氣了，以後我就冒昧的叫一聲本初兄了。」

「哈哈哈，有什麼冒昧不冒昧的，叫了就叫了。來來來，本初兄，子羽賢弟，我們先滿飲此杯，然後再慢慢詳談。」曹操舉起酒杯，朗聲道。

高飛、袁紹聞言也舉起杯子，和曹操的酒杯碰了一下，三人一飲而盡。

酒是個好東西，能排解憂愁，能增進人與人之間的感情，自古以來，許多事都是在酒桌上完成的，今晚也不例外。喝著酒，聊著天，袁紹講著他和曹操小時候胡鬧的一些事，講到生動的時候，常常把在一旁洗耳恭聽的高飛逗笑。

袁紹和袁術是同父異母的兄弟，可是因為袁紹是小妾生的，所以經常被正妻所生的袁術看不起，說袁紹「非袁氏子」，是「吾家奴」，後來袁紹被過繼給他爹的兄長袁成當兒子。

袁氏是東漢著名的政治世家，從袁紹高祖袁安為漢章帝、漢和帝的兩朝司徒算起，袁安的兒子袁敞為漢安帝時司空，袁安的孫子袁湯為漢桓帝時太尉，袁湯的兒子袁逢為漢靈帝時司空，袁逢的弟弟袁隗為漢靈帝時司徒，即所謂的「**四世五公**」，「**勢傾天下**」。

袁氏之所以能成為政壇的常青樹，除了在政治上有所建樹外，還有依附時勢的一面。這表現為：與外戚結交，像袁紹的父親袁成，就與「跋扈將軍」梁冀是好友，當時在京師就流傳著這麼一則諺語：「**事不諧，問文開**（袁成字文開）。」

在袁成那裡，大概沒有什麼辦不了的事；與宦官又有一層親緣，中常侍袁赦是袁氏宗族中人，袁氏也樂得認下這門親戚，在東漢後期的政治風浪中，袁氏左右逢源，自可安然處之。

有了這樣的家世，袁紹完全可以悠然地過著公子哥的生活，那時在洛陽公子圈中，呼朋喚友，飛鷹走狗，任俠仗氣，很是流行。袁紹小的時候也一度沾染上公子哥的習氣，經常和曹操這個發小一起胡鬧。但是，等他長大以後，很快就有了「另類」的舉動。

在繁華的洛陽城中，袁紹過上了「隱居」的生活，他的「隱居」不是與世隔絕，而是對來訪者有一個身分上的規定，即「**非海內知名，不得相見**」。

切莫以為這是袁紹的「清高」，也不要以為是修心養性。正因為袁紹的這種標新立異的策略，成了一種樹立聲名的速成之術，在當時取得立竿見影的成效。

後來，袁紹受到人們的追捧，士無貴賤爭赴其庭，很快他便成了海內知名的人，再加上他的出身，讓他在官場上平步青雲，並且做到了司隸校尉。司隸校尉是負責京畿重地的一個重要官職，所管轄的範圍是整個司州，手中的權力自然不會小。

由於高飛的名聲逐漸大了起來，他就想認識高飛。當他得知曹操和高飛的關係不錯時，便託曹操去請高飛來吃酒。

高飛得知今天是袁紹請客，便給足了他面子，大口的陪著袁紹、曹操喝酒。喝著喝著，大家都有點微醉了，只見曹操突然站起來，朝袁紹使了一個眼色，袁紹會意，衝門外大聲喊道：「來幾個人伺候高將軍！」

聲音剛落下，門便被推開，從門外走進三個穿著單薄的妙齡女子，三個女子個個脣紅齒白，模樣俊俏，分別走到高飛、曹操、袁紹三人身旁。

高飛今天有點喝多了，眼裡看的人影都是雙重的，只聞一陣清香撲鼻，直逼他的心扉，還沒有來得及回味，一名女子便坐在了他的大腿上，雙手勾住他的脖子，撅起櫻桃般的小嘴，便是一陣親吻。

酒後亂性果真一點不錯，高飛從來到這個世界便沒有碰過女人，今日喝了點酒，加上美女投懷送抱，潛藏在體內的欲望便立刻被激發了出來……

第二天醒來，高飛見自己躺在軟綿綿的床上，懷中抱著一個眉清目秀、全身赤裸的女子，他回想了一下昨晚，印象中，似乎是自己將這名女子給抱上床的。那女子眼睛微閉，看樣子還沒有睡醒。

他將手從女子的身下抽了出來，卻不想將睡夢中的女子給驚醒了。

女子睜開眼睛，蓋住自己裸露在外面的身體，衝高飛笑道：「將軍昨夜還滿意嗎？」

高飛想到這裡是古代，躺著的女子不過是逢場作戲，便道：「昨夜我喝醉了，沒有什麼感覺，美人，我現在清醒了，你能讓我滿意嗎？」

那女子嫣然一笑，不做任何回答，只輕輕地側過身子，用十分誘人的目光看著高飛，接著伸出小手握住高飛下身的重要部位，兩人再次展開激戰……

高飛走出「白雲閣」時，已經接近正午了，他在「白雲閣」的一切花費都由袁紹墊付了，袁紹、曹操因有公務要處理，一早就離開了。

高飛回到兵營，便開始處理正事，訓練那一千六百名羽林郎，並且重新任命官職，將趙雲任命為羽林左監、華雄為羽林右監，分別統領盧橫、龐德、周倉、廖化、管亥、卞喜、夏侯蘭、裴元紹等八位軍司馬，並且將原先的那四百名羽林郎也一起叫來訓練，以一千人為單位，分成左右兩監，同時任命賈詡為羽林郎的書丞。

之後的半個月內，高飛潛心訓練這兩千名部下，上午操練，下午則四處遊逛，很快便熟悉了整個洛陽城。閒暇時，袁紹、曹操經常來找高飛飲酒作樂，大都市的繁華生活比起他在涼州過得舒服多了。

半個月的時間過得很快，二月十三，光祿勳劉焉前來驗收高飛的訓練成果。

當他看到兩千羽林郎的雄壯身姿時，臉上露出了滿意的笑容。

「高將軍不愧是個大將之才，短短的時間內，就訓練出如此一支軍隊，確實令老夫刮目相看。高將軍，今晚你就進宮宿衛吧，規矩我就不多說了，和你做羽林郎時是一樣的。不過，出於必要的程序，我還是要帶你去看看宮殿，請你解散士兵，跟我到皇宮走上一遭吧！」劉焉驗收完，對高飛道。

高飛便對身後的賈詡道吩咐：「賈先生，請你解散部隊吧，我隨劉大人去皇宮一趟。」

劉焉先帶高飛看北宮，在進門的時候，卻遇到守門人的阻攔，當劉焉出示了權杖後，才得以進入北宮。

大漢的皇宮戒備很森嚴，劉焉雖然貴為光祿勳，掌管著宮中宿衛和許多瑣事，但是宮門的守衛卻不是他的手下，而是屬於衛尉統領。

衛尉統領宮門守衛，光祿勳統領皇宮內的宿衛，兩者職權雖然差不多，卻各司其職，誰也不從屬於誰。這樣的安排是出於對皇城的安全著想，若其中一人反叛，另一人便可以指揮部隊進行絞殺，以確保沒有人犯上作亂。

順利進入皇宮之後，劉焉便帶著高飛在北宮裡面轉悠。

皇宮院牆高大，宮殿與宮殿之間都有人來往，白天是虎賁甲士宿衛，到了夜間是羽林郎，而且巡查的地點每天一變，並不固定，當真有五步一崗，十步一哨的樣子。

簡單的觀看完了北宮需要宿衛的幾個宮殿，劉焉便帶著高飛出了北宮，朝南宮而去。

東漢洛陽城有南北二宮，位於全城的中部地區。北宮在北部中央偏西地區，南宮在南部中央偏東地區，兩宮相距七里，有走道相通。

東漢初年的政治中心在南宮，漢光武帝劉秀就住在南宮的卻非殿。南宮有五排宮殿，位於全宮中軸線上，分別是卻非殿、崇德殿、中德殿、千秋萬歲殿和平朔殿。另外，在中軸線兩側各有兩排殿，約三十餘座，十分壯麗。

南宮四面有門，以四方之神相稱，即南為朱雀門，北為玄武門，東為蒼龍門，西為白虎門。漢明帝以後，政治中心又轉移到了北宮，「明帝永平三年，起北宮及諸官府」。北宮呈長方形，地勢高出附近四米左右，位於中軸線上的大殿有溫芳殿、安福殿、和歡殿、德陽殿、宣明殿、平洪殿。另外，在中軸線兩側，還有殿觀近二十座，同樣是一組龐大的宮殿建築群，其四門名稱與南宮相同。

北宮經過大加修造後，宮殿雄偉，門闕高峻，氣勢磅礴，北宮的範圍也大於南宮，由於北宮占據有利地形，又宏偉壯觀，並接近太倉、武庫和濯龍園，終於成為東漢一代主要的政治中心。

參觀完南宮和北宮之後，劉焉便對高飛道：「從今天晚上開始，你就帶領部下先到南宮宿衛，熟悉熟悉宮中的環境，等過幾天後，再去北宮宿衛。陛下住在北宮，我怕你的人在北宮宿衛的時候出差錯。」

「大人的話，下官謹記在心，下官就不打擾大人了，就此告辭！」

「等等，這是腰牌，沒有這個，你休想進入北宮。」劉焉突然叫住高飛，掏出一塊黑色的腰牌，遞給高飛。

高飛接過腰牌，那腰牌很普通，只寫了「羽林中郎將」五個字，便塞進懷裡，朝劉焉拜謝道：「多謝大人。」

一連幾天，高飛都帶著部下在南宮宿衛，由於南宮已經失去政治中心的地位，所以現在南宮基本上是給皇太后住的，相較之下，南宮要比北宮冷清許多，看見的宮女都是上了年紀的，就連太監也是老弱病殘一級的。

由於這幾天一直值夜班，連續幾天下來，他的眼睛便有點像熊貓眼了。好在沒有白辛苦，劉焉派人傳來命令，由於在南宮宿衛的表現不錯，便讓他開始到北宮值勤。

二月二十，這天傍晚高飛剛剛睡醒，便聽見外面有人敲門。

「誰啊？」

「主公，是我，賈文和。」

「等等，我穿好衣服就出來。」高飛一邊回答著，一邊以最快的速度穿好了衣服。

打開門，見賈詡一臉躊躇地站在門外，便將他迎進房裡，關上房門，道：「賈先生，你是不是有什麼事？」

賈詡從懷中掏出一封信，遞給高飛，道：「啟稟主公，剛剛收到董卓從涼州派人秘密送來的信。」

高飛接過信，打開看了看，目光中露出憤恨的目光，將信拍在桌上，罵道：「這隻老狐狸，居然用如此狠毒的招數來威脅我！」

賈詡斜眼看看了那信，皺眉道：「主公打算怎麼應對董卓？」

董卓在信中說，他已經抓了所有飛羽部隊士兵的家人，三千多口人的性命掌握在高飛的手裡，如果兩個月內，高飛還沒有將涼州刺史的職位弄到他頭上，他就將那三千多人全部殺死。

這封信對高飛來說，是一個極大的威脅，他的高氏宗族還沒有解救出來，又出現了這麼多無辜的人，他皺著眉頭：「先生以為我該如何是好？」

「既然董卓用這樣的手段來威脅主公，**主公為何不將計就計呢？**」賈詡目光中現出一絲殺機。

高飛知道賈詡是「**毒士**」，可沒想到賈詡居然會這麼毒，他雖然想過要放棄高氏宗族那幾百口人，好不被董卓威脅，可是當他得知董卓抓了飛羽部隊士兵的家人之後，他就猶豫了。

當數千人的無辜生命操控在他手裡時，翻手是救，覆手是殺，這種兩難的抉擇。**他不知道自己是救還是殺，如果選擇救，就意味著他將永遠受制於董卓；如果置之不理，將會有數千無辜的生命因他而死……**

他始終沒有做出反應，房間裡靜悄悄的。

「主公，**無毒不丈夫**啊，如果走錯了這一步，主公將永遠受制於人。」賈詡見高飛猶豫不決，在一旁勸道。

高飛扭頭問道：「先生，如果董卓抓的是你的宗族，你會怎麼辦？」

「我會毫不猶豫的做出最正確的抉擇！一將功成萬骨枯，主公在戰場上殺死的人並不少，可為什麼在這個時候猶豫起來了？」

高飛的腦中做著劇烈的心理交戰，最後，他輕聲問道：「先生，那我該怎樣的將計就計？」

賈詡露出詭異的笑容，道：「雖然董卓抓了那些人的家屬，但是這個時候他還不會殺害那些人，只是想提醒主公而已，主公大可用委婉的口吻給董卓回一封信，就說大事正在籌備當中，加上華雄這些時間給董卓回覆的信，足可以證明主

公在竭盡全力的為董卓辦事。

「主公曾經不止一次的向我提起過遼東，遼東雖然地處偏僻，但也不失為一個淨土，如果主公真的想去遼東的話，那就應該用董卓的這筆錢來為自己謀取出路。不管董卓抓了誰，主公都應該堅定信心，不為所動，能拖多久就拖多久，一旦主公離開了這京畿之地，便猶如龍歸大海，董卓殺掉那些家屬，也只是增加飛羽部隊士兵對他的仇恨以及對主公的忠心。」

高飛聽了賈詡這番話，才真正的體會到什麼叫「毒士」，他閉上眼，雙拳緊握。

過了一會兒，他睜開眼睛，眼中露出銳利的光芒，那種目光足以使任何一個人感到恐懼！

他將董卓的信撕得粉碎，對賈詡道：「先生，就照你的意思，幫我給董卓去一封信吧，從此後，我不會再優柔寡斷了。」

賈詡滿意地點點頭，心道：「大漢的江山早晚要崩潰，你有野心，只是沒有得到機遇，我願意在大漢崩潰的時候助你成為天下之主，**你雖然是一名雄主，卻缺少雄主應有的霸氣，如果你還有一點優柔寡斷的話，註定你今生無法成為獨霸天下的雄主**。主公，請原諒今天我這善意的謊言……」

暮色降臨，高飛便帶著羽林郎進入北宮，和虎賁中郎將曹操做了簡單的交接之後，開始了第一次真正的皇宮宿衛工作。

北宮要遠比南宮顯得熱鬧，宮女也比南宮裡的年輕、漂亮，高飛穿著一身盔甲，騎在一匹栗色的駿馬上，身後跟著趙雲、賈詡和二十名全副武裝的輕騎，緩緩地走在宮殿與宮殿相接的甬道中。

看著從甬道兩邊走過的宮女，就彷彿自己像在選美大賽中一般。

宮女們都穿著一樣的服裝，在經過高飛身邊時，會停在路邊，低著頭，等高飛等人走過去之後才敢動身，有些較為大膽的宮女，便借這個機會朝高飛拋去媚眼。

高飛第一次感覺自己如此吃香，走馬觀花雖然看不太清楚，可是這種感覺卻很好，如同自己在萬花叢中過一樣。

但是，高飛很清楚皇宮裡的規矩，負責宿衛皇宮的衛士如果和宮女私通，就是殺頭之罪。然而，饒是如此，寂寞的衛士和空虛的宮女私通的事件還是屢見不鮮，這似乎成為大漢皇宮裡的一種詬病了。

那些整日在皇宮裡的宮女很難有出去的機會，有許多宮女從十幾歲進宮，一

直到夠年齡才放出宮，卻是早已人老珠黃了，為了打發空虛，也只能私下尋機會和衛士私通了。

當然，並非所有的宮女都是如此，也有命好的，直接被皇帝指派給王、公、侯等為妾侍，這就等於步入了富貴人家。

羽林郎中有四百人是騎兵，負責各個宮殿之間的巡邏任務，其餘的全是站崗放哨的，相比之下，高飛要清閒許多，因為可以騎在馬上，並不消耗體力，只是一進入深夜，就會感到一股寒意。

羽林郎所宿衛的宮殿是德陽殿、宣明殿、平洪殿，以及大大小小二十多個偏殿，皇帝在安福殿辦公，早朝什麼的都在那裡。

溫芳殿、和歡殿是皇帝的寢宮，溫芳殿在東，是皇后居住的地方，合歡殿和附近幾個殿是嬪妃們居住之處，兩個大殿都在安福殿的後面，漢靈帝就經常在這兩排大殿之間走動，很少外出，所以高飛一般不會遇到皇帝和十常侍，只會遇到一些宮女和小太監。

高飛帶著人巡邏到後半夜的時候，便下馬開始步行，夜深人靜的時候，是不能騎馬到處溜達的，除非遇到特殊情況。

「主公，天天這樣宿衛皇宮，真是太沒有趣了！」

趙雲很少發牢騷，此時他牽著馬，跟在高飛身後走著，嘟囔道：「早知道是這樣，當初主公還不如求個太守當呢，也比在這裡好。」

高飛笑道：「別急，會有那麼一天的，不過，太守一職現在對我來說實在是太不起眼了，我要當的話，就要當個州牧。」

「不管當什麼，都比在這裡舒服，這裡的規矩太多，待的時間長了，人會變得傻乎乎的。曹操手下的那些虎賁甲士我都見過了，看著挺健壯的，其實都是外強中乾，每天宿衛皇宮，能跟在軍隊裡訓練比嗎？」趙雲繼續發著牢騷。

賈詡笑了笑，扭頭道：「子龍，你放心，主公不會在這裡待很久的，最快半個月，最慢兩個月，主公一定會帶著咱們離開這裡的。」

高飛插話道：「嗯，子龍，離開家這麼久，也該想家了吧？」

「大丈夫當志在四方，我已經將母親安排妥當，就沒有後顧之憂了。如果有機會的話，我會回家看看的。」

高飛邊走邊和趙雲、賈詡聊著一些無關痛癢的話，心裡卻在盤算著該怎麼樣弄個幽州牧當當。

天色微明時，所有的羽林郎開始集結，在高飛的帶領下，和曹操手下的虎賁甲士交班，和曹操寒暄幾句，便帶著羽林郎回去睡覺了。

接下來，高飛除了做好本職工作外，其餘時間便是派人打探各方消息，關於十常侍、皇親國戚、大將軍府，以及對各個世家進行暗中的調查。

調查的結果比他預料的還要複雜，京師內各種勢力盤根錯節，除了那些身上流著皇室血統的人跟十常侍不對盤外，其餘的人跟十常侍多少都有點關係，包括當朝大將軍何進。

京畿重地龍蛇混雜，高飛深知水很深，於是決定不在中間攙和，抱著左右逢源的態度就是了。

這些日子以來，高飛認識了不少達官貴人，無論是在京的京官，或是進京述職的外地官員，多少都會在「白雲閣」出現，他便借機拓展自己的交友圈，高飛的名聲也在洛陽城漸漸打響。

這天傍晚，高飛剛睡醒，便見趙雲慌慌張張地跑了過來，他打了個哈欠，伸著懶腰問道：「子龍，何事如此慌張？」

趙雲道：「啟稟主公，宮中來人了，是給主公的聖旨。」

「聖旨？」高飛感到十分的驚奇，沒有想到自己來京師才不過一個月就有聖旨給他了。

他急忙問道：「在哪裡？」

趙雲道：「就在兵營外面，主公快去接旨吧！」

高飛二話不說，帶著趙雲來到兵營門口，就見一個二十多歲的清秀漢子，身穿官服等候在那裡，他急忙走上前跪地拜道：「微臣羽林中郎將高飛接旨！願吾皇萬歲萬歲萬萬歲！」

那漢子用欣賞的目光打量了高飛一番，微微地點點頭，道：「陛下口諭，宣羽林中郎將高飛安福殿覲見。」

皇帝召見?!高飛抬起頭，問道：「這位大人，不知道陛下召見我，所為何事？」

那漢子將高飛扶了起來，親切地道：「恭喜高將軍，賀喜高將軍，將軍很快就要高升了。」

「高……高升？」

高飛更是驚奇了，**他沒有暗中使錢，更沒有託關係走後門，跟漢靈帝劉宏壓根就不認識，怎麼可能會那麼快升官呢。**

那漢子道：「將軍還不知道嗎？光祿勳劉焉劉大人已經左遷為太常了，光祿勳一職就空缺了下來，陛下這會兒召見將軍，八成就是為了這事。」

高飛拱手道：「多謝大人的開解，尚未請教大人如何稱呼，如果高升，在下必定請大人吃酒。」

那漢子擺擺手，笑道：「吃酒就免了，我從不飲酒。不過將軍的好意在下心領了，在下**荀攸**，久聞將軍大名，今日能得一見，亦實屬快慰。」

「荀攸？」高飛聽到這個名字，有點大跌眼鏡，趕緊問道：「荀攸，荀公達？」

「呵呵，公達正是在下的表字，不想將軍居然知道。」

「黃門侍郎不是都由太監擔任的嗎？荀先生你……」高飛忍不住問道。

荀攸也不生氣，笑道：「這是將軍的誤解，黃門侍郎雖然替陛下通達內外，可是並不是所有當這個官的人都是太監，在下堂堂七尺男兒，絕對不是什麼太監！」

高飛見荀攸長相斯文秀氣，身體消瘦卻不顯文弱，前額寬大，顯出他有著高人一等的智慧，一身黃門侍郎的官服穿在身上，倒是將皇家的威嚴給凸顯了出來，加上他的氣質，讓人看了留下很深刻的印象。

他連忙道歉道：「荀先生，請恕我剛才的冒昧，不知者不罪，還請荀先生不要放在心上。」

荀攸淡淡笑道：「將軍也是無心之失，公達若是因此而遷怒將軍，那豈不是顯得公達太沒有度量了嗎？將軍，陛下還在安福殿等著呢，將軍快隨我一同進宮吧！」

高飛點點頭，轉身對趙雲道：「一會兒你和華雄到時間了，就集合所有的羽林郎去皇宮宿衛，像往常一樣巡邏。」

趙雲道：「將軍放心，屬下定將一切事情做得妥善。」

高飛衝荀攸拱手道：「荀先生，請前面帶路吧！」

荀攸在前，高飛在後，兩人一前一後朝皇宮走去。

一路上，高飛一直在打量荀攸，**荀攸是三國時期傑出的戰術家，被稱為曹操的「謀主」，擅長靈活多變的克敵戰術和軍事策略**，他若是不將此人收為己用，就等於白白認識荀攸了。

「毒士」賈詡是傑出的謀士和戰略家，荀攸則是傑出的戰術家，戰略加戰術，當真是天衣無縫的組合。

高飛心裡埋下要將荀攸納為己用的欲望，暗想道：「荀彧、荀攸、賈詡、郭嘉是曹操手下重要的四個謀士，**如今我已經得到了賈詡，要是再得到一個荀攸，**

就等於是如虎添翼了。我倒是想收服諸葛亮、龐統那樣的人，可是誰讓他們出生的時間太晚了呢，這個時候最多是個一兩歲的娃娃，能有什麼智慧？」

從兵營到皇宮路程不算遠，只一會兒的功夫便到了，守衛宮門的士兵放高飛和荀攸進了皇宮。

荀攸將高飛送到安福殿門口，便停下腳步，拜道：「高將軍，我只能送到這裡了，再往前走就不是我的許可權範圍了，希望高將軍能夠榮任光祿勳一職。」

高飛拱手道：「有勞先生了，今日能認識先生也是一種緣分，我初來京畿，沒有什麼朋友，不知道先生可否願意和我交個朋友？」

荀攸道：「將軍身在高位，卻對我這樣一個小小的黃門侍郎如此禮遇，將軍想和在下交朋友，在下又怎麼會拒絕呢？」

「哈哈，太好了，不知道先生住在何處，等我覲見完陛下之後，定當登門拜訪！」

荀攸道：「我與將軍的住處並不算太遠，兵營東側第三個巷子左邊第六個門便是。將軍要來，在下定當設宴款待一番，現在還請將軍趕快進去吧，去晚了怕陛下會不悅，要是耽誤將軍的前程，那公達可就是大罪過了。」

高飛笑道：「先生說的在理，那在下就進殿去了。」

兩個人互相拜了拜，之後分別朝不同的方向而去。

荀攸走了幾步後，停了下來，回頭望著高飛的背影，嘴角揚起一個淡淡的笑容。

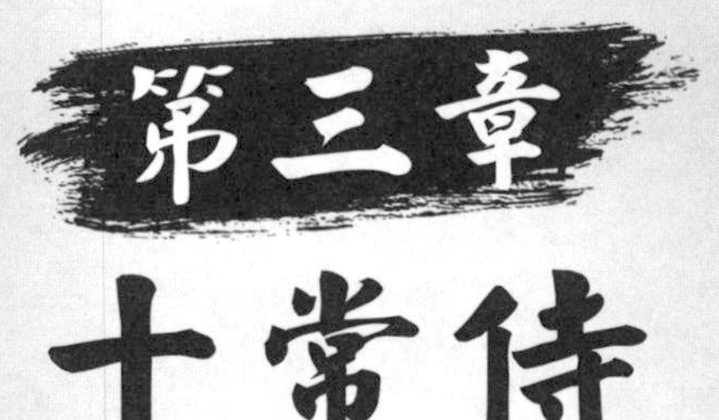

第三章 十常侍

荀攸道：「大人以為十常侍如何？」

「十常侍把持朝政，禍國殃民，天下人人得以誅之。」

荀攸繼續問道：「如果讓大人誅殺十常侍的話，大人可願意去做嗎？」

「有何不敢？難道大將軍要借用我的手來誅殺十常侍？」

安福殿是漢靈帝劉宏上早朝的地方，不過，漢靈帝已經很多天沒有上過早朝了，整天沉迷於酒色之中，將一切大小事務都推給十常侍處理，只有偶爾會過問一下。

尚書台的眾位官員也形同虛設，朝政因此把握在十常侍的手中，官職的升遷調離全部得經過十常侍，加上漢靈帝為了斂財，公開賣官鬻爵，一部分重要的官職也就如同流水帳一樣，今天上任明天調任的事情經常出現。

高飛今日脫去了戰甲，穿著一身大漢武官覲見皇帝的朝服，頭上戴著官帽，整個人神清氣爽地走在大道上，兩邊站著的是宿衛皇宮的虎賁甲士，他注意到那些所謂的虎賁之士，只是一個虛名，許多人都打著哈欠，似是昨夜縱欲過度。

朝前走一段路，高飛便進入一個宮門，守在宮門的不再是虎賁之士了，而是一個個身穿太監服裝的人，他們頭上戴著高高的帽子，穿著如墨般的衣服，精神抖擻地站在宮門口，隔開了內宮和外宮之間的道路。

進入宮門，高飛看見十分荒唐的一幕，所有的宮女都是穿著開襠褲，渾圓的屁股、茂密的黑森林一覽無遺地呈現在他眼前，宮女們並不害臊，面無表情，似乎早已經習慣了。

二月的天氣還很寒冷，那些宮女穿成這樣，對她們無疑是一種摧殘。高飛注意到許多太監交頭接耳，不時用手指著那些從他們眼前經過的宮女，似乎在議論著哪個宮女的屁股夠圓，或是哪個宮女的森林夠茂密。甚至站在門口的虎賁甲士也目不暇接的看著，整個安福殿就如同一個巨大的淫窩。

突然看到這樣的畫面，讓高飛有點承受不住，他這才覺得為什麼身為大將軍的何進會去開妓院了，上梁不正下梁歪，大漢的江山想不完蛋都不行。

高飛的印象中，漢靈帝因為皇后滿足不了他的欲望，就下令經常走動宮中的宮女和嬪妃都必須穿開襠褲，好為了劉宏在做那事的時候更為方便，不用再去解褲腰帶了。

高飛重重地嘆了口氣，不知不覺來到安福殿的門口。

門口一個太監攔住了他的去路，用陰陽怪氣的聲音道：「來人可是羽林中郎將高飛嗎？」

高飛點點頭，欠身答道：「正是微臣。」

「進去吧，陛下在大殿上等候多時了。」

高飛低著頭，彎著腰，緩緩地走進大殿，隨即跪在地上，朗聲道：「微臣羽林中郎將高飛，叩見陛下，萬歲萬歲萬萬歲！」

「愛卿平身！」

高飛抬起頭，看到了讓他吃驚的一幕，大殿的皇帝寶座上，漢靈帝劉宏居然穿的也是開襠褲，雙腿大刺刺的張開，露出裡面的隱私部位。

高飛急忙收回自己的目光，以最快的速度將大殿掃視了一遍。皇帝寶座的左右兩側筆直地站著兩個中年太監，一個身材微胖，一個骨瘦如柴，兩個人形成了鮮明的對比，兩人目光中都露出一絲狡黠，注視著他。

他和那兩個太監的目光有一次短暫的交會，轉瞬即逝之後，便看到曹操站在自己前面不遠處，心中驚道：「曹操怎麼也來了？」

劉宏從皇帝寶座上走了下來，每向前走一步，他褲襠裡那玩意兒便四處晃蕩。他走到高飛面前，打量著高飛，滿意地道：「沒想到愛卿如此年輕，愛卿今年多大了？」

高飛心中將劉宏這個「露陰癖」大罵一通，隨即目光盯著地面，不慌不忙地答道：「啟稟陛下，微臣今年十九。」

「嗯，愛卿年輕有為，以十九歲的年紀便做到羽林中郎將，確實是天下少有。」

劉宏先是誇讚了高飛一番，接著對一邊的曹操道：「曹孟德，如果朕沒有記錯的話，你今年應該三十了吧？」

曹操有點受寵若驚，沒想到劉宏居然記得自己的年齡，當即回道：「是的陛下，臣今年剛好整三十歲。」

「三十可是而立之年啊……」

劉宏說完這句話頓了頓，想了好一會兒，才又道：「朕今天叫你們來，是有件重要的事要告訴你們兩個。光祿勳劉焉已經去當太常了，光祿勳一職就空缺出來，朕本打算從你們兩人中選出一位來擔任光祿勳一職，但是現在見過高愛卿之後，覺得高愛卿還很年輕，如此年輕就擔任此高位，怕心力不足。朕看，這光祿勳一職，就由曹孟德出任吧。」

曹操聽到這話，忙表態道：「陛下皇恩浩蕩，對臣如此厚愛，臣定當竭盡全力做好本分的工作。」

高飛空歡喜了一場，想想安光祿勳也是九卿之一的高官，居然因為自己的年齡而白白錯失了。不過，他心裡明白，大漢王朝早已腐朽不堪了，於是淡淡地道：「陛下英明，曹將軍定然能夠勝任……」

「啟稟陛下！」站在龍椅邊的微胖太監打斷了高飛的話，露出一臉陰笑。

「張讓，有什麼不妥嗎？」劉宏道。

高飛看了眼張讓，見張讓肥頭大耳的，想道：「原來臭名昭著的張讓長得就

是這等模樣，這個該死的大太監，今天終於讓我見到了。」

張讓陰陽怪氣地道：「陛下，高將軍以十九歲年華便擔任羽林中郎將的官位，可謂是天下少有，如果他再以十九歲的年齡步入九卿之列的話，更會成為天下人口中談論的焦點。如果真是那樣的話，人們嘴裡肯定會說陛下慧眼識英雄，也會大肆讚揚陛下一番，陛下何不成全了高將軍呢？」

劉宏聽後，臉上大喜，拍手道：「你說得不錯，朕怎麼沒有想到這點呢？不過，朕已經將光祿勳的官職給曹愛卿了，怎麼能輕易改變呢？如果讓天下人知道了，豈不是在說朕出爾反爾嗎？」

「啟稟陛下，微臣有一個提議。」一直站在龍椅邊上的那個瘦太監一路小跑過來道。

劉宏急忙問道：「趙忠，你有什麼好的提議？」

趙忠道：「陛下，少府劉虞在職期間雖然沒有出現什麼漏子，可也沒有什麼建樹，以微臣的意思，不如讓劉虞做宗正，把少府的位置空出來，這樣一來，陛下不就可以封高將軍為少府了嗎？」

「哈哈，還是愛卿聰明，如此一來，朕既不用失信於天下，又能獲得天下人的讚揚，確實是一舉兩得。」

劉宏高興地道：「高飛，朕現在就封你為少府，位列九卿，以後就好好的替朕辦事，別辜負了朕對你的一片期望。當然，你也得謝謝張讓和趙忠，如果不是他們，你也做不上少府。至於謝金嘛，隨便給個一兩千萬意思意思就行了，知道了嗎？」

高飛卻一點也不高興，反而覺得這官職來得太過兒戲了，三公九卿在劉宏的手裡，成了賺錢的工具，說什麼封官，倒不如說是劉宏硬賣給他的。

他臉上做出高興的表情，拜謝道：「多謝陛下厚愛，臣必定盡心盡力。」

劉宏「嗯」了一聲，扭頭對曹操道：「孟德啊，念在你祖父曾經為大漢有過貢獻的份上，你的錢，朕就不要了，不過只此一次，下不為例。」

高飛聽了覺得很荒唐，**皇帝封官職，還向人家要錢，遍覽古今，大概也就只有這位漢靈帝才做得出來。**

「孟德啊，你先退下吧，虎賁中郎將的職位，朕已經讓人去做了，你去交接一下就是了。」劉宏道。

曹操道：「微臣告退！」

曹操走後，劉宏隨即對高飛道：「愛卿，少府一職非同小可，為了能夠讓你有所瞭解，朕讓中常侍張讓給你講解一番，順便將謝金交給他。」

高飛臉上窘迫不堪，問道：「陛下，如果臣沒有那麼多謝金怎麼辦？」

劉宏道：「那也沒有關係，有多少拿多少，不夠的，用寶物抵押，如果沒有什麼值錢的玩意兒，也沒有關係，你不是有俸祿嘛，那就從你俸祿裡扣，扣完為止。好了，朕累了，你們下去吧！」

「臣等告退！」

出了安福殿，高飛和張讓一同走了出來。

「高大人，我醜話可說在前頭，你現在雖然是少府，**可你擁有的一切都是我給的，只要你積極地配合我，我自然會讓你前途無量**，別說一個小小的九卿，就是三公之位也可以給你做。劉虞不識時務，不積極配合我，我只能將其調離少府的職位。我說的話，希望你能記在心裡，別到時候出現什麼不愉快，你反過來怨恨我。」張讓特別提醒道。

高飛忙道：「請張大人放心，高飛心裡明白。」

張讓道：「明白就好，從今天起，你要牢牢地記住，你的屬下裡凡是有我的人，不管是什麼事，你一律不准過問，只需要管好三個地方就行了，一個是尚書房，一個是太醫院，另外一個是御膳房。其中以尚書房最為主要，每次尚書令所遞交的奏摺，你都必須先拿過來給我看，明白了嗎？」

高飛點頭哈腰道：「明白，大人交代的，我都謹記於心了。」

張讓滿意地道：「好，我果然沒有看錯人。記住，在陛下面前，你是我的上司，陛下不在的時候，你就是我的屬下，只要你盡心盡力的為我辦事，我哪天高興了，就封你一個公爵當當。」

「是，大人的話我都明白了。」

張讓見高飛對自己惟命是從，也是歡喜不已，當即親自帶著高飛到御膳房、太醫院、尚書房走了一遭，讓高飛認認門。

東漢的少府位列九卿，算是高官了，但所掌管的是皇家的瑣碎事務，就連宦官都在少府的手底下管著。

值得一提的是，尚書令這樣重要的官職也在少府所管轄的職責範圍內，東漢的政令均出自尚書台，但是到了漢靈帝的時候，尚書令已經被宦官給孤立了，根本不讓見皇帝，有奏摺也只能通過少府或者中常侍遞給皇帝。

少府這個官職，就相當於皇帝的管家，一個大內總管。就是這樣的一個高官，其中許多職位都被宦官霸占著，而且在宦官的操縱之下，凡是不和宦官合作的，都做不長。

在張讓的眼裡，高飛是一個「識時務」的人，於是對他很是讚賞，一路上給高飛講了許多規矩，哪些地方該他管，哪些地方不該他管，高飛則是低頭哈腰，像隻溫順的小貓。

逛完皇宮，張讓毫不客氣地對高飛道：「明天你就正式上任，你的羽林中郎將自然會有人去接替的。不過，今天晚上你必須將一千萬錢送到我的府上，這可是陛下的意思。」

「明白，大人儘管放心。」

張讓拍了拍高飛的肩膀，笑道：「嗯，好好幹，以後少不了你的好處的。」

張讓派人將少府的印綬和官服送來給高飛，高飛便帶著官服和印綬出了皇宮。

回到兵營，所有的羽林郎都已經去宿衛皇宮了，只有賈詡一個人留下來，剛得到光祿勳的曹操也不知去向。

「主公，你可回來了。」賈詡見高飛回來了，急急迎了上去。

「賈先生，是不是出什麼事了？」

「主公，大將軍府派人來，讓主公回來後，就去大將軍府一趟。」

「大將軍？大將軍找我有什麼事？」高飛心裡犯起了嘀咕。

賈詡道：「屬下不知，但是來人顯得十分焦急，看樣子有什麼要事。」

「既然如此，那你和我一起去吧，咱們來京那麼久了，我還沒有去拜會過大將軍呢。先生，你在此稍等我一下，我去將這印綬和官服放進去，然後咱們一起去大將軍府。」

賈詡聞言，注意到高飛手中的官服和印綬，問道：「主公升官了？」

「不是升官，是買的官，陛下強賣給我的，你說我能拒絕嗎？」高飛抱怨道。

賈詡嘆了口氣，道：「**大漢的江山看來真的要土崩瓦解了。**」

「瓦解是早晚的事，以後會出現群雄爭霸的局面，所以我們必須儘快離開京畿，弄個太守或者刺史之類的官當當，一旦天下有變，我們就可以率兵長驅直入。」

賈詡還是第一次聽高飛說出真心話，不過，他沒有感到一絲驚詫，正如他所觀察的一樣，高飛是個極具野心的人，而大漢的江山也是早晚要崩潰的，對他來說，這也就意味很大的一個機遇。

多年來的懷才不遇，讓他對大漢早已經失去信心，如今他選擇高飛做為自己的主公，他就必須竭盡全力的輔佐高飛，在亂世到來之際，成就一番王霸之業。

高飛將官服和印綬放到自己的房間，然後牽來兩匹馬，和賈詡一起朝大將軍

府奔去。

到了大將軍府，高飛報上姓名，被侍衛帶進一個大廳。

大廳裡燈火通明，高飛老遠便聽到鼎沸的人聲，遠遠地看去，大廳裡滿堂賓客，有穿著盔甲的將軍，也有穿著長袍的文士，互相爭吵不休。

高飛、賈詡向前走沒幾步，便聽見一旁的小道上有人叫著高飛的名字。

高飛放眼看去，在昏暗的燈火下看到一張熟悉的臉，正是白天剛結識的黃門侍郎荀攸。

他急忙拉著賈詡走了過去，道：「荀先生，你怎麼也在這裡？」

荀攸斜眼看了賈詡一眼，沒有發話。

高飛會意，忙介紹道：「荀先生，這是我的心腹賈詡先生，有什麼話儘管說，不用顧忌什麼。」

荀攸朝賈詡拱了拱手，然後向高飛一本正經地道：「我也是受到大將軍的邀請而來，我在這裡是專門等候高大人的。」

「等我？」

高飛見荀攸一臉嚴肅，耳中隱約聽到不時傳來什麼「十常侍」，直覺告訴他，大廳裡的人似乎在商議著怎麼對付十常侍，便問道：「荀先生，是不是今晚有什麼大事要發生？」

荀攸道：「大事是否發生，那就要看高大人的心跡了，我聽聞高大人剛剛榮升為少府，而且是在張讓和趙忠的幫助下才當上的。今日大將軍府裡，群賢畢至，所要商議之事與十常侍有關，所以，我必須提前知道高大人的態度，以免站錯位置，落得死無葬身之地的下場。」

「我？荀先生，你想知道什麼，只要是我知道的，我必定會告訴你。」高飛見荀攸如此問他，怔了一下。

荀攸道：「大人以為十常侍如何？」

「十常侍把持朝政，禍國殃民，天下人人得以誅之。」

荀攸臉上露出一抹笑容，繼續問道：「如果讓大人誅殺十常侍的話，大人可願意去做嗎？」

「有何不敢？荀先生，**難道一會兒大將軍要借用我的手來誅殺十常侍？**」

荀攸點點頭道：「今日大將軍所召見的人，都是在京畿中有身分地位的人，他們深恨十常侍的種種行跡，欲將之誅殺，然而十常侍常常在皇宮內，旁人若沒有命令不能擅自進入，大人和虎賁中郎將曹操突然榮升為九卿，難道就一點不覺得奇怪嗎？」

高飛對自己突然升官，確實感到意外，但是他認為這個官等於是劉宏強賣給他的，因此並沒有多想，現在聽荀攸這麼說，他也感覺其中有什麼不對勁的地方，於是問道：「荀先生，這其中有什麼不妥的嗎？」

荀攸反問：「高大人可知道新上任的虎賁中郎將和羽林中郎將是誰嗎？」

高飛搖搖頭：「還請先生示下。」

荀攸道：「十常侍中的**夏惲**、**郭勝**分別出任虎賁中郎將和羽林中郎將，如果二人明日上任了，就等於皇宮內的虎賁甲士和羽林郎均為十常侍的爪牙了，加上一心跟著十常侍的衛尉，這就等於十常侍將整個皇宮給孤立了起來。陛下已經兩個月沒有上朝了，一切大小事務均被十常侍把持，如今箭在弦上，已經到了不得不發的地步，所以大將軍召集群賢共商大計。」

聽了荀攸的話，高飛忽然覺得這一刻來的太快了，本以為董卓入京才會天下大亂，**沒想到他剛來京畿不到一個月，天下就要大亂了。何進是大將軍，同時也是外戚，外戚和宦官互相專權已經成為東漢的政治標誌，大勢所趨之下，命運的年輪只怕提前好幾年了。**

「荀先生，不知道大將軍那邊可有什麼計策了嗎？」

高飛定了定神，**他感到自己此刻站在風口浪尖上，也隱隱地感到大亂將至，**

他必須在這個時刻把握住自己的機遇。

「暫時還沒有，不過現在分成了兩派，一派建議從長計議，以清君側為名，調四方猛士帶兵進京除奸，另一派則建議速戰速決，以迅雷不及掩耳之勢帶兵衝入皇宮，將宦官全部誅殺。高大人，你的意見呢？」

高飛當然不會贊成前者，如果那樣的話，就等於將董卓那頭惡狼給引來了，他見荀攸似乎在試探他，便道：「不知先生是何意見？」

荀攸見高飛將皮球又踢了回來，微微一笑，道：「大將軍手中握著北軍的數萬將士，又何須借用外兵！一旦外兵入朝，必然會掀起一場腥風血雨！衛尉掌管著一萬守衛皇宮的人馬，而且皇宮內也有許多是十常侍的私兵，大將軍手中雖然有數萬北軍將士，但是均駐紮在城外，要想從城外調集兵馬入城的話，恐怕會驚動城中百姓，消息也必會走漏到十常侍的耳朵裡。虎賁甲士加上羽林郎一共才四千人，如果猛衝皇宮的話，或許能殺個措手不及，獲得成功。」

高飛聽了荀攸的分析，扭頭對賈詡道：「賈先生，請你以羽林郎的身分進入皇宮，讓趙雲、華雄等人待命，今晚便是我們根除十常侍之時。」

賈詡朝高飛抱了一下拳，應聲飛快的離開。

荀攸笑道：「既然大人計議已定，事不宜遲，請大人火速進大廳吧，只要說服了大將軍，今夜過後，天下將為之讚頌大人的美名。」

高飛笑了笑，轉身和荀攸一起朝不遠處的大廳走去。

「羽林中郎將高飛到！」荀攸高聲喊道。

大廳內的聲音戛然而止，所有人都將目光聚焦在剛跨入大廳的高飛身上。

大廳正中間，一位大腹便便、長相粗獷的漢子，穿著一身華麗的服飾，不用多說，他就是大將軍何進無疑了。

何進面色黝黑，左臉頰上長著一粒瘊子，鼻子朝天，方碩大口，一雙打手圓嘟嘟的。

他一見荀攸跟高飛走進來，便喜悅地走了過來，朗聲道：「高將軍、荀先生，你們終於到了，本府恭候你們多時了。」

高飛聽到這話，斜眼看了一下荀攸，見荀攸鎮定自若，整個人顯得十分淡定，心中想道：「好你個荀攸，原來你和我一樣，根本就沒有進大廳啊。」

他見何進走來，和荀攸向何進拜了拜，同時道：「下官參見大將軍！」

「免禮免禮！」何進一把拉住高飛的手，笑哈哈地道：「都說隴西高子羽如何的年輕瀟灑，今日一見，果然是一表人才、英俊不凡。來來來，我給你介紹一下諸位大人。」

何進拉著高飛從左邊依次介紹起來：「這位是劉表、這位是劉焉、這位是劉虞、這位是陳琳……」

等何進介紹完在座的十八位各級官員之後，高飛分別向左邊的劉表、劉焉、劉虞、陳琳、伍孚、荀爽、陳寔、鄭泰、華歆九人拜了拜，然後又向右邊的袁紹、袁術、曹操、孔融、申屠璠、王匡、鮑信、逢紀、邊讓九人拜了拜，最後喊道：「在下高子羽見過諸位大人！」

十八個人不管是否認識高飛，都異口同聲地道：「見過高將軍。」

今夜的大將軍府裡可謂是群賢畢至，所有在京的名士、顯貴都雲集在這裡了，為了打擊十常侍，劉表、劉焉、劉虞這樣的漢室宗親也不惜向大將軍何進這邊傾斜。

這些平時名聲在外，難得一見的人此刻站在高飛的面前，**他不禁覺得今夜的這場密會，絕對會影響到大漢的命運。**

何進介紹完，便請高飛和荀攸坐在左右兩邊的尾端，雖然是末尾，卻也能彰顯高飛、荀攸的重要性，一個是手握兵權的羽林中郎將，另外一個是海內知名的潁川士族，能夠榮登大將軍所邀請的客人，也是非同尋常。

何進走回自己的座位，示意所有的人都坐下，隨後朗聲道：「既然人都到齊了，那咱們就長話短說。高將軍，袁本初和曹孟德經常在本府的面前提起你，本府從你入京到現在，一直在暗中觀察，覺得高將軍確實是個忠君愛國的人，所以本府也就不拿你當外人了。」

高飛微微欠身，道：「大將軍對末將如此厚愛，末將實在受寵若驚，末將和曹將軍、袁大人相識時間不長，但也是彼此推心置腹，對大將軍更是十分尊重，之所以未親自登門拜訪，是因為末將最近公務繁忙，還請大將軍恕罪。」

何進哈哈笑道：「無妨！今天讓你過來，就表示本府已經將你當成心腹，本府聽說高將軍已經榮升為少府了，可有此事？」

「啟稟大將軍，確有此事。張讓、趙忠投陛下所好，強行將少府職位加在末將的身上，並且向末將要一兩千萬錢作為謝金，末將不敢違抗陛下的聖旨，卻也拿不出這麼多謝金來，正準備明天掛印辭官呢。要不然傳了出去，天下人還以為我高飛和十常侍穿一條褲子呢，那可就落得個一身罵名了。」

荀攸早就提醒過高飛今晚所要商議的大事，便毫無隱瞞地說了出來。

此話一出，在場的人都滿意地點點頭，向高飛投出肯定的目光。

何進道：「高將軍真不愧是義士啊，不過高將軍倒不必掛印辭官……袁本初，你將具體的事情給高將軍說說吧。」

袁紹「諾」了一聲，當即站了起來，道：「高將軍，今日大將軍召集眾人前來，就是要商議一下如何誅殺十常侍。十常侍氣焰囂張，並且想借機掌控宿衛皇宮的所有軍隊，如果此舉成功的話，那以後朝廷的大小事情就等於全部握在他們的手中了。情急之下，大將軍只有召集大家前來共同商討對策，現在大家分持兩種意見，一種是借用外兵，以清君側為名發兵京畿；另外一種，則是用虎賁甲士、羽林郎為主體，進宮殺賊，不知道高將軍贊同哪種意見？」

何進怕高飛不明白現在的局勢，當即補充道：

「高將軍，九卿之一的衛尉是十常侍安排的心腹，手中握有一萬禁衛軍，而且皇宮裡面，十常侍更是巧立名目，弄了不少私兵，光皇宮內外就有大約一萬五千人。本府雖然貴為大將軍，但是手中握著的數萬北軍均屯駐在城外，城門校尉伍孚手中有兩千士兵，然而兵力分散在京畿的各個城門那裡，調動起來必然會引起很大的動靜。如今可用的兵馬就只有曹孟德兩千虎賁甲士，以及高將軍的兩千羽林郎了，在兵力上有著很大的懸殊，而且宮中十常侍的私兵都藏於暗處。高將軍，現在的形勢就是這樣，你都明白了嗎？」

高飛見眾人的目光再一次聚集在他的身上，期待著他的回答，鎮定地道：

「各位大人，有多少人贊同借用外兵的，能否舉手示意一下？」

話音一落，但見大廳中大部分人都舉起了手，只有曹操、陳琳、鮑信、荀攸、逢紀五個人沒有舉，就連大將軍何進自己也舉起了手，以絕對性的優勢壓倒贊同第二種意見的人，但是，**真理往往是掌握在少數人手中的。**

高飛看完，朝在座的各位拱拱手，朗聲道：「各位大人的意思在下明白了，請各位大人都放下手吧。」

何進放下的手，用疑惑的目光看著高飛，問道：「高將軍，你可有意見嗎？」

高飛欠身道：「啟稟大將軍，前者容易走漏風聲，更何況大將軍手中握著北軍的數萬將士，只需一聲令下，數萬將士勢必會爭先而上，又何須借用外兵呢？一旦風聲走漏，十常侍方面必然會有所作為，將想法設法阻擋外兵進京，更何況陛下還在皇宮中，陛下的一句話就是聖旨，陛下不讓外兵進京，誰敢違抗聖旨？後者可以立刻實施，而且絕對可以用雷霆之勢攻入皇宮將十常侍等人斬殺，可謂是首選之策……但是末將冒昧的問一下，**大將軍在此密謀誅殺十常侍之事，可是受了陛下密詔？」**

何進聽後，臉色立刻變得青一陣紅一陣的，額頭上虛汗直冒，他看了看一旁的袁紹，目光中似乎有幾分遷怒之意。

他大將軍做得好好的，和十常侍也井水不犯河水，偏偏手底下的人在耳邊吹風，吹得他殺意大起，以為直接幹掉十常侍就等於是替天下人解恨了，可是現在聽完高飛的話後，立刻明白事情的嚴重性。

他本來是個殺豬的屠戶，若不是因為妹妹機緣巧合之下進了宮，最後又當上皇后，他又怎麼能登上大將軍的高位！他沒有政治細胞，看事情也是只憑一股熱情，絲毫沒有把漢靈帝劉宏考慮進去。

良久，大廳內的氣氛變得陰沉下來，許多人陷入了思考，沒有皇帝密詔，擅自發動兵馬，就等於是造反。「造反」這個字眼對他們這些清高、沽名釣譽的人來說，根本是不敢想像的事，更別說是去付諸實際行動了。

「陛下被十常侍蒙蔽，外臣相見的機會根本就很少，雖然沒有陛下密詔，但是大將軍可以借助清君側為名，斬殺十常侍，等一切都瓜熟蒂落的時候，陛下就會明白大將軍以及在座各位的苦心。我們這樣做是在挽救大漢的江山，並不是在謀反。」袁紹見許多人露出質疑的目光，當即站了出來。

此話一出，讓在座的人紛紛點頭稱是，不時發出「唔」的聲音。

袁紹見自己的話起到了一定的作用，便向何進拱手道：「大將軍，當斷不斷，反受其亂啊。大將軍難道忘記竇武了嗎？下官還請大將軍三思而行，如今箭在弦上不得不發，如果等十常侍控制住整個皇宮，那大漢的江山就真正的落在那

幫宦官手上了。」

漢靈帝建寧元年（一六八）時，這一年，還是一個小孩子的漢靈帝剛剛登上皇位，外戚大將軍竇武、太傅陳蕃謀議清除宦官，但是最後卻因為種種原因反被宦官給殺了。

此時何進輕輕地閉上眼睛，以他這一生絕無僅有的冷靜回想著袁紹經常給他講述竇武的事情，沉默片刻之後，他睜開眼睛，猛然拍了一下身邊的几案，發出一陣轟鳴般的響聲，並且將几案上的東西震得七零八落。

之後，何進眼中露出殺機，彷彿看到面前十常侍等人的身影，多年來殺豬養成的粗聲粗氣在此刻完全爆發出來，他扯著嗓子罵道：「狗日的十常侍，就算你的皮再厚，老子也要用開水將你們身上的毛燙下來，老子就不信，白刀子進去，還捅不爛你們身上的那層臭豬皮！」

袁紹見何進表態了，已經被何進視為心腹的他立刻做出反應，附和道：「大將軍決議已下，誅殺十常侍刻不容緩。高將軍、曹將軍，還請你們二人迅速集結人馬，以迅雷不及掩耳之勢猛攻皇宮，宮中所有宦官一個不留……」

「等一下！」曹操突然站了出來，打斷袁紹的話，「大將軍，殺雞焉用牛刀，區區十常侍不過是些骯髒的小人，何需動用大軍？更何況，罪只在十常侍等人，與宮中那些太監無關，何必大開殺戒？」

「曹孟德！你祖父曹騰便是宦官，莫非你想徇私？」何進正在氣頭上，聽到曹操的話，疑心曹操包庇宦官，大聲質詢道。

曹操聽了，臉上變色，怒意立刻湧上心頭，轉身便朝大廳外走去。

當曹操走到門口時，卻見高飛突然竄了出來，用他高大的身材攔住了曹操的去路，一手拉住曹操的手，道：「孟德兄要走嗎？」

曹操怒而不答，冷冷地「哼」了一聲。

高飛拉著曹操，將其按在自己的座位上，用十分凌厲的目光直視著曹操。

曹操只覺得高飛目光如炬，似乎帶著一種極具威脅的征服感，看得他渾身難受，加上他整個身體被高飛用力固定在座椅上，他掙扎了一下，沒有掙脫開，怒道：「高將軍，你這是什麼意思？」

高飛笑了笑，道：「沒有什麼意思，請你聽我說完之後再走不遲。」

高飛端正了自己的身子，目光掃視在場的眾人，拱拱手道：

「諸位大人，還請聽我一言！大將軍，諸位大人，在下以為，曹將軍說得不無道理，十常侍不過是區區十個太監而已，雖然身處皇宮之內，卻不難除去。如果大將軍執意要動用軍隊的話，只怕今夜會成為一次巨大的宮變，陛下尚且在皇

宮之中，萬一張讓等人拿陛下當擋箭牌，混戰之中若是有個什麼不測，這弒君的罪名誰能擔當得起？」

眾人面面相覷，臉上都露出憂色。

鮑信站了起來，一米八五左右的他站在那裡如鶴立雞群，他渾身充滿爆發性的力量，寬闊的胸膛、健壯的身體，舉起粗大的雙手朝眾人道：「在下自認劍術頗高，願意進入皇宮將十常侍等人全部誅殺。」

「鮑大人豪氣沖天，但是一人難以成大事，我王匡雖不才，也懷有一顆赤誠的心，願意和鮑大人一同前往。」王匡受到鮑信的俠氣感染，立刻聲援道。

「我也願往！」伍孚也站了起來，抱拳道。

伍孚、鮑信、王匡都是漢末俠客，三人雖然在京為官，但是身上俠氣未去，此時便都自告奮勇站了出來。

高飛看了三人一眼，笑道：「三位大人勇氣可嘉，可是卻缺少機謀，皇宮守衛森嚴，何況十常侍又知道三位大人是大將軍府的人，又怎麼會放三位大人進宮面聖呢？」

鮑信將雙手一攤，聳了聳肩膀，叫道：「大不了硬闖皇宮，大丈夫不在今時建功，更待何時？」

袁紹此時靈機一動，道：「大將軍，不如放火燒南宮，大火一起，駐守北宮的衛尉必然會帶人前去救火，如此一來，衛尉的人馬就可以被盡數調開了，鮑大人、伍大人、王大人就能趁亂潛入皇宮了。」

「放火燒南宮？虧你想得出來，南宮是董太后的寢宮所在，你就不怕董太后死於非命嗎？」一直沒有發話的劉氏皇族終於開口了，開口之人是前任少府劉虞，他一聽袁紹這話，氣得火冒三丈。

袁紹窘迫地解釋道：「劉大人，我並非是真的放火去燒，只是調虎離山之計，目的只是為了吸引士兵的注意力而已。」

「不行！你燒了南宮，太后將置於何處？我身為宗正，絕對不會讓你亂來的。」劉虞年紀比袁紹大出許多，青鬚白面，是個養尊處優的主。

高飛見事情這樣僵持著也不是辦法，道：「殺十常侍不一定非要引開守衛……」

何進急忙問道：「哦，高將軍有什麼妙計嗎？」

高飛道：「啟稟大將軍，現在羽林郎正在皇宮中當值，那些羽林郎裡，有一千六百人是末將從涼州帶過來的，可以說對末將是忠心耿耿，只要末將一聲令下，那一千六百名羽林郎便能在皇宮中有所作為，更何況末將手下武藝高強者頗多，對宮中地形十分熟悉，只要挑選幾個出來，斬殺十常侍只是區區小事而已。」

何進笑道：「對啊，本府怎麼沒有想到這一層？現在高將軍貴為少府，可以隨意出入皇宮，就算是衛尉也不敢阻攔。高將軍，**你可願意替天下人斬殺十常侍嗎？**」

「這是我一直以來的願望！」高飛爽快地答道。

何進讚許道：「好，那就請高將軍代天下人斬殺十常侍了，事成之後，陛下面前，我等定為高將軍聯名上疏，以彰顯高將軍所立下的功勞。」

「多謝大將軍，末將定會不負眾望的。大將軍，事不宜遲，末將還是立刻入宮為妙，只怕晚了會有變故。事成之後，末將會派人前往宮門，將十常侍的腦袋全部拋出來。」

「好，不過為了以防萬一，還需要做些準備。袁術，你暫代虎賁中郎將之職，將虎賁甲士全部召集起來，在北宮外集合。袁紹，你去召集所有衙役，到武庫集合，其餘人各自帶上親隨，跟本府一起到北宮門外等候，今晚一過，諸位大人必定能夠名垂青史。」何進朗聲道。

「諾！」

會議散後，曹操、荀攸、高飛三人像是商量好的一樣，十分默契的走出大將軍府，然後另行找了一個隱秘的地方商議。

「高大人敢為天下先，令荀某佩服，不過皇宮中暗藏殺機，還希望高將軍見機行事，如果遇到不妥，還請不要硬拼，出宮之後，再另行他法。」荀攸似乎很擔心高飛的安全，看四周沒有人，急忙道。

高飛笑笑道：「荀先生請放心，我自有分寸。」

曹操還是一臉的不爽，被何進謾罵，又調離了他的兵權，在高飛聲音落下後，拱手道：「子羽賢弟，何進這個人沒有什麼遠見，今晚若不是你力挽狂瀾，只怕皇城內就會有一場腥風血雨了。就算除去了十常侍，何進一旦握住大權，只怕比十常侍也好不到哪裡去，以我在何進身邊觀察那麼久的結果來看，如果今晚大事成功，那麼**以後亂天下的人，必然就是何進了。**」

高飛道：「孟德兄，這是後話，今夜我還需要孟德兄從中協助一二，不知道孟德兄可否願意？」

曹操道：「你我兄弟，還說這些見外話幹什麼？」

「袁本初居心叵測，雖然他的計策被否定了，但是他絕對不會甘心，必然會暗中做出放火燒南宮的事情來。南宮之中尚有宮女、太監數千人，如果大火一起，只怕那數千條性命就會葬送在大火之中了。小弟想請兄長緊隨袁紹左右，以

兄長和袁紹的這份交情，必然能夠勸諫得住。」

曹操無奈笑道：「只怕我無法勸慰，這件事不是袁本初的意思，而是何進的意思。」

「大將軍的意思？」高飛驚詫道。

曹操道：「董太后和何皇后素來不和，何皇后一心要加害皇子劉協，這樣一來，她的兒子劉辯就順理成章的成為皇太子，也不必再憂心有人爭搶了。董太后是當今陛下的生母，他一心想立劉協為太子，陛下孝順，如果不是何皇后極力勸阻，只怕太子之位早就是劉協的了，你說何皇后又怎麼能不恨呢？

「大將軍是何皇后的兄長，他又怎麼會不希望自己的外甥當上太子呢？所以唯一的辦法就只有設法除去董太后，而放火燒南宮，縱使宗正劉虞不同意，今晚也勢必會執行下去，我現在手中無兵，根本無法勸解。賢弟啊，為兄也是無能為力啊。」

「他媽的，皇宮裡面的事情還真麻煩，**處處都是利益衝突**。」高飛破口大罵道。

荀攸道：「何進雖然貴為大將軍，卻成不了什麼大事，但是為了不至於在十常侍被誅殺以後，大權集中落入大將軍之手，在下倒是願意先行去南宮一趟，以黃門侍郎的身分覲見董太后，將其誆騙出來。太后是陛下親生母親，對十常侍的一些做法也難以忍受，她若到了北宮，定然能夠發揮其特殊作用，如此一來，南宮大火就可以避免了。」

「妙計！那我就暫時拖住袁本初，給先生製造時間。」曹操拍手笑道。

高飛重重地點頭道：「好，那事不宜遲，我們現在就分頭行動。」

話音一落，三人便朝著不同的方向而去。

高飛策馬奔馳在街道上，向北宮方向而去，腦海中想到《後漢書》靈帝紀裡曾經這樣記載道：「中平二年，二月，南宮大災，火半月乃滅。」

他一邊在馬背上奔馳著，一邊自言自語道：「**看來史書上所記載的這場無緣由的無名大火是何進所為的了**，今天我的一個小小的舉動，就救下了數千人的生命，也算是一個不小的恩德啊。」

黑夜中，高飛單馬飛馳，馬蹄聲在這寂靜的夜裡遠遠流傳開來。

守衛在北宮門口的衛士一天一換班，為了皇宮的安全，任何過往之人都要進行盤查，如此森嚴的防守，若是沒有職責的話，是不能隨便進入皇宮的，有聖旨的人也必須由黃門侍郎帶著進去。

高飛策馬來到宮門口，立刻有一群甲士湧了上來，負責看守宮門的一個屯長當即叫道：「來人快快下馬，皇宮重地，不容狂徒放肆！」

高飛從馬背上跳了下來，同時掏出身上還沒有交接的羽林中郎將的腰牌，朝那屯長面前高高一舉，朗聲道：

「我是羽林中郎將高飛，快快閃開！」

那屯長一聽高飛的名字，立刻低頭哈腰地走到高飛面前，瞄了一眼高飛的腰牌後，便巴結道：「原來是高將軍啊，將軍的大名如雷貫耳，只怪小人有眼無珠，將軍不是應該在未時就進入皇宮的嗎？怎麼這個時候才來？」

「你一個守門的屯長居然也過問起我的事情來了？去把你們的衛尉大人叫來，我倒要看看，衛尉手底下的人怎麼都個個那麼大膽！」高飛喝道。

那屯長一臉窘迫，一時間不知道該如何是好。

這時，他身後一個隊長走了過來，在他耳邊耳語了幾句，他聽完，臉上立刻變色，急忙叩拜道：「恭喜大人榮升少府，小的有眼不識泰山，冒犯了大人，還請大人恕罪。小人該死，小人不該過問大人的事，小人向大人賠禮了，還請大人不要驚動衛尉大人。」

高飛冷笑道：「好了好了，些許小事也不值得驚動衛尉了。本來本府今晚可以不來的，但是這是本府最後一天宿衛皇宮，所以特來和兄弟們敘敘舊。」

「應該的，應該的，大人請進吧！」

順利的進入皇宮後，高飛牽馬走過第一道宮門，那屯長早已派了一個隊長去後面的幾道宮門先打過招呼，之後高飛經過後面幾道宮門的時候，那些負責守衛宮門的將士們都對自己客客氣氣，一個也沒有來阻攔他的。

高飛重新上馬，策馬朝羽林郎宿衛的宮殿走去，轉了幾個彎，便看見一個涼亭。

此時，涼亭附近彙聚了二十個羽林郎，龐德喊出「集合」，緊接著「立正、稍息」等口號，二十名羽林郎精神抖擻的站成兩排，充分展現出將軍應有的氣息。

「嗯，很不錯。龐德，賈先生呢？」高飛誇讚一番後，見賈詡不在，問道。

龐德回道：「啟稟主公，賈先生說帶卞喜去做一件很重要的事，說是替主公先掃清道路上的荊棘。」

高飛聽得不明不白，搞不懂賈詡葫蘆裡賣的是什麼藥，便問：「賈先生幾時回來？」

龐德道：「賈先生說了，此事事關重大，必須讓主公等他回來之後，才可以有所行動。」

「這傢伙到底在搞什麼鬼？還有什麼比一會兒要做的事更重要的？」高飛喃喃自語道：「你們都坐下吧，咱們就等賈先生一會兒。」

這一等便是十幾分鐘過去，高飛抬頭，看見夜空中掛著一輪殘月，清冷的月光灑在整個皇宮內，冷風從眾人臉上吹過，涼颼颼的。

「不等了！」

高飛失去了耐性，想想自己今天要做的是驚天動地的大事，外面還有許多人在焦急的等著呢，他不能為了一個賈詡再拖延時間了，「現在就行動！」

龐德湊到高飛身邊，急道：「主公，賈先生還沒有回來，賈先生說……」

「賈先生說什麼都無濟於事，這裡我是主公，你是聽我的，還是聽賈詡的？」高飛怒道。

龐德立正向高飛敬禮道：「令明自從跟隨主公以來，絕無二心，對主公的命令也是言聽計從，但是今天令明要破例違抗命令一次，賈先生說了，前面的道路上布滿了荊棘，不能讓主公輕易冒險，令明也不願意讓主公以身犯險，所以只能對不住主公了！」

第四章 弒君罪人

高飛將帶血的長劍插入劍鞘內，衝門外站著的趙雲等人叫道：「都進來，關上房門！」

「我把皇帝殺了。」高飛神色自若地指著劉宏的屍首道：「我是弒君的罪人，現在我就站在這裡，任憑你們來抓，我絕無怨言！」

龐德話音一落，但見他身側的二十個羽林郎便一擁而上，紛紛抓住高飛的身體，將高飛牢牢地按坐在石凳上，饒是高飛再有力氣，也絕不可能掙脫開二十個人一起用力的力道。

「住手！不得對主公無禮！」

就在高飛準備大喊大叫時，賈詡突然帶著卞喜出現了。

龐德等人見賈詡歸來，立刻鬆開高飛，跪在地上道：「我等冒犯主公，還請主公責罰！」

高飛確實很生氣，他不知道賈詡對龐德等人說了什麼，居然讓他如此言聽計從，什麼荊棘、什麼危險，他自然知道，可是如果不冒險的話，他就不是高飛了。

「主公息怒，這都是我讓他們做的，主公要怪的話，就責怪我吧！」賈詡為龐德等人求饒。

「賈先生……你……」高飛想發火，可是看到賈詡那一臉和藹又充滿自信的臉，不禁問道：「你剛才到哪裡去了？」

賈詡嘿嘿笑了笑，拜道：「啟稟主公，屬下是替主公掃平道路上的荊棘去了，**如今荊棘一除，主公便可以發號施令了。**」

「荊棘？什麼荊棘？」高飛看著賈詡後面的卞喜，疑惑地問道。

卞喜顯得很是疲憊，大口的喘著氣，顯然是運動過量所致。他從懷中掏出一件物品，遞給高飛，道：「主公請看！」

高飛見卞喜遞過來的是一道檄文，那檄文非比尋常，是傳達聖旨所用的，他見賈詡一臉笑意，便打開那道檄文。此時，卞喜拿來一個火摺子，在燈火的映照下，檄文上的字能夠看得清清楚楚。

「這……這是……是**聲討十常侍的聖旨**？」高飛驚道：「陛下……怎麼可能會寫出這樣的聖旨來？賈先生，這到底是怎麼一回事？」

賈詡捋了捋下頷的鬍鬚，道：

「主公，大將軍何進召集那麼多人進行密商，無非是為了除去十常侍，我從大將軍府出來之後，便尋思著何進此舉有諸多不妥。何進身為大將軍，雖然有能力剷除十常侍，但是卻沒有陛下書寫的親筆詔書，而且陛下也不可能下達這樣的詔書，所以何進此舉只能算得上是逼宮。主公一心想剷除十常侍，勢必會首當其衝，如此一來，實際參與者是主公。如果主公此事成了，何進必然會以大將軍的身分入朝輔政，而主公最多以功勞封個三公什麼的，可是手上卻沒有得到實權，這樣一來等於便宜了何進。」

「嗯，這個我知道，我也早已預料到了，所以我不會讓何進那麼快得逞

的。」高飛道。

賈詡繼續道：「主公，我料定主公不會動用軍隊前來殺十常侍，因為那樣做很容易讓人誤會為謀反，萬一何進的立場不穩，勢必會害了主公。主公英明神武，身邊又有龐德、華雄這樣的猛將，必然會想以刺殺的方式結果了十常侍，但是此舉太過冒險，畢竟陛下是個活人，不可能眼睜睜的看著有人刺殺十常侍。「屬下以為，必須用一個萬全的方法，而誅殺十常侍這樣的奸佞之臣，最有效的是奉詔除奸。屬下便撰寫了這道聖旨，可是沒有加蓋玉璽的話，這就等於廢紙一張，所以，屬下便請卞喜去皇宮內盜取玉璽，將此聖旨蓋上玉璽，只有這樣才能順理成章。」

高飛恍然大悟，難怪卞喜氣喘吁吁的，想必是為了躲避守衛而奔波的。此刻他一切都清楚了，知道賈詡、龐德等人都是為自己好，便對身後的龐德等人道：「你們都起來吧，我錯怪你們了。」

「賈先生，**你是想利用這道聖旨給十常侍威懾，讓他們以為是陛下暗中下的命令，在他們將信將疑的時候，便下手殺了他們**，對嗎？」高飛道。

賈詡笑道：「正是這樣，只有如此才是最安全有效的辦法，不管陛下承認不承認，有了這道聖旨，主公就可以名正言順的討賊，而且殺了十常侍以後，陛下就算想怪罪主公都不行，這可加蓋了玉璽，是如假包換的聖旨。」

高飛哈哈大笑道：「賈先生，真有你的，居然考慮的如此周詳，不愧是『毒士』啊！哈哈，哈哈哈！」

「毒士？」賈詡突然聽到這個稱號，當即怔住了，心中想道：「主公為何如此稱呼我？難道……主公已經知道了是我挑唆董卓抓獲那些飛羽部隊家屬的事？我做的如此隱秘，沒想到還是瞞不過主公……」

高飛見賈詡皺起眉頭，意識到自己口誤，急忙道：「賈先生，你別放在心上，是我瞎說的，我這就向你賠禮道歉，還請賈先生不要記在心裡。」

賈詡立即笑逐顏開，道：「呵呵，主公明察秋毫，屬下佩服，屬下所做的一切都是為了主公好，雖然有時候手段歹毒一些，可如果不那樣做的話，我又怎麼能擔當得起主公對屬下『毒士』的美譽呢？」

高飛聽賈詡自己承認是毒士了，便笑道：「先生，事不宜遲，咱們拖延了那麼長時間，是時候行動了。」

賈詡重重地點了點頭，對高飛道：「主公，趙雲、華雄、盧橫、周倉、管亥、廖化都已經準備妥當了，裴元紹、夏侯蘭暫時負責統領羽林郎，只要主公一聲令下，趙雲等人就會跟著主公一起去殺十常侍，裴元紹、夏侯蘭也會率領羽林郎作為策應！」

高飛道：「如此甚好，陛下現在在合歡殿，十常侍也必然會隨同前往，我們現在去合歡殿，裴元紹、夏侯蘭堵住合歡殿的宮門，不許任何人進出，務必將十常侍堵殺在合歡殿內！開始行動！」

兩千羽林郎早已準備就緒，一聽說要斬殺十常侍，所有的人都躍躍欲試，不管是誰，都希望能夠親手將這些奸佞的宦官給殺了。何況高飛手中握著聖旨，奉詔鋤奸可是名正言順的，手下的人就更加願意聽從號令了。

亥時三刻，夜色深沉，皇宮遠離了白天的喧囂，就連守夜的宮女太監們也都開始打起了盹，整個皇宮裡除了幾聲思春的貓叫外，死一般的寂靜。合歡殿離羽林郎所宿衛的偏殿不遠，只需走上幾百米路，便能徑直到達合歡殿的宮門口。

殘月如鉤，月光灑向大地，給這個清冷的夜晚籠罩上了一層朦朧。

合歡殿宮門外的道路上，高飛帶著賈詡、趙雲、華雄、龐德、周倉、管亥、廖化、卞喜，一行九人走向合歡殿的宮門，每個人的腰中都懸著一把佩劍，除了高飛、賈詡二人穿著長袍外，其他人皆穿著清一色的盔甲。

合歡殿宮門口，立在冷風中的太監看到一群人正朝這邊走來，領頭的太監抬起手指著高飛，道：「後宮重地，豈是你們隨意擅闖的地方？快快回去！」

高飛沒有停下腳步，繼續向前走著，來到那個太監面前，二話不說，拔劍而出，手起刀落間便將那個太監的人頭砍了下來。

其餘的太監驚詫不已，就在他們還愣在原地的時候，趙雲、華雄等人一個個猶如惡鷹一般撲了上去，只幾秒時間，便將宮門的太監清理得乾乾淨淨。隨後，盧橫、夏侯蘭、裴元紹各自帶著部隊從宮門的兩邊湧了上來，立刻將合歡殿宮門堵得水泄不通。

後宮的防禦體系十分的薄弱，高飛不費吹灰之力奪下宮門，之後，對盧橫、夏侯蘭、裴元紹下令道：「守在宮門口，無論是誰來，一律不能進入，沒有我的命令，擅自進出者殺。」

盧橫、夏侯蘭、裴元紹齊聲答道：「諾！」

高飛將劍插入劍鞘，朝宮門裡走去，賈詡、趙雲等人緊隨其後。

合歡殿內燈火通明，悠揚的宮廷樂曲從殿內傳了出來，樂曲中夾雜著幾聲浪笑。守夜的太監正不亦樂乎的偷看著殿內的無邊春色，絲毫沒有注意到有人正在悄悄地朝他們走來。

等聽見背後有腳步聲傳來，急忙回頭時，便見高飛等人兇神惡煞般的站在那

裡，紛紛嚇了一跳，剛準備張嘴問話，但見十幾道寒光閃過，一顆顆人頭便落在地上。

「主公，你看裡面……」趙雲無意間從門縫朝殿內看了一眼，咋舌道。

高飛透過門縫望去，但見二三十個全身赤裸的女人正在殿中跳著舞，大殿左側坐著樂師，右側的地上鋪著一層厚厚的棉被，棉被上躺著十名光著身子的女人，張讓、趙忠等十個太監光著上身，手中握著圓柱形的硬物，插進那些女人的下體內，女人的臉上顯出痛苦的表情。

正前方的龍椅上，劉宏全身上下一絲不掛，斜靠在龍椅上，一名光著身子的女人坐在他的雙腿之間，不停地扭動著身軀，不時發出一兩聲呻吟之聲……

「這個荒淫無道的昏君！」高飛看到大殿內的一幕，怒氣立刻湧上心頭，控制不住自己的情緒，大罵道。

「砰」的一聲，高飛一腳踹開合歡殿的大門，手中提著血淋淋的長劍，大踏步地跨進殿裡。

門被踹開的那一瞬間，坐在皇帝寶座上的劉宏以及大殿內的人都是一驚，劉宏還沒有來得及推開壓在他身上的女人，只覺得一股液體從自己的下身湧出，渾身一哆嗦，整個人洩氣一般的癱軟在龍椅上，他身上的女人驚叫一聲，以最快的速度躲在龍椅後面，露出一張花容失色的臉。

那些光著身子的女人也驚叫起來，如鳥獸散般紛紛從地上撿起衣服遮住自己的身體。樂師停下手中的樂器，從腳邊拾起兵器，從大殿左側湧了出來，聚集在大殿正中央。

張讓、趙忠等十個人立即跑到劉宏身邊，大聲道：「有刺客，護駕！護駕！」

高飛眼裡充滿怒火，高聲道：「把大殿的門給關上，周倉、管亥、廖化、卞喜守在門外！」

「諾！」周倉、管亥、廖化、卞喜四個人異口同聲地答道，便將大殿的門給關了起來，四人緊緊地守在門口。

「高……高愛卿……你難道……想造反……造反不成？」

劉宏看到高飛的臉上和身上沾滿了鮮血，手中提著的長劍在一點一點的滴著血，驚慌失措之下，吞吞吐吐地問道。

「大膽高飛，居然敢公然行刺陛下？來人啊，把高飛給我拿下！」張讓看到這一幕，倒沒有表現出一點懼色，而是指著高飛下令道。

張讓聲音一落，但見那二十名手持兵刃的太監樂師便衝了上來。

高飛一動不動的站在那裡，凌厲的目光掃視著張讓等人。他身後的趙雲、華雄、龐德三人便在同一時間跳了出去，揮舞著手中的長劍迎上了那二十名太監樂師，只短暫的幾十秒內，三個人便將那二十名太監樂師盡皆殺死，紛紛倒在大殿正中央，弄得一地血跡。

張讓吃了一驚，沒想到自己平日裡訓練出來的死士居然如此不堪一擊。

「張愛卿，快……快殺了這逆賊！」劉宏從龍椅上跳了下來，躲在了張讓的身後，大聲喊道。

高飛見形勢不利，便從懷中掏出一道聖旨，朗聲道：「陛下，臣高飛絕無犯上作亂之意，臣是奉了陛下密詔鋤奸之命，今日要剷除十常侍，清君側，靜天聽，這是陛下給臣的親筆詔書！」

「密詔？」張讓、趙忠等人都回過了頭，用一種猜疑的目光望著劉宏。

「密詔……什麼密詔？朕什麼時候給過你密詔了？」劉宏比誰都吃驚，看著張讓、趙忠等人質疑的目光，立刻叫道。

高飛也不再辯解，當即提劍向前跨了一步，邊走邊道：「臣奉旨討賊，這是陛下給臣的聖旨，臣按詔行事，是為了陛下清除奸佞，何罪之有？陛下，你過來，到臣的身邊來，臣可以保護陛下安然無恙。」

「你別過來……你別過來，朕根本沒有給過你什麼詔書，你別過來……」劉宏見高飛一步一步的靠近，便不住地朝後面退，大聲地叫道。

高飛提劍在前，趙雲、華雄、龐德緊隨其後，四個人快步走了上去，向著最前面的四個太監便是一番亂砍。餘下的張讓、趙忠等六人嚇得面如土色，劉宏推著他們擋在前面，張讓、趙忠等人反而將躲在最後面的劉宏給推了出來。

「你別過來……朕讓你別過來……」

劉宏大驚失色，眼中滿是恐怖，光著身子的他渾身顫抖，哆嗦地站在那裡，發著無助的呼喊。

事已至此，高飛哪裡肯罷手，定睛看見劉宏身後的那六個太監，便大叫了一聲，一個箭步躥到了劉宏的面前，左手猛地一拉劉宏，便將劉宏拉到身後，同時大聲對龐德道：「令明！保護陛下！」

龐德「諾」了一聲，急忙拉著劉宏走到大殿門口，和站在那裡的賈詡一左一右的看護起劉宏。

賈詡拜道：「陛下受驚了，有臣等在，陛下絕對不會受到半點傷害。」

此時的劉宏早已嚇破了膽，做皇帝這麼多年，天天養尊處優，這等血腥的場面他哪裡見過，被龐德帶到大殿門口，回頭看見高飛、趙雲、華雄三人又殺了三個跟在他身邊的中常侍，見鮮血從脖頸間噴湧出來，便暈厥了過去。

龐德、賈詡見劉宏暈厥在地，只瞄了一眼，誰也沒有搭理他，對他們來說，這種荒淫無道的皇帝根本不值得他們去效忠。

二人目視前方，見高飛又斬殺了一個太監，只剩下張讓、趙忠向那些大殿柱子後面光著身子的女人堆裡跑去。

大殿裡都是無頭、斷手、斷腳的屍體，那些女人嚇得花容失色，有些已經昏了過去。

趙忠向前跑著，隨手將身邊的女人用力的推了出去，那女人「啊」的一聲尖叫，迎面撞上追逐趙忠的華雄。

華雄先是吃了一驚，見一個光著身子的女人撞了上來，當即伸出左手，順勢摟住了那女人的細腰，身體在原地轉了半圈後，輕鬆地化解了那女人的撞擊，然後鬆開摟住女人細腰的手，同時將右手中的劍給拋了出去，但聽「噗」的一聲悶響，長劍便貫穿趙忠的胸膛，立刻斃命。

高飛、趙雲去追逐張讓，張讓倒是顯得聰明一點，他將兩個女人推向高飛、趙雲，準備向偏殿跑去。高飛見張讓要跑，急忙擲出手中的長劍，劍飛出插進張讓的大腿上。

張讓「啊」的一聲慘叫，腿上傳來了陣陣疼痛，一個踉蹌便翻倒在地上，等他剛想爬起來的時候，趙雲早已經趕了過來，揮劍便朝他砍來。

情急之下，他立刻尖叫道：「救命啊！」

就在這電光石火之間，一個黑衣人不知道從什麼地方竄了出來，一柄寒光閃閃的長劍立刻擋住了趙雲的劍。

「錚！」

一聲巨大的轟鳴在大殿中響了起來，那黑衣人左手握劍，一陣快擊便將趙雲給逼開。高飛、華雄、龐德、賈詡無不吃驚。

高飛從地上撿起一把長劍，走到趙雲身邊，看了一眼那黑衣人，見那個黑衣人面部稜角分明，左邊臉頰上帶著一道劍痕，中等身材，渾身散發著成熟魅力，眼神中透著一股犀利，顯然是經歷過許多腥風血雨。

他凝視著那黑衣人，輕聲問道：「子龍，你沒事吧？」

趙雲搖了搖頭，目光中也充滿了驚奇，緩緩地道：「主公，這人劍法高超，絕對是高手中的高手。」

華雄也從一邊趕了過來，和趙雲、高飛站在一起，凝視著那黑衣人。

那黑衣人仗劍而立，修長的身軀擋在張讓的面前，側臉問道：「你沒事吧？」

張讓一臉的痛苦，他匍匐在地上，腿上還插著一把長劍，衝身邊的黑衣人叫道：「殺了他們！殺了他們！」

「我希望你遵守諾言，這是我最後一次幫你，今晚一過，你我互不相欠！」那黑衣冷冷地衝張讓喊道。

張讓道：「只要你殺了他們，從此以後我們就永遠扯平了。」

「好！」那黑衣人轉過了頭，凌厲的目光中射出道道光芒，掃視著站在面前的趙雲、華雄和高飛。

當他的目光停留在高飛的臉上時，嘴唇蠕動了幾下，心中暗暗叫道：「怎麼會是他？」

大殿內，因為那黑衣人的突然出現，形勢出現了些許變化。

高飛凝視著面前的黑衣人，見他保護著張讓，而且聽他們的對話，似乎兩人之間關係非比尋常。

他朗聲喊道：「今夜我高飛奉詔討賊，只殺十常侍，不相干的人全部給我滾出去！」

賈詡、龐德打開殿門，那些女人巴不得趕快離開這裡，聽到高飛的命令，衣服也顧不得穿，撒腿便朝大殿外跑去。

守衛在大殿門口的周倉、廖化、管亥、卞喜四人又重新將大殿的門給關上了，仍然冷漠地注視著大殿周圍的動靜，但有風吹草動，手中的兵刃便立刻出手。

大殿內，高飛再次打量了一下那黑衣人，隨後拱手道：「這位兄台，我是少府高飛，奉陛下密詔剷除朝中奸佞，十常侍把持朝政，禍國殃民，人人得而誅之，還請兄台讓開，不要助紂為虐。」

那黑衣人冷笑了一聲，手中的長劍突然飄舞起來，劍氣縱橫，凌厲的劍招猶如滔滔江水連綿不絕，大殿內更是寒光閃閃，殺氣逼人。

他左手握劍，所舞動的劍法居然能如此精妙，密不可破的劍招立刻形成了一個劍網，將他自己連同身後的張讓都罩在裡面。

短暫的六招劍法舞過之後，他便收住劍招，將長劍猛然插在大殿的地上，長劍有一半沒入了地上，上面的另外一半卻在那裡顫巍巍的晃動著。

「這劍法是……這是……你……你是……」

高飛看了那黑衣人所舞動的六招劍法後，整個人呆在那裡，腦中浮現出一個熟悉的身影。

那黑衣人環抱著雙臂，面無表情的站在那裡，冷冷地對高飛說道：「高子羽，一別六年，沒想到我們又碰面了。」

此話一出，所有人都震驚不已了，沒想到那黑衣人和高飛居然認識。

「你……你怎麼會在這裡？」

高飛已經確認**那黑衣人的身分**，**就是六年前教授他遊龍槍法的蒙面黑衣人**，只是當時他從未見過那黑衣人的面容，如今當那黑衣人以真面目站在他面前時，如果不是那黑衣人所舞動的那六招劍法，他根本無法辨認出來。

黑衣人沒有回答，反問道：「當年我少教了你最後六招，以至於我的心裡一直有點愧疚，現在我把那六招教給你，剛才我所舞的那六招你可看清楚了？」

「看清楚了，師父，你怎麼會……會成為十常侍的爪牙？」高飛點了點頭，指著張讓輕聲問道。

「閉嘴！我說過，我不是你的師父，當年你救了我，我教你武功，這也算是知恩圖報了，雖然當時我不辭而別，以至於你最後六招遊龍槍法沒有學成，但是我現在已經將最後六招完全教授給你了，以你現在的武功，從中推演出來槍法不難。此後，我們互不相欠！」那黑衣人厲聲道。

「王越！我不管你和他之間到底有什麼瓜葛，但是今天你必須給我一個交代，快殺了他們！」

張讓已經爬到了大殿的牆邊，靠著牆，他緩緩地站了起來，用另外一條完好的腿支撐著身體，大聲叫道。

「你閉嘴！我可不是你呼來喚去的狗……」王越猛然回過了頭，用凌厲的目光望著張讓。

「你……」

張讓氣得不輕，但是面對王越凌厲的目光，他還是會感到害怕，更何況現在站在他面前的王越是他唯一的救星，只好強忍住心中的怒氣。

「王越？」

高飛的腦海中似乎有著這樣一個模糊的影子，「王越好像是**東漢末年第一劍客**……難怪我所附身的這個人的武藝有這麼高……」

回過頭，王越望著高飛、趙雲、華雄三人，拔出了插在地上的長劍，將劍尖指向高飛三人，冷冷地道：「他是我要保護的人，要殺他，先殺我！」

「主公，現在該怎麼辦？」趙雲面露難色。

高飛看著王越，問道：「你當真要幫這個死太監？**難道你不知道他是禍國殃民的罪魁禍首嗎？**」

王越冷哼一聲：「禍國殃民？如果皇帝不昏庸的話，又怎麼會聽信他的讒

言？他於我有恩，我曾經承諾過要救他三次，這是最後一次，我不可以失信！」

賈詡這個時候走了過來，將高飛拉到一邊，貼在高飛耳邊小聲道：「主公，速戰速決，再這樣拖延下去的話，只怕會生出許多變故。」

於是高飛不再遲疑了，朝王越喊道：「既然如此，那只有得罪了，十常侍今天我要徹底根除！」

「放馬過來吧！」王越臉上毫無懼意地道。

「趙雲、華雄、龐德，一起上！」高飛一個箭步竄了上去，手中長劍陡出，劍鋒直指王越的胸膛。

「錚！」

王越嘴角露出笑容，輕輕一揮手中的長劍，便撥開高飛刺來的劍招，隨即劍招迭出，和高飛纏鬥在一起。

趙雲、華雄、龐德三柄長劍齊出，分別站在三個不同的方位，和高飛一起將王越圍住。王越不愧是第一劍客，雖然面對四人的圍攻，可是他在包圍之中仍能鎮定自若的回擊擋劍，饒是不簡單。

大殿內但見寒光閃動，五條長劍相互碰撞，乒乒乓乓的一陣陣脆響。十招過後，王越仍然格擋自若，雖然被高飛、趙雲、華雄、龐德四人用劍網罩住，卻收放自如，不經意間防守的劍招便會陡變為進攻的殺招，有好幾次差點突破了四人的圍攻。

張讓看到王越被困在劍網中，高飛等人又在一心對付王越，靈機一動，便邁著受傷的腿，緩緩地沿著牆壁朝偏殿準備開溜。

旁觀者清，賈詡站在一邊，發現張讓正蠕動著身體朝偏殿溜走，急忙提劍跟了過去。

高飛、趙雲、華雄、龐德幾次三番的想抽出一個人去擊殺張讓，可是王越的劍鋒卻不給他們任何機會。四人索性放棄原先的想法，死死的將王越壓制在劍網之中。

華雄、龐德的劍法稍微弱了點，兩人都是西涼人，馬上對戰的高手，擅於使用長兵器，近身搏鬥雖然也不含糊，可是當遇到真正的劍術高手時，便會現出疲勢。

高飛的遊龍槍法是由劍法演變的，他不僅擅於用槍，也擅於用劍，所以王越舞動劍法時，他一眼便認出是自己遊龍槍法的延續。

趙雲也是用槍高手，用劍也不弱，所舞動的劍招也甚是精妙，他和高飛一左一右夾攻王越，彌補了華雄、龐德二人在劍法上的不足之處，四個人的通力合作，愣是將這個第一劍客給壓制在劍網裡，讓他無法抽身。

張讓此時已經移動到偏殿附近，只要再向前邁出三步，就能順利的進入偏殿，然後打開偏殿中的逃生機關逃出去，調集自己的私人部隊，前來絞殺高飛等人。

「還有兩步就到了，我一定要堅持住。」張讓忍著疼痛，腦中想道。

當張讓跨出第二步時，腳還沒有落地，便感到一陣透心涼，低頭看看前胸，帶血的劍刃刺穿了他的胸膛，鮮血正一滴一滴的滴到地上。

他回過頭，用一種極其不甘心的目光看到身後用劍刺他的人，是賈詡。

張讓整個身體側翻倒地，全身抽搐，在血泊中掙扎著，眼裡充滿了絕望。

張讓的叫聲傳到王越的耳裡，他的心裡如同被人用刀刺一般，一個恍神，只覺得手臂上一陣生疼，緊接著左肋、小腿、後背上都被劍劃傷，陣陣的疼痛傳到他的中樞神經裡，讓他咬緊了牙關。

「噹啷！」

長劍落地，王越赤手空拳的站在那裡，脖子上架著四把長劍，他突然哈哈地大笑起來，道：「不愧是我王越教的，能死在自己的劍法之下，也是一件快事！

高子羽，你動手吧！」

高飛將長劍從王越的脖頸上移開，看了一眼倒在血泊中的張讓，冷冷地道：「怎麼說，我的武藝也是來自於你，不管你承認不承認我這個徒弟，在我的心裡，你就是我的師父，我是不會殺你的，你走吧。」

趙雲、華雄、龐德三人同時撤劍，退到高飛的身後。

大殿內充斥著血腥味，王越身上的血染濕了他的衣服，傷口處露出綻開的皮肉，終於他失去了鬥志，主動丟下手中的長劍，**他已經沒有戰鬥下去的理由了。**

他是一個劍客，來自遼東，從小練劍，十八歲正式離開家鄉，前往京師求學，一心想靠自己高超的劍法在朝中博取一番功名，可是現實是殘酷的，出身低微的他只配給人當門客，他不甘心，於是他遠赴邊塞，用自己的武藝去幫助那些需要幫助的人。

在幽州，他曾經單身入鮮卑王庭刺殺鮮卑大單于；在並州，他以一人之力救下五百名將要慘死在鮮卑箭下的牧民；在涼州，他在短短的一個月內刺殺了羌族的十三名酋長。

也就是在涼州，他受到羌人的追逐，三千羌人勇士搜捕他一個人，他寡不敵眾，身受重傷，最後被高飛機緣巧合的救了下來。

為報答恩情，他教授高飛武藝，將畢生所學加以演變，創出遊龍槍法教授給高飛。後來，羌人發現了他的蹤跡，為了不給高飛惹麻煩，他不辭而別，從此遠離涼州。

後來，他再一次來到京師，在京師開設武館，教授徒弟，卻因一次意外，失手殺了一個世家子弟，後來多虧張讓，他才脫離了牢獄。

這兩年來，為了報答張讓對自己的恩情，他連續兩次救下張讓，可是這一次，張讓死了，也就等於他失信了。

往事一幕幕的湧上心頭，王越閉上眼睛，眼眶裡流出兩行滾燙的熱淚。

突然，他撿起地上的劍，毫不猶豫地斬下了自己的左手，鮮血不斷地噴湧而出，他面無表情，似乎那隻被砍下的手不是他的。

他失敗了，這是對他失信的懲罰，他看著高飛，緩緩地道：「從此以後，世上再也沒有王越了。」

「你……你這是何苦呢？為了一個臭名昭著的宦官，值嗎？」高飛見王越狠心的斬下自己的左手，驚詫地道。

「人無信不立！我一生視信義如生命，你不殺我，我只能自己懲罰自己。從今以後，我就隱居山林，有生之年絕不踏出山林半步。高飛，如今遊龍槍法已經盡數傳授給你，希望對你而言還不算太遲，也希望你能拼出一番天地，也不枉我的武藝後繼有人了。」

王越臉色蒼白，身上五處傷口都在流血，說話的聲音也越來越弱。他說完這些話後，轉身便朝大殿外走去。

大殿門口，周倉、管亥、廖化、卞喜四人守在門口，看到受傷的王越，四人不約而同將目光看向高飛，見高飛朝他們擺擺手，四人便閃到一邊，讓王越過去。

「死了……都死了……他們……他們都死了……」

劉宏從昏迷中醒來，看到整個大殿裡鮮血淋淋的，而張讓、趙忠等十位中常侍無一倖免，都倒在血泊當中，不禁崩潰失聲道。

高飛見劉宏醒了，朝劉宏走去。

劉宏見高飛向他走來，手裡拎著血淋淋的長劍，驚恐地喊道：「別過來……你別過來……」一邊往後直退。

高飛見劉宏那驚恐的表情，也不理會他，只一味的向前走，被逼到牆邊，退無可退的劉宏，身體捲縮成一團，哆嗦不已。

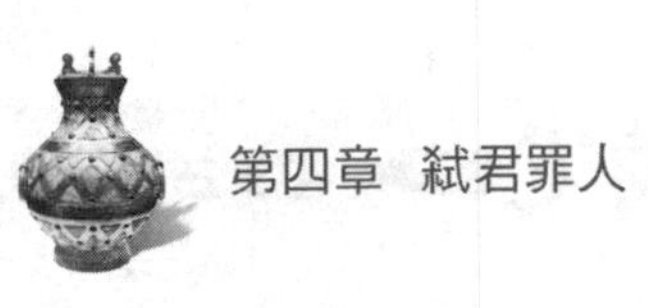

劉宏道：「陛下不要害怕，奸佞的十常侍已經徹底被剷除了，從此以後陛下身邊就清靜了……」

「是你殺了張讓、趙忠他們……朕沒有給你下詔，是你殺了朕最忠心的臣子，朕要殺了你！為張讓、趙忠報仇，朕是皇帝，朕不怕你，朕要下旨殺了你！」劉宏眼裡迸發出殺意，指著高飛叫著。

高飛眉頭皺了起來，他沒想到劉宏對十常侍如此寵幸，居然要為了幾個太監而殺他。

「趙雲、華雄、龐德，你們三個把殿門關上，外面天氣冷，陛下身體單薄，怕龍體有恙！」

趙雲、華雄、龐德三人諾了聲，隨後朝大殿外走去，將大殿的門給關上。

賈詡見劉宏一個勁地說著要殺了高飛，意識到情況的嚴重性。他知道高飛是故意將趙雲三人支開，於是拱手道：「主公，事已至此，也只有**行非常之事了**。」

高飛問道：「那該如何善後？」

賈詡獰笑一聲，道：「十常侍為求自保，不惜用先帝遮擋，先帝為求掙脫，與十常侍展開糾纏，糾纏中，先帝竟被趙忠刺中要害，不幸駕崩！」

高飛聽賈詡一口一個先帝，儼然已將劉宏當成一個死人了，笑道：「發喪！」

聲音落下，高飛舉起手中利劍，直接刺入劉宏的心口，利劍貫穿劉宏的身體，不一會兒便再無氣息。

高飛將劍從劉宏的心窩中拔了出來，一腔熱血噴濺到他的臉上，鮮血順著臉滴淌到嘴邊，他伸出舌頭舔了一下，隨後混著口水吐到地上，道：「皇帝的血跟我的沒有什麼兩樣嘛！」

高飛將帶血的長劍插入劍鞘內，轉身朝大殿門口走了過去，拉開門，衝門外站著的趙雲等人叫道：「都進來，關上房門！」

「我把皇帝殺了。」高飛神色自若地指著劉宏的屍首道：「我是弒君的罪人，現在我就站在這裡，任憑你們來抓，我絕無怨言！」

「這個荒淫無道的狗皇帝，每天就知道玩女人，把朝政都交給十常侍，只會貪圖享樂，不顧百姓死活，弄得朝野上下烏煙瘴氣，天下民不聊生，主公殺了他是為天下人除去一害。弒君就弒君了，這裡就我們這些人，把罪名推到十常侍身上就是了！」廖化憤然道。

周倉、管亥、卞喜相互看了一眼，異口同聲地道：「我等誓死跟隨主公，絕無二心。」

華雄、龐德也表態道：「這種昏君該殺！」

趙雲道：「我是主公的屬下，這輩子就是主公的屬下，主公無論做什麼事都是對的，屬下絕無怨言。只是，這弒君的罪名不小，主公必須做到滴水不漏才行。」

高飛見手下都表明了心跡，他這回算是**又一次考驗了屬下的忠誠**。

「我相信你們，但你們必須要將這件事爛在肚子裡！」高飛露出笑容，緩緩地道。

「諾！」

隨後，高飛讓賈詡向幾人對好口供後，又將現場布置得沒有任何疑點之後，便留下龐德、賈詡看守，自己帶著趙雲、華雄等人朝宮門走去。

見盧橫帶領羽林郎守在宮門口，便裝出傷感的樣子，道：

「陛下駕崩了！」

之後，高飛命令趙雲帶一千羽林郎去白虎門，通知等候在那裡的大將軍何進，並且放出那三百個宮女、太監，讓他們將皇帝駕崩的消息散布出去。

第五章

三國第一美女

「回將軍話，奴婢自小入宮，因為在宮中幫嬤嬤們看管著貂蟬冠，所以宮中的人都叫奴婢貂蟬。」

「貂……貂蟬？」高飛聽到這個名字，吃了一驚，急忙抬頭去看那女人，因為他從進門到現在並沒有留意那女人的相貌。

北宮西側的白虎門外，彙聚了當朝文武大臣以及數千虎賁甲士，所有的人都嚴陣以待。

何進率領文武百官站在白虎門外，在何進前面，站著一個雍容華貴的女人，那女人雖然已經徐娘半老，但風韻猶存，年紀最多四十五歲左右，她不是別人，正是當朝劉宏的生母董太后。

董太后被荀攸用謊言從南宮騙了出來，曹操拖住袁紹，這才使得南宮沒有遭受大火。

當董太后來到北宮時，荀攸才將高飛劃除十常侍的計畫說了出來，董太后自感上當受騙，但是她對十常侍亦是十分痛恨，恨他們教壞了自己的兒子，在得知滿朝文武都參與了這個計畫時，便毅然聽從荀攸的話，利用她太后的身分到北宮壓住衛尉。

董太后的到來大大出乎何進的預料，他見暗殺計畫流產，便讓人召回袁紹，又見董太后聲討十常侍，索性和董太后站在同一陣線，帶著文武百官和虎賁甲士聚集在白虎門外，給董太后壯聲勢。

冷風中，董太后不禁打了個噴嚏，指著堵住白虎門的衛尉道：「你這個衛尉是不是不想當了，本宮是當朝太后，難道見皇帝一面還要經過你的同意嗎？快快讓開，本宮就不與你計較。」

「太后娘娘，本官職責所在，也是迫不得已啊，沒有陛下下旨，就算是太后娘娘，本官也不能放人，這是陛下交代的。」

「你……」

董太后氣得不輕，她知道這個衛尉是十常侍的心腹，而十常侍一心排擠她，讓劉宏將她移到了南宮，好方便劉宏淫樂。

此時，宮中傳來哭喪的聲音，董太后看了眼何進，急急道：「大將軍，宮內發生了何事？」

何進一臉茫然，正毫無頭緒時，但見趙雲帶著羽林郎來到白虎門邊，一邊口中哭喊著「陛下駕崩了」。

聽到皇帝駕崩，董太后身子顫巍巍地幾乎要暈厥過去，若非身邊的貼身女婢急忙攙扶住，她整個人都要摔倒在地上了。

門外哭聲一片，文武百官無不為此噩耗而感到震驚錯愕。

衛尉聽到劉宏、十常侍都死了，也失去了底氣，前有滿朝文武，後有趙雲率領的羽林郎，當即打開白虎門，放董太后和文武百官入宮。

眾人在趙雲所率領的羽林郎的護衛之下進入皇宮，筆直地朝合歡殿而去。

進了合歡殿，高飛帶著部下守在殿外，當他見到何進率先走過來時，急忙上前拜道：「參見大將軍！」

何進微微擺了擺手，示意高飛打開合歡殿的宮門。

當宮門打開，所有人都被大殿中血淋淋的一幕給震驚了，龍椅上，劉宏光著身子斜躺在血泊之中，一把長劍從背後刺穿整個身體，握住劍柄的人居然是趙忠。

趙忠和劉宏的周圍尚躺著幾具屍體，臉上都顯得很猙獰，像是死前經過極度痛苦的掙扎，而張讓的屍體倒在另外一邊，腿上還插著一把劍，身上有十幾處傷口，整個人被刺得千瘡百孔。

董太后從人群中擠了出來，當她看到大殿內的一幕時，驚呼一聲，隨即暈厥了過去。

何進急忙扶住董太后，向董太后隨行的婢女命道：「扶太后娘娘回南宮休息。」

高飛向何進報告道：「末將在誅殺十常侍時，不想趙忠等人挾制陛下，以此為要脅，陛下想要掙脫，結果一不小心撞到趙忠的劍上，陛下就這樣駕崩了……」

現場的布置十分逼真，讓人無法懷疑，眼見為實，大家對劉宏的駕崩由此釋懷。

但是，隱匿在諸位大臣身後的曹操，卻透過縫隙看到了一絲不尋常，當他看到高飛臉上出現一抹似有似無的微笑時，臉上露出狡黠的笑容。

此時何進的臉上帶著三分憂鬱，心中卻是七分的喜悅，劉宏的突然駕崩超出了他的預期，但是，**劉宏的駕崩對他來說，無疑是天賜的良機**，此時，他的政治嗅覺突然變得敏感起來，腦海中浮現出自己的外甥繼位為大漢的新帝，而**自己也將觸摸到權力的最巔峰**。

他朝向所有在場的人喊話道：「陛下駕崩，國之動盪，群臣莫不悲傷，然而國不可一日無君，雖然先帝未曾冊立太子，但皇子辯乃先帝長子，理應嗣位為大漢的新君。」

「大將軍說得對，皇子辯自小聰慧，又是皇長子，理應繼位。」袁紹隨聲附和道。

諸位大臣都覺得在理，劉氏宗親也都知道這是何進打的如意算盤，然而劉辯確實是皇長子，雖然他們不情願看到何進獨霸朝綱，但是也無可奈何，或沉默不語，或隨聲附和。

倒是宗正劉虞尚有幾分罡氣，在眾人都沒有異議的時候挺身而出，喊道：「如今不是討論嗣君的時候，理應先調查陛下駕崩的原因，並且發布國喪，然後才商討嗣君之事，此為大漢倫常，我作為宗正，豈能坐視不理？」

劉虞的話立刻引來劉氏宗親的熱烈支持，何進抵擋不住眾位大臣的壓力，見袁紹朝他使了個眼色，當即會意道：「陛下駕崩，此乃國之大喪，本府身為當朝大將軍，理應起到匡扶朝政的責任。現在請大家到安福殿。高將軍，請率領羽林郎護送諸位大人去安福殿。」

高飛不想聽何進的話，但是現在就屬何進的官職最大，而所謂的文武百官，無非就是那些在大將軍府裡參與過密商的人，三公中的太尉、司徒、司空都不在，自然是何進說了算。

他弑君的事已經洗脫了嫌疑，下一步棋就該設法離開京畿了，宮中勾心鬥角太過複雜，他不想陷入黨爭裡，於是，他帶著羽林郎護送眾人離開合歡殿，袁術所指揮的虎賁甲士則接替合歡殿，負責善後事宜。

袁紹見眾人都離開了，對何進道：「大將軍，如今十常侍已經剷除，而先帝的駕崩雖然是個意外，但也是一個契機，越是這個時候，大將軍越應該步步為營。屬下以為，應該立即調集北軍中所有的軍隊進城，以軍隊作為威脅，威逼百官承認大將軍的實力，將大漢的權柄緊緊地握在大將軍的手中。」

何進聽完，覺得非常有道理，從懷中掏出調集軍隊的虎符，親自交到袁紹的手中，並且對袁紹道：「本初，你速速帶著本府的虎符去北軍調集軍隊，事成之後，本府定當讓你位列三公。」

袁紹臉上一喜，當即朝著何進拜謝道：「多謝大將軍，下官這就去北軍，定當不負大將軍所望。」

高飛帶領羽林郎，護衛著諸位大臣去安福殿，剛走到一半路程時，便見劉表湊了上來。

「高將軍，能否借一步說話？」劉表走到高飛身邊，輕聲道。

高飛早有預感，皇帝駕崩後，原來聯合起來共同剷除十常侍的小團體必然會頃刻間瓦解，外戚大將軍何進會成為這次宮變的最大受益人，向何進傾斜的漢室宗親一派，必然不會坐視不理，肯定會借此機會站出來分一杯羹，想與何進分庭抗禮；除此之外，朝中那些名門世家也會紛紛做出自己的選擇，**朝政大權的重新洗牌必定會帶來一股股暗流湧動的局面。**

「劉大人，有什麼事情嗎？」

高飛不想參與任何黨爭，皇親國戚也好，士族世家也罷，在這個大漢政權最為鬆動的時候，他要做的就只有一個，那就是趕緊離開京畿，在那些為爭權奪利的人發生火拼之前離開，去發展自己的地盤。

「先帝的駕崩雖然是個意外，但是十常侍也徹底被根除了，高將軍可謂是這次剷除奸佞的最大功臣，然而先帝駕崩的意外，卻給何進造就了一次絕好的機會。何進是外戚，身為當朝的大將軍，手中握著北軍數萬兵馬，一旦新帝登機，他必然會成為權傾朝野的最大權臣。

「我大漢歷經外戚和宦官專權多年，如今也是該一起剷除這兩大毒瘤的時候了。宦官現在已經敗了，如果外戚也退出朝政的話，大漢的江山才算是真正的回到大漢的手中。」劉表將高飛拉到一旁，並且喚來劉虞和劉焉，小聲對高飛道。

高飛聽完劉表的話，明白了其中的意思，那是借機拉攏他；說白了，**是想借助他的力量除去何進**，因為十常侍在今夜被一舉剷除，大漢的皇帝也在今夜「意外」駕崩，這註定是一個不平凡的夜晚。

他看了看劉表、劉焉、劉虞，他的心中很清楚，三劉雖然貴為皇親，手中卻沒有什麼實權，根本不足以和握有兵權的何進抗衡；更何況三劉都不具備可以掌控整個朝廷的實力，他不可能跟著三劉去冒這個險。

「劉大人，你的意思我不太明白，還請大人直言！」高飛裝糊塗道。

劉虞、劉焉對視一眼，將希望寄託到享有盛名的劉表身上，希望讓劉表來說服高飛。

劉表會意，但是這事也不能說得太過直白，他雖然看出高飛並非真心投靠大將軍府，可他也不敢肯定高飛會不會站在他們這邊。

他見高飛表情冷淡，便道：「高將軍是個聰明人，這話絕對不會聽不明白，如果高將軍不願意的話，那麼我們也不勉強。」

高飛當然不願意，就算今夜殺了何進，他可無法像殺劉宏一樣能夠順利脫身，因為何進手中有兵，即便何進死了，手下的將士以及投靠他的人會立刻填補上空缺，也絕對不會放過高飛。高飛手中就只有一兩千羽林郎，根本無法和數萬大軍相抗衡。

此時，他所走的每一步必須十分的穩當，不然，一步走錯，性命堪虞。

他衝劉表、劉虞、劉焉笑了笑，道：「三位大人，若是沒什麼事的話，請趕緊走吧，安福殿已經不遠了。」

話音落下，高飛便朝劉表、劉虞、劉焉拱拱手，然後轉身離開，將三劉留在原地發呆。

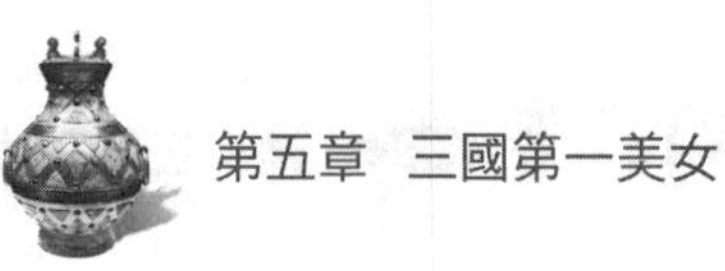

高飛回到隊伍的最前面，賈詡小聲道：「主公，這會兒朝中雖然風平浪靜，卻是暗藏殺機，主公必須儘早想辦法脫離京畿，只有遠離京畿，主公才能算得上是真正的主公。」

高飛點點頭，賈詡想的和他想到了一塊了，道：「重耳在外二十餘載，最後卻能活著返回晉國，並且一舉成為問鼎天下的晉文公，這在外而活的道理我自然懂得。」

賈詡道：「如今皇帝駕崩，嗣位的皇子中，辯身為皇長子，最具繼承權，如此一來，何進必然成為權傾朝野的人，左右整個朝政，主公應該在這個時候把握機會，趁何進對主公還有所信任，借機遠離京畿。」

「嗯，我知道該怎麼做了，多謝先生。」

高飛很清楚現在的形勢，何進是劉宏駕崩後最大的受益人，而皇長子劉辯被立為新帝也在情理當中，不管朝中各個勢力是否樂意，他們都無法阻擋何進當上權臣的步伐。

當高飛護送著文武百官到達安福殿後，何進便帶著他的妹妹何皇后以及他的外甥劉辯來到大殿上，並且讓袁術率領的虎賁甲士把守著整個大殿。

經過和群臣的一番討論後，何進以絕對的優勢將年僅十三歲的劉辯確立為新的皇帝，然而新皇帝的登基大典必須在劉宏的國喪期過後才能舉行，所以追謚劉宏為孝靈皇帝，並且繼續沿用劉宏的年號。

平明時分，袁紹帶著數萬北軍將士進入皇城，將十常侍在城中的私宅全部抄沒，並且逮捕了十常侍的心腹們，將所有和十常侍來往密切的人全部捕殺，在皇城中掀起了一番腥風血雨，並且給那些蠢蠢欲動的人來了個下馬威。

宦官的勢力在幾個時辰內土崩瓦解，何進在袁紹的輔佐之下，很快便控制住了京畿內的局面。

大勢已定，這是誰也改變不了的事。由於高飛在斬殺十常侍的時候功勞突出，加上表面上對何進恭順，受到何進的青睞。

昨夜的一場宮變給何進帶來了巨大的利益，忙著將劉辯扶上帝位的他還來不及進行恩賞，天亮以後，皇宮內外都已經被何進的嫡系部隊接管，羽林郎只能回營休息。

高飛剛剛回到兵營，何進便派人來，請高飛到大將軍府去一趟。

他來到大將軍府，在府中奴僕的帶領下，來到昨夜密商除去十常侍的大廳當中，何進正端坐在大廳裡。

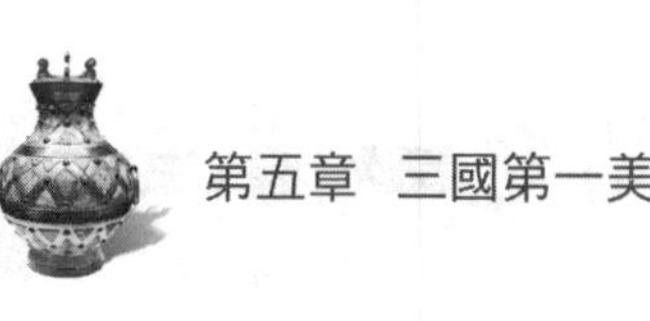

邁進大廳，高飛拜道：「末將高飛，參見大將軍！」

大廳內只有何進一個人，見高飛來了，高興地道：「高將軍，快請坐！」

高飛坐定後，問道：「不知道大將軍讓末將來所為何事？」

何進道：「高將軍昨夜斬殺十常侍有功，本府因為忙著一些大事未能就此做出恩賞，所以這才把你叫過來，想問問將軍要什麼賞賜！」

「末將為天下人除害，不敢貪功，更何況這都是大將軍指揮有方。」高飛謙虛道。

「高將軍太過謙虛了，若非高將軍機智過人採取了這種策略，本府也不會……」

何進想說高飛刺殺十常侍，皇帝意外駕崩他很滿意，可是終究沒有說出口，改口道：「反正高將軍的功勞很大，本府向來賞罰分明，高將軍想要什麼官，儘管說吧！」

高飛見這是一個機會，當即道：「大將軍真的要對末將進行恩賞嗎？」

「那是當然，本府說一不二，你說吧，三公九卿隨便你挑！」

人逢喜事精神爽，何進此時心情爽快，就連說話也變得十分有魄力，他也想借此機會嘗試一下權力的味道。

高飛道：「啟稟大將軍，末將不要三公，也不要九卿，只想到幽州去當個州牧。幽州一帶經常受到鮮卑人的侵犯，末將是個粗人，只懂得打仗，末將願意去幽州替大漢守衛邊疆，使得胡虜不敢犯界，還請大將軍成全。」

何進聽後當即笑道：「高將軍不愧是我大漢的良將，鮮卑犯邊確實是我大漢最為頭疼的一件事，既然高將軍志在驅逐胡虜，那本府就成全高將軍，我一會兒就進宮面聖，讓陛下頒布詔書，任命高將軍為幽州牧，替我大漢守衛北疆。」

高飛歡喜道：「多謝大將軍成全，末將必定感恩戴德，讓那些鮮卑胡虜不敢侵犯我大漢的疆土！」

「壯哉！高將軍……」

何進的話只說到一半，便見袁紹從外面風塵僕僕的走了過來，隨即道：「高將軍，你且回去等候消息，明日聖旨必定會頒下。」

高飛當即站了起來，朝著何進拜別道：「大將軍，末將告辭了。」

從大將軍府裡出來的高飛顯得很是高興，何進答應讓他當了幽州牧，以後自己就有地盤了，一想到這個，整個人就樂呵呵的，覺得昨夜自己的努力沒有白費，於是，他決定騎著馬在皇城內四處轉悠轉悠，再流覽一下皇城的繁華。

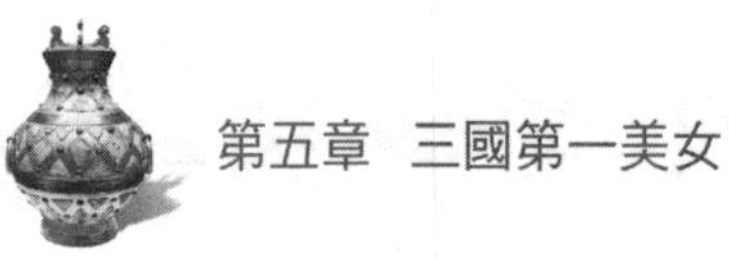

可是，當他轉悠了一陣子後，才發現原本繁華的洛陽城變得十分蕭條。上東門大街的街面上，兩邊林立的店鋪門窗緊閉，洛陽城內掀起的腥風血雨，給城內的居民造成了極大的恐慌，許多居民都不敢出門，就連商戶也怕受到牽連。一隊隊的騎兵在街面上絡繹不絕，雜亂的馬蹄聲在高飛聽來顯得很是刺耳。

騎兵從高飛的身邊馳過，因為高飛身上穿著軍裝，那些騎兵對他不敢怎麼樣，反而經過他身邊時還都客客氣氣的叫聲將軍。

他獨自策馬沿著上東門大街朝西走去，當他經過一條巷子口時，忽然聽到了一聲尖銳的叫喊聲，是女人在喊救命的聲音。

正在他順著聲音找尋過去的時候，聲音從叫喊突然變成了慘叫，之後是一陣男人的狂笑。

緊接著，兩名士兵結伴從巷子裡走出來，手中拎著東西，軍服不整，腰帶鬆垮垮地繫著。高飛意識到了什麼，「駕」的一聲大喝，舉起馬鞭便向那兩名士兵跑了過去。

那兩名士兵見一個將軍模樣的人策馬而來，有些害怕，遲疑了一下拔腿便想跑。

「站住！」高飛大喊。

那兩名士兵立刻停在那裡，靠著牆壁站著，將手中的財物藏在背後，雙腿顫巍巍的，眼睛裡也充滿了恐懼。

高飛策馬來到那兩名士兵的跟前，從馬背上跳了下來，眼中凶光畢露，揚起手中的馬鞭，照著那兩個士兵的臉上便狠狠抽了一鞭子。

兩名士兵同時大叫一聲，捂著火辣辣的臉，急忙跪在地上，伏地求饒道：「將軍，我們以後不敢了，請將軍饒了我們吧，我們真的不敢了！」

高飛此時心中充滿怒氣，再次揚起手中的馬鞭狠狠地抽在那兩名士兵的身上。抽了好半天，才停下來喘口氣，看著被他打得滿臉血痕的士兵，又各踢了他們兩人一腳。

「你們兩個跟我過來！」高飛吼道，朝他們剛才行凶的地方走了過去。

高飛推開院門，小道上橫著兩三具屍體，都是老人，臉朝下趴在地上，背後有一處致命的創傷。

他走進旁邊的屋子裡，兩具被扒光衣服的女人屍體仰面放在方桌上，頭向下垂在桌沿邊，兩腿叉開著，大腿間沾滿了血污。女人臉色蒼白，嘴張得大大的，眼睛直直地望著屋頂。

高飛踢開一間小屋子的門，裡面昏暗無光，門口扔著一個死去的嬰兒，灶坑

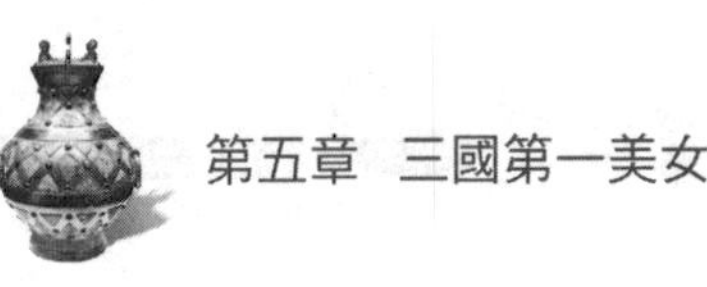

邊倚著一個老頭，脖子被割開，血流滿前胸，已經死去多時。

他環視了小屋一眼，在黑暗裡看到一雙眼睛。

他走上前去，待眼睛慢慢適應黑暗，才看清楚，一個渾身衣服被扯碎的女人正瞪大驚恐萬狀的眼睛看著自己。

她衣不蔽體，雙手捂著前胸，皮膚、臉上滿是灰土，眼睛瞪得大大的，有點嚇人，全身因為寒冷和恐懼而一直不停哆嗦著。

高飛急忙解去自己披著的披風，想要去給那女人遮蓋住身體，手剛伸出，那個女人便一口咬住他的手。手掌傳來陣陣的疼痛，讓他不由大叫了一聲。

那女人狠狠地咬完高飛一口之後便向後退去，蜷縮在黑暗的牆角裡，一雙明亮的眸子如同惡狼一般的瞪著高飛，不容被人有任何侵犯。

高飛看著左手上有著深深的牙印，手被那女人咬破了，血滲了出來，他沒有怨恨那女人，將披風放在地上，然後轉身走出屋子。

門外，那兩名受到高飛打的士兵戰戰兢兢地站在院子裡，眼睛不敢直視高飛，一臉的恐懼。

「你們這兩個混蛋，禽獸不如，居然做出這等傷天害理的事情！你們……你們……」

高飛氣得說不出話來，眼裡充滿怒火，抽出腰中懸掛的佩劍斬殺了一個士兵。

另外一個士兵早已嚇得面如土色，見高飛斬殺了自己的同伴，「啊」的一聲大叫便向門外衝了出去。

高飛見那士兵想跑，當即扔出手中的佩劍，佩劍徑直飛了出去，貫穿那個士兵的身體，劍刃從胸前穿了出去，慘叫一聲，便倒在血泊之中。

他走了過去，從士兵的屍體上抽出長劍，將長劍的血跡在那個士兵的身上擦拭乾淨，隨即將劍插入劍鞘，朝地上吐了口口水，大咧咧地罵道：「該死的畜生！」

這時，門外傳來一陣急促的腳步聲，一個穿著盔甲的將軍帶著二十個全副武裝的甲士堵住了門口。

高飛凝視著這群士兵，見他們每個人都衣衫不整，顯然這個院子裡的慘案他們也有份兒，他雙拳緊握，整個人如同一個將要噴發的火山一樣。

那領頭的將軍見狀，急忙上前拜道：「原來是少府大人，下官……」

「砰」的一聲響，高飛一拳揮了出去，重重地打在那個領頭的將軍臉上，但見那個將軍被他一圈打到在地，嘴角上登時流出血絲。

其餘士兵見了，眼裡露出了凶光，手中的長戟、長劍同一時間對準了高飛。

「別亂來，這位是少府大人。」那個將軍擦拭了一下嘴角的血，從地上爬了起來，張開雙臂擋住身後的士兵，厲聲道：「都給我退下！」

那領頭的將軍當即抱拳道：「下官淳于瓊，見過少府大人！」

「淳于瓊？」

高飛用一種異樣的目光看著面前的這個漢子，見淳于瓊身材高大，臉型很長，眉毛濃厚，眼睛細小，鼻梁高挺，嘴唇厚實，下頷上帶著捲曲的鬍鬚，組合在一起倒有幾分威武。

「正是下官，不知道少府大人為何在此處出現？」淳于瓊倒是對高飛很客氣，欠身道。

高飛鬆開了拳頭，他知道，**淳于瓊是大將軍府北軍五部校尉之一，雖然官階上沒有他的高，卻是何進的人。**

他回頭看了看院子裡的屍體，指著屍體道：「淳于將軍，這兩個士兵私自闖入民宅，奸淫擄掠，已經被我殺了。」

淳于瓊一進門便看見地上死去士兵的屍體，當然明白是怎麼一回事了，當即道：「大人殺得好，這兩個人死有餘辜。」

高飛沒有再說什麼，他很清楚，這件事淳于瓊也有份，就算他沒份，至少士兵是受到他指使的。

現在北軍的將士在皇城中正在抓捕十常侍的餘黨，難保沒有人以抓捕十常侍餘黨為名，闖入民宅內搜刮財物，奸淫婦女。

事情已經遠遠超出他的能力範圍，他現在唯一能做的，就是帶著那個還活著的女人離開這裡，雖然救不了那女人的家人，卻能夠將那個女人帶離這座魔窟。

高飛轉過身子，重新走回屋裡，地上的披風已經不見了，他看著牆角的那個女人，見女人用披風將自己包裹起來，有禮地道：「姑娘，我已經將那兩個畜生殺了，你別怕，我是來救你的。」

那女人抬起頭，看了眼高飛，眼裡帶著憤恨的目光。她的戒心很強，蜷縮著身體，一言不發。

高飛見女人不理自己，繼續說道：「姑娘，我是來救你的，跟我走，我帶你離開這裡。」

那女人微微地動了下身子，質疑道：「你真的是來救我的嗎？」

高飛見女人頭髮散亂，幾乎有半邊臉被頭髮遮住，一雙沾滿泥灰的小腿裸露

在外面，腳上穿著一雙做工精細的繡花鞋。

他聽女人說話的聲音很稚嫩，年歲應該不大，便道：「姑娘，請你相信我，我不會傷害你的，你家裡的人都死了，你還有其他什麼親人嗎？我可以送你到你親人家裡……」

「我……這裡不是我的家……我是……是南宮的宮女。」女人顫巍巍地道。

「南宮？」高飛驚異地道：「你是南宮的宮女？」

女人點點頭，道：「是的，將軍。」

「你既然是宮女，為什麼會出現在這裡？」

女人道：「我本來是要去北宮的，可是走到半路被那兩個士兵給劫掠來，我寧死不從，他們便把我關在屋裡，卻……殺了我那兩個姐妹……」

高飛當即生出憐香惜玉之心，脫去身上的鎧甲，然後解去一件外套，將棉外套扔給那個女人，道：「穿上，我好人做到底，送你回南宮就是了。」

那女人搖頭道：「不，我不能回去，我弄丟了宮中重要的東西，我不想再待在宮裡了。將軍，我願意以身相許，給將軍為奴為婢，終身伺候將軍左右。」

「你把衣服穿上吧，我先帶你出去再說。」高飛轉身走了出去。

淳于瓊還站在院子裡，見高飛出來，陰寒著臉看著高飛，高飛沒有理會淳于瓊，像淳于瓊這樣的人，他根本不會將其放在心上。

過了一會兒，那女人出了黑屋，她上身穿著高飛的棉外套，下身用披風裹住雙腿，披風不夠寬，只能到女人的膝蓋下面，頓登時成了一條及膝裙，將女子修長的雙腿完全展露出來，看上去倒有幾分性感。

突然走出來一個活著的女人，淳于瓊吃了一驚，沒想到自己的手下還留了活口。他急忙向前走到高飛面前，拱手道：

「少府大人，此事都是那兩個違抗軍紀的人做的，跟下官沒有一點關係，還請少府大人不要將此事報告給大將軍，下官自會妥善處理此事的。」

高飛點點頭，轉身對那個仍有懼意的女人道：「別害怕，他們不會傷害你的，跟我走。」

女人聽到高飛的話，彷彿抓住了救命稻草一般，快速走到高飛身邊，小手緊緊抓住高飛的衣服，深怕一鬆手就會再次掉進萬丈深淵。

高飛感受到女人的懼怕，於是他在前面走著，女人在後面跟著，就這樣離開了充滿腥臭味的院子。

「姑娘，我要將你抱上馬背，冒犯的地方還請見諒。」高飛對身後的女人道。

那女人順從地點點頭道：「奴婢已經是將軍的人了，將軍不必顧慮。」

高飛將手放到女人的腰肢上，稍微一用力便將那個女人給舉起來，放在馬背上，然後翻身上馬，雙臂將女人卡在中間，雙手拉著韁繩，大喝一聲，策馬飛馳而去。

高飛帶著女人奔馳在大街上，穿街過巷，所見到的都是北軍士兵在城中燒殺搶掠的景象，一些民宅化為烏有，許多無辜的百姓被當成十常侍的餘黨給就地殺掉，士兵們肆無忌憚地搜刮著百姓的財物，一時間整個皇城人人自危。

女人沿途看著士兵行凶，心想如果當時不是自己拼死反抗、寧死不從，也許早就被那兩個士兵給玷污了。同時也感到慶幸，一個將軍將她帶出魔爪，她發下誓言，此生要永遠伺候在這個將軍的身邊，以報答他對她的救命之恩。

一段路程後，高飛帶著女人來到軍營。將女人抱下馬。

守營的士兵迎上來，見高飛帶著一個像流浪漢似的女人回來，都生出一絲好奇之心，不禁多打量了女人幾眼。

女人對士兵似乎有一種恐懼感，一見到那些士兵，便躲在高飛身後，雙手緊緊抓住高飛的衣角，顯得很是緊張。

「別怕，這些都是我的屬下，跟那些北軍的士兵不一樣。」高飛感受到女人的恐懼，輕聲安撫道。

盧橫從兵營裡走了出來，看到一個蓬頭垢面的女人躲在高飛的身後，問道：「主公，這位是？」

「哦，南宮的一個宮女，險些被北軍的將士給玷污了，若不是我及時趕到，後果不堪設想。你去給她安排一個營房吧，順便去街市買幾件女人的衣服，讓她洗漱一番，再給她點錢，讓她離開這個鬼地方吧。」高飛吩咐道。

女人一聽到這話，撲通一聲跪在地上，不斷叩頭道：「將軍，求求你讓奴婢留下來，奴婢願意給將軍做牛做馬，為奴為婢，只求將軍不要趕奴婢走，奴婢孤苦無依，舉目無親，就算有了錢也無處可去，如果將軍執意要趕奴婢走，奴婢唯有一死而已。」

高飛急忙去扶那女人，道：「姑娘，你這是何苦呢？快起來吧！」

「將軍不答應奴婢，奴婢就跪死在將軍面前。奴婢當時已抱著必死之心，不想被將軍救下，將軍給了奴婢一絲活下去的希望，可是現在將軍又要趕奴婢走，那當初為什麼將軍要救下奴婢，給奴婢希望呢？將軍，求求你，就讓奴婢留在將軍的身邊伺候將軍吧，奴婢什麼都會做，端茶倒水，洗衣做飯，只要是將軍用得著奴婢的地方，奴婢都會盡心盡力的去做。將軍，求求你……讓奴婢留下來吧！」

女人說著說著哭了起來，到最後已是泣不成聲了。

高飛聽著這女人的哀求，也有點於心不忍，看了盧橫一眼。

盧橫道：「主公身邊也確實該有一個勤快點的女婢，如今這種形勢之下，皇城內人人自危，她一個女婢能到哪裡去？主公，您還是收留她吧，讓她每日服侍主公，也好過屬下這些粗手粗腳的人。」

高飛道：「好吧，那你就留下來吧。」

「多謝將軍收留，奴婢定當盡心盡力的伺候將軍。」女人顯得很是歡喜，又叩拜了幾下。

「好了，你起來吧，我讓盧橫去給你安排個住處。」

女人緩緩站起，低下頭，伸出手擦拭了一下眼淚，破涕為笑。

「主公，荀攸來了，等候主公多時，如今正和賈先生在房中暢談。」盧橫輕聲對高飛道。

「你怎麼不早說？」

高飛有心收服荀攸，今天剛好向何進要了一個幽州牧的官職，只要聖旨一下，他就立刻到幽州赴任，而他也想將荀攸帶走，便徑直向賈詡房中走去。

「姑娘，請跟我來吧，我帶你去營房！」盧橫對女人道。

女人點點頭，挪動著腳步，她走路的姿勢十分端莊典雅，不愧是宮中訓練出來的。

高飛走到賈詡的房門外，剛想推門進去，不想門卻突然開了，賈詡從房裡走了出來，兩人撞個正著。

賈詡見高飛回來，欣喜地忙將高飛拉到一邊，道：「荀公達海內名士，謀略過人，此等良才天下少有。屬下已經替主公打探了些許口風，荀攸對主公頗為敬重，而且話語中透露著投效之意，如果主公能夠直接提出來的話，荀攸必定會跟隨在主公的左右。」

「嗯，我早有此意。」高飛點點頭。

「主公，屬下去弄點茶水來，主公可以和荀先生慢慢聊。」賈詡說完這句話，便離開了。

高飛跨進賈詡的房中，當即道：「讓荀先生等候多時，還請見諒。」

荀攸見高飛回來了，站起來拱手道：「將軍太過謙虛了，荀某不過剛來片刻

而已。」

「荀先生，請坐，今日沒有外人，大家不必客氣。」高飛道。

荀攸欠了欠身，坐下後道：「將軍昨夜一舉斬殺了十常侍，如今大將軍已經掌控了整個朝政，皇城內北軍四處搜捕十常侍的餘黨，其中絕大部分人都是受到無辜牽連的。走了十常侍，卻又來了何進，**大漢的江山總是在外戚和宦官之中變換交替著，確實讓人寒心啊**。當此之時，不知道將軍意欲有何作為？」

高飛道：「京畿內龍蛇混雜，各股勢力盤根錯節，我以涼州武人身分入朝，加上多次立下大功，必然會成為各派勢力拉攏的對象，然而我不願意過這種每天提心吊膽的生活，只要一步走錯，性命就不保了，所以，我想離開京畿，到地方上做個太守。先生以為如何？」

「如今何進一掌權便大開殺戒，皇城內人人自危，百姓更是恐慌不已。照此下去，何進掌權的日子不會太長，倒向他的勢力必然會暗自聯合起來，京畿肯定會面臨一番腥風血雨。將軍的打算，荀某亦是贊同，而今似將軍這樣打算的有能之士不在少數，何進又沒有什麼頭腦，一旦京畿再度掀起腥風血雨，只怕會天下大亂，到時候有能之士就會紛紛崛起，或占一郡，或擁一州，天下必將陷入群雄爭霸的局面，**不知道將軍可有爭霸天下的雄心？**」

高飛聽荀攸分析得很透澈，道：「先生乃海內名士，謀略上也是高人一籌，縱使我有雄心壯志，可是我還是缺少一位像先生這樣的謀主，不知道先生可願意成為我的謀主？」

荀攸笑道：「將軍雄才大略，若不嫌棄的話，荀某自當願意輔佐將軍，成其王霸之業。」

高飛歡喜地道：「能得到先生的鼎力相助，大事就等於成功一半了。」

荀攸謙虛道：「將軍過獎了。」

賈詡早早就到了門外，只是未敢打擾高飛和荀攸，此時見高飛搞定了荀攸，便端著茶水走了進來，朗聲道：「恭喜主公今日得到一位良謀！」

高飛、荀攸、賈詡三人相視而笑，隨後高飛將何進準備任命他做幽州牧的事說了出來，荀攸、賈詡自然是替高飛感到高興。

之後，高飛將荀攸送出兵營，並且吩咐賈詡，讓他傳令士兵開始收拾行裝，準備離開京畿。

高飛隨後巡視了一圈軍營，巡視完，便朝自己的房間走去，卻看見房間的門是虛掩著，透過門縫，他看到房裡一個女人正在給他收拾床鋪。

他猜想大概是那個被他救回來的宮女，如今已經換上一身女裝，從背後看

去，倒顯得身材頗為曼妙，想道：「有個女婢就是不一樣，至少生活起居有人照顧了。」

他推開門，徑直走了進去，腳步聲很輕，女人沒有察覺到他進來了。他一邊走著，一邊衝著女人道：「你倒是挺勤快的嘛，剛換上衣服就來給我收拾房間了？」

女人吃了一驚，轉過身子，低著頭，欠身道：「伺候將軍本來就是奴婢分內的事，鋪床疊被也是應該的。」

高飛隨手拉過一張凳子坐了下來，看到桌子上的酒具被擺放得整整齊齊，很是滿意，當即問道：「姑娘，你叫什麼名字？」

「回將軍話，奴婢是個孤兒，自小入宮，並不知道姓名，只因為在宮中幫嬤嬤們看管著貂蟬冠，所以宮中的人都叫奴婢貂蟬。」那女人慢慢地走到桌子邊，端起酒壺便給高飛往杯子裡倒酒。

「貂……貂蟬？」

高飛聽到這個名字，吃了一驚，急忙抬頭去看那女人，因為他從進門到現在並沒有留意那女人的相貌。

貂蟬將一頭黑色的長髮盤了起來，端莊而又典雅。她的面孔彷彿是充滿創造力的工匠用大理石雕成的，柔和而充滿靈性的臉部線條，令人一見難忘。

她那猶如碧空般蔚藍的眼睛彷彿寶石一般閃閃發光，筆直而挺拔的鼻翼、薄而柔軟的嘴唇、微微翹起隱含笑意的嘴角，每一處部位都不可思議地完美無缺，令她恍如鮮花般的面容給人一種極為不真實的感覺，彷彿這是一位雕塑大師的藝術創作，而不是具有生命的軀殼。

她美麗的臉龐顯得還有些稚嫩，年紀不過十五六歲，個頭不高，身形顯得很是嬌小，讓人看了有一種心生愛憐的感覺。

高飛看呆了，眼睛一眨不眨的，癡癡地望著貂蟬，他從未見過如此美麗的人，以往在電視上看到的明星和她比起來也遜色許多。

「將軍……將軍……你怎麼了？莫不是奴婢臉上有什麼泥灰嗎？」貂蟬看著高飛目瞪口呆的樣子，不解地道。

高飛回過神來，道：「貂蟬，你太美了，以至於我看得入迷了。」

貂蟬臉上泛起一陣紅暈，羞赧地低下頭。

高飛看貂蟬這種羞答答的樣子，心裡越發的喜歡，傻傻地道：「貂蟬，做我女朋友吧？」

「女朋友？什麼叫女朋友？」貂蟬一頭霧水地望著高飛。

高飛傻笑道：「沒什麼，我說錯話了，我問你，**你願意嫁給我，做我的正妻嗎？**」

貂蟬臉上怔了一下，顯然有點吃驚，蠕動兩片誘人的嘴脣，緩緩地道：「奴婢出身低微，怎麼配得上將軍？」

「誰說你配不上？我說行就行！只要你願意，從今以後，你就是我高飛的妻子！」

「奴婢願意……」

貂蟬以身相許，早就是高飛的人了，高飛能看得起她，想娶她為妻，這可是難得的福分，女人一輩子不就是希望能求個好歸宿嗎。

高飛十分高興，一連喝下幾杯酒，有如此美人陪伴左右，從此他不會再寂寞了，心想：「**難怪呂布、董卓都被貂蟬迷得神魂顛倒**，有如此美女在身邊，是個男人都會為之傾心。」

「貂蟬，坐到這裡來！」高飛伸出手，將貂蟬拉到自己的懷中，讓貂蟬坐在他的大腿上。

高飛輕攬著貂蟬的腰身，只見她臉蛋緋紅，肌膚呈現出一種淡淡的粉色，彷彿一捏就能捏出水來，一股淡淡的體香沁人心脾，撩撥得他口乾舌燥。

貂蟬微閉的雙眼顯出一股誘人之極的媚態，口鼻中呼出的氣息拂在高飛的臉上，真稱得上是吐氣如蘭，他忍不住將嘴唇湊在貂蟬的紅唇上。

貂蟬沒有推搡，反而極力的迎合，四片嘴脣緊緊地貼在一起，一條濕滑的軟舌順勢滑入了高飛的嘴裡。

「主公，屬下……」

門沒有關，賈詡突然走了進來，看見高飛和貂蟬抱在一起親吻，隨即轉過身子，同時關上房門，尷尬地在門外等待。

高飛臉上也是一陣尷尬，鬆開貂蟬，道：「沒事，你在這裡等我，我去去就回。」

貂蟬害羞地點點頭，繼續收拾屋裡的東西。

高飛清了清嗓子，整理了一下衣服，拉開門，並且衝貂蟬拋了個媚眼。

「主公，屬下剛才什麼都沒有看見，還請主公原諒屬下的冒失。」賈詡見高飛出來，急忙拜道。

高飛笑道：「無妨，看見也沒什麼，只是來的時候不巧。賈先生，有事嗎？」

賈詡吞吞吐吐地道：「確實有事，宮中來人了，帶來了聖旨，可是……官職卻不是幽州牧……」

「你說什麼？」高飛驚詫道。

「主公，這是聖旨，請主公過目！」賈詡隨後拿出聖旨，交到高飛的手中。

高飛接過聖旨，匆匆地流覽了一遍之後，見聖旨上寫了一大堆廢話，先是吹捧他，最後才寫到正題，但是給的官職卻只是個遼東太守、奮威將軍，不過有一點對他很有利，那就是准許他帶著兩千羽林郎去上任，作為他駐守遼東的部隊。

饒是如此，他還是感到一種被欺騙的感覺，大怒道：「何進言而不信，出爾反爾，居然敢陰我？」

賈詡道：「主公息怒，何進那廝沒有什麼頭腦，凡事都聽袁紹的，多半是袁紹和主公有什麼過節所致。」

「不可能，我和袁紹並無任何過節，怎麼會……」

高飛說到這裡，突然想起今天救貂蟬的事情來，他當時看見士兵殺害百姓，打了淳于瓊一拳，便道：「難道……難道是因為淳于瓊？」

「不管是因為誰，總之**袁紹是不願意看到主公做州牧**，袁紹外寬內忌，剷除十常侍時，主公是首屈一指的大功，而袁紹所獻的策略只因為主公的一句話就被否定了，主公若是向他靠攏的話，或許他不會如此打壓主公。何進對袁紹的話言聽計從，**朝政大權與其說是握在何進手裡，倒不如說是握在袁氏的手裡**。如今當務之急就是趕緊離開京畿，再遲的話，只怕主公連遼東太守都當不成了。」賈詡分析道。

高飛點點頭道：「先生分析的不錯，遼東倒是我一心想去的地方，這次弄巧成拙，正合我的心意。先生，那咱們就即刻啟程吧。」

賈詡道：「嗯，屬下已經派人去通知荀先生了。主公也儘快準備一下吧，錢糧方面，我已經讓盧橫做好準備，足夠我們從京畿到遼東的了。」

高飛「嗯」了一聲，當即回房對貂蟬道：「貂蟬，趕緊收拾行裝，咱們今天就離開京畿。」

如今的高飛是歸心似箭，來京畿不到一個月，他幾乎是在高度的提防中度過的，生怕會出什麼差錯，或者是引火上身，**而今他得到貂蟬，又得到了夢寐以求的遼東太守的職位**，女人有了，還是個美女，地盤也有了，雙喜臨門的他自然開心不已。

正在收拾間，高飛聽見有人敲門，於是問道：「誰啊？」

「子羽賢弟，是我啊，曹孟德！」

「曹操？」

高飛從昨晚宮變時，就沒有見過曹操，也不知道曹操跑哪裡去了，此刻他卻

找上門來，便要去開門，轉念一想，貂蟬還在屋裡，絕對不能被這個好色的人看到，便自己走了出去。

曹操穿著一身寬袍，肩膀上挎著一個包袱，見高飛出來，便急道：「子羽賢弟，我是來給賢弟告別的。」

高飛看了眼曹操的打扮，又聽他如此說，好奇地問道：「孟德兄，你這是要去哪裡？」

「呵呵，我已經辭去官職，準備回譙縣老家，特來向賢弟辭行。」

「辭官？孟德兄的光祿勳不是當得好好的嗎，辭什麼官啊？」高飛驚訝地道。

曹操無奈地說：「賢弟有所不知，從昨天到今天，已經是物是人非了。我這個光祿勳是先帝給的，還沒有正式上任，先帝就駕崩了，所以也就不算了，當今陛下已經任命其他人擔任光祿勳了，讓我做議郎，我不想做，只有辭官了。」

「這可不像你曹孟德的性格啊？」

「賢弟，實不相瞞，我這招叫**以退為進**，如今朝中動盪不安，局勢不穩，我在朝中無依無靠，很容易受到牽連，所以暫時回鄉躲避，等日後再進京吧。」

「奇怪，袁本初不是孟德兄發小嗎，如今袁本初是大將軍的心腹，為什麼孟德兄不去找他呢？」

「本初倒是有意讓我入大將軍府，是我不肯，何進之前羞辱過我，我絕對不會再入大將軍府，只能回鄉靜待時機吧。子羽賢弟，我聽說你被任命為遼東太守，咱們兄弟今日一別，不知何時才能再見，以後就各自保重吧！」

高飛聽到曹操現在如此窘迫，心裡不免有點幸災樂禍的感覺，臉上卻表現出很傷感的樣子，拱手道：「那兄長一路走好，以後要是有機會的話，我們再狂飲一番。」

曹操笑笑，抱拳道：「賢弟，就此告辭了。」

高飛目送曹操離開後，回到房間，見貂蟬大包小包的拿在手裡，急道：「快放下，怎麼能讓你拿這麼多東西呢？累壞了怎麼辦？你在這裡等著，我去叫人弄輛馬車來。」

高飛讓盧橫去弄來一輛馬車，然後讓士兵將自己的東西搬到馬車上，弄完這些，便下令道：「既然人都到齊了，咱們就出發吧，先出了洛陽再說。」

大軍浩浩蕩蕩的開出洛陽城。

一出洛陽城，高飛就有一種困鳥出籠的感覺，他走在隊伍的最後面，最後看了眼巍峨的洛陽城，他發誓，下一次再來的時候，一定要讓這座城池變成他的地盤。

大軍照荀攸建議的路線走，先到孟津渡過黃河，到達河內郡後就可以一路向東走了。孟津在洛陽西北邊，那裡是黃河的一個大渡口，平時來往的船隻非常多，也有官船來往，可以一次將大軍運送到黃河北岸。

孟津離洛陽不算太遠，但是由於大軍出來的時候已經是正午了，所以到達孟津的時候，天色早已黯淡下來。

盧橫帶著人先行到孟津驛館，安排妥當後，便來迎接高飛到驛館休息。兩千羽林郎則駐紮在孟津城外，趙雲、華雄負責統領軍營。

孟津是個小城，雖然是一個重要的渡口，卻沒有發展起來，城中客商不多，驛館也相對空蕩。

高飛騎著馬走在隊伍的最前面，賈詡、荀攸一左一右的跟隨著，盧橫則帶著二十名羽林郎護衛貂蟬所乘坐的馬車，一行人乘著夜色進入孟津城。

第六章

張牛角

「啟稟主公，攻打鉅鹿郡的是黃巾餘黨和一些山賊，為首是一個叫張牛角的人，差不多有兩萬多人，正在攻擊癭陶城，冀州刺史公孫度引兵五千去救，反被賊兵擊敗，現在公孫度正帶著剩下的一千多官軍死守癭陶。」

到了驛館，高飛翻身下馬，來到貂蟬所乘坐的馬車邊，親自扶貂蟬下了馬車。當貂蟬從馬車上下來時，在場的人都驚為天人，所有人都低下頭，不敢直視。

高飛拉著貂蟬的手，走進驛館，在館主的帶領下來到一間房間。房間裡青羅曼帳，熏香紅燭，雖然不是太豪華，看上去卻很是溫馨。

「大人，孟津地方小，這已經是館內最好的房間了，若有招待不周的地方，還請大人多多見諒。」館主客氣地對高飛道。

高飛笑道：「館主太客氣了，這比我之前住的地方都好，有勞館主了。」

「大人在此稍歇，一會兒酒席好了，再差人來請大人，下官先行告退！」館主欠身道。

送走館主，高飛關上房門，映著燭光，看貂蟬站在那裡，道：「貂蟬，你怎麼不坐？」

貂蟬道：「將軍不坐，賤妾又怎麼敢坐呢？」

高飛拉住貂蟬的纖纖玉手，愛憐地道：「傻姑娘，我不坐，你就一輩子不坐了嗎？這裡又沒有外人，等到了遼東，咱們就舉行婚禮，正式娶你過門，好不好？」

貂蟬羞澀地點點頭，眼裡泛出些許淚花。

高飛看了，急忙道：「貂蟬，你哭什麼？是不是我哪裡做的不對了？」

「不，這一路上將軍對賤妾都很好，賤妾很知足了，只是賤妾從未想過會有人對賤妾如此的好，一想到過去在宮中的日子，便忍不住想落淚。」

「別哭了，以後你就是我的妻子了，我會對你好一輩子，所以你不許哭，也不許你再想以前的事了。」

高飛拭去貂蟬臉上的淚花，將貂蟬輕輕攬在懷中，貂蟬將頭靠在高飛肩膀上，第一次被人擁抱的她，覺得十分的溫暖，想想以後自己是個有人疼有人愛的女人，便露出了幸福的笑容。

「咚咚咚！」

「誰啊？」高飛問道。

「主公，是我，賈詡！」

高飛鬆開貂蟬，開門問道：「賈先生，什麼事？」

賈詡道：「主公還記得，**屬下曾經說過要送給主公三件禮物嗎**？如今第三件禮物已經在孟津了，屬下想請主公去看一看。保證主公會很喜歡的。」

「哦？那我倒要看看到底是什麼禮物了。」

賈詡帶高飛來到驛館後面的馬廄裡，便躬身對高飛道：「主公，屬下的宗族一共一百三十七人已經在十天前抵達孟津，就是為了能在這裡跟隨主公一同前往遼東，還希望主公成全。」

賈詡居然早就推測出自己會走這條路，讓高飛佩服不已，當即道：「賈先生放心，明日啟程時，讓賈先生的宗族跟著就是了。賈先生，你帶我來這裡，第三件禮物不會是一匹馬吧？」

賈詡笑道：「主公英明，屬下在武威發現一匹良馬，便讓人用高價買了下來，為的就是要獻給主公當坐騎。正所謂**寶馬配英雄**，屬下怕那匹馬帶入京畿會引來別人的覬覦，所以暫時養在這裡。」

「哈哈，那我要看看是匹什麼馬！」

賈詡命人打開馬廄，高飛便朝馬廄裡望去，但見馬廄裡拴著幾十匹戰馬，卻都是普通的馬，沒有什麼特別，不禁問道：「賈先生？馬呢？」

賈詡笑呵呵地指著馬廄深處一個昏暗的角落裡，對高飛道：「主公，請仔細看那邊的角落！」

高飛順著賈詡指的方向看去，這一看之下可真是了不得，只見黑暗的角落裡有一雙極為明亮的眸子，其餘什麼都看不見。

他提著一盞燈籠，緩慢地向角落走了過去。

在燈火的映照下，那匹藏在角落裡的駿馬便露出了身影。那是一匹全身通黑的巨大戰馬，肌肉結實勻稱，兩眼炯炯有神，四蹄有力，足有一人多高。在夜色下，烏黑的鬃毛和黑暗形成了完美的結合。

「真是一匹神駒！」高飛雖然不懂馬，但是當他看到這匹黑色戰馬時，立即覺得這是一匹神駒，當即大讚。

賈詡道：「這匹馬產自西域烏孫國，奔跑起來風馳電掣，猶如一團烏雲從地上飄過，還請主公務必收下。」

「好，那我就不客氣了！」高飛忍不住伸出手想去撫摸那匹馬。

「主公不可！這匹馬性子太烈，屬下的宗族從涼州把牠運到這裡，也花了很大的力氣。」賈詡見高飛想伸手去摸，急忙阻止道。

高飛呵呵笑道：「再烈的馬，到了我的手裡也得服從我，不然，我要這馬還有何用？拿著，我騎上去試試。」

賈詡接過高飛遞過來的燈籠，向後退了兩步，提醒道：「主公，小心啊！」

高飛點點頭，慢慢地伸出手，放在那匹馬的頭部，那匹馬抖動了一下身子，發出一聲長嘶，四隻蹄子開始胡亂踢騰起來，將周圍的草料踢得一片狼藉。

高飛縱身一跳，跳到馬背上，用雙腿緊緊地夾住馬肚，雙手抓住馬匹的韁繩。那馬發狂起來，四隻蹄子不斷踢騰著，試圖將背上的高飛給掀翻下來。

高飛騎在馬背上，身體不停顛簸著，好幾次險些要掉下來。僵持了好一會兒後，那匹馬終於停止顛簸，變得溫順起來。

「恭喜主公！」賈詡見那匹烈馬被高飛馴服了，祝賀道。

高飛趴在馬背上，用手撫摸著馬的身體，問道：「賈先生，這匹馬可有名字嗎？」

賈詡道：「屬下尚未取名，只等主公賜名。」

高飛從馬背上跳了下來，看著這全身通黑的馬匹，便道：「那就叫烏龍駒吧。」

賈詡讚道：「如此神駒，正好配得上主公，這匹馬行動如風，一日千里，加上全身通黑，烏龍駒這個名字可謂實至名歸。」

高飛笑道：「賈先生，荀攸辭官不做，專門跟隨我去遼東，這份情誼也十分難得，等到了遼東，賈先生為功曹，荀攸為主簿，不知道先生意見如何？」

賈詡道：「一切皆從主公所吩咐，屬下絕無怨言。」

高飛與賈詡回到驛館，館主早已準備好伙食，高飛讓大家簡單的吃過飯後，便各自回去休息。

回到房中，屋內昏暗的燈火忽明忽暗，給這深夜平添了一絲朦朧。

「將軍，該休息了！」貂蟬已經整理好床鋪，接著褪去衣物，一絲不掛的站在那裡，滿臉羞紅地道。

「貂蟬，你真美。」高飛忘神地看著貂蟬，情不自禁地道。

「將軍，今夜就讓賤妾伺候將軍就寢吧！」

高飛將貂蟬抱上床，平放在光滑的被褥上，貂蟬美麗的胴體一覽無遺。她的脖子細長光滑，如白玉般璀璨奪魂，鬼斧削成的雙肩下，高傲的挺立著一對飽滿的山峰，山峰的頂端處立著兩枚粉色的小小花蒂。高飛的目光隨著腰肢向下看去，則是一片茂密的黑森林，通往一條幽深小徑，再往下，是一雙修長雪白的玉腿。

高飛的眼睛裡充滿了春光，如此美麗的身體喚起了他心中的欲望，他低下頭，深深地吻著貂蟬，一隻手不自覺地滑到貂蟬的山峰上，輕捏了一下那枚粉色的花蒂。

「唔……」貂蟬發出一聲嬌嗔，身體微顫著，喘息也逐漸加重，高飛褪去身上的衣物，將貂蟬壓在他的腰身下，兩人緊緊地抱在一起，欲火瞬間點燃……

第二天，高飛和貂蟬緊緊地依偎在一起，昨夜的歡愉使兩個年輕的軀體都得到了滿足，醒來後，兩人又忍不住再一次陷入激戰。

外面寒風呼嘯，屋內卻是春意融融，兩具赤裸的身體交纏在一起，貂蟬躺在高飛的臂彎中，初為女人的臉上洋溢著幸福的笑容。

中午，黃河渡口終於有了船隻，一行人坐船渡過黃河，向東北前行。

經過一天半的路程，先到達河內郡的懷城。

懷城是河內郡太守所在的地方，是黃河北端的一個大城，那裡雖然趕不上洛陽繁華，卻是北方到洛陽的一個中轉站，許多物資可以在這裡得到補充。

遼東郡在東漢疆域的最東北角，由於路途遙遠，對部隊來說，四百匹戰馬少得可憐，高飛帶著賈詡、荀攸、盧橫、趙雲，和親隨進入懷城，準備去收購馬匹、糧食、布匹、藥材等必要的物資。

河內太守得知高飛路過此地，給予了極大的幫助，使高飛以低於市價三成的價格購買了許多物資，所有東西，高飛用去還不到一千斤的黃金，一個輜重部隊就此組成。

忙完這些事情，高飛帶著大軍繼續上路。

沿著官道，官道的路面不知道墊了幾層碎石子，鋪了幾層土，馬匹走在上面，既不軟又不硬，輕鬆愜意宛如散步。兩邊的田地裡綠色無邊無際，天空幽藍深邃，一行人很快便走出河內郡，進入冀州的地界。

進入冀州後，一行人經常遇到一些拖家帶口、背井離鄉的難民。黃巾賊雖然被平定了，可是餘黨還在繼續奮戰，高飛從難民口中得知鉅鹿正在遭受賊兵圍攻，讓他的心情一下子變得沉重起來。

高飛讓士兵將難民全部彙聚集中，將糧食分出一部分給難民們，成百上千的難民伏在道路兩邊，對他感恩戴德的叩拜。

荀攸跟隨在高飛的身後，看到這種情況，對高飛道：「主公，這些難民就算去了司隸也會淪為奴隸，遼東人口稀少，我們又帶著足夠的糧食，不如讓這些難民跟隨主公去遼東吧。」

高飛也早有此意，得民心者得天下，當初自己辛辛苦苦平定河北的黃巾，卻沒有能力照顧他們，此時自己已經具備這種能力，如果沿途收留這些難民的話，必然能夠給遼東增加不少人口。

他點點頭，對荀攸道：「先生說得在理，這件事就交給先生辦吧，將難民們

組織起來，願意到遼東的，就隨著隊伍走，不願意去的，就發放一天的乾糧，讓他們自謀生路去吧。」

荀攸拱手道：「主公英明，屬下這就去辦。」

高飛看了看有點疲憊的隊伍，便下令在附近一處開闊地上紮下簡易的營寨，埋鍋造飯，讓大家休息一下。

此地是魏郡和鉅鹿郡的交界處，為了能夠知道前面的情況，他派卞喜帶著斥候去打探消息。

入夜後，卞喜帶著斥候回來了。營帳中，高飛正輕攬貂蟬入懷，兩人連日夜夜春宵，如膠似漆，使行軍的過程中去除不少枯燥。

「啟稟主公，卞軍侯回來了。」守在帳外的親隨朝營帳內喊道。

「讓他進來！」高飛稍事整理衣冠，讓貂蟬坐在身邊，衝帳外喊道。

捲簾掀開，卞喜跨步而進，拱手道：「參見主公！」

「免禮，快說前面的情況吧！」

「啟稟主公，屬下打聽清楚了，攻打鉅鹿郡的是黃巾餘黨和一些山賊，為首是一個叫**張牛角**的人，差不多有兩萬多人，正在攻擊癭陶城，冀州刺史公孫度引兵五千去救，反被賊兵擊敗，現在公孫度正帶著剩下的一千多官軍死守癭陶。」

「公孫度？這個傢伙不是在遼東嗎？怎麼跑到冀州當刺史了？等等……史書上說他曾經做過冀州刺史，後來董卓進京才去遼東的……那張牛角好像就是黑山軍的首領吧？看來黑山軍才剛剛起事，還沒有發展成規模。」高飛腦中思索著。

「好，我知道了，你去把賈詡、荀攸、趙雲、華雄、龐德、盧橫叫進來，我有事情要吩咐。」高飛借助自己對歷史的熟悉，在心中做出了判定，對卞喜道。

卞喜應聲而去。

「將軍，是不是要打仗了？」貂蟬伸出纖纖玉手，輕輕地挽住高飛的臂彎，用深情款款的目光看著高飛，眼中透出關心。

高飛伸出食指在貂蟬的鼻梁上刮了一下，道：「你別怕，也不用為我擔心，只不過是些小毛賊而已。黃巾之亂、涼州的羌人叛亂我都一一平定了，還會懼怕這些小毛賊嗎？」

「戰場上瞬息萬變，賤妾又怎麼能不為將軍擔心？」貂蟬一副楚楚動人的樣子，眼眶裡泛起晶瑩的淚光，眼看就要落淚。

「別哭，做人要開心點，我是戰無不勝的將軍，刀山火海我都闖過來了，沒有什麼能夠阻擋得了我。貂蟬，你到後帳休息一下，我一會兒要和眾位議事。」

貂蟬順從地走了出去。

見賈詡、荀攸、趙雲等人到來，便欠身道：「眾位大人，將軍在大帳中等候，幾位大人快請進去吧！」

賈詡等人見貂蟬十分謙卑，禮數也頗為周到，便向貂蟬拜了拜，異口同聲地道：「多謝夫人！」

高飛見賈詡、荀攸等人都到了，抬手示意道：「都坐下吧！」

「荀先生，那一千多個難民可曾安排好？」高飛問。

荀攸回道：「主公放心，難民已經安置妥當，大家一聽主公願意帶他們去遼東，便都留了下來，還對主公歌功頌德一番。」

「看來我買糧是買對了。我叫大家過來，是有重要的事情要說，前面有一支兩萬多人的賊兵正在攻擊癭陶城，冀州刺史公孫度被困在城內，如果癭陶城被攻破的話，恐怕會殃及冀州，到那時，受苦的百姓會更多。所以，我決定趁這撥反賊勢力還不是很大的時候將其擊潰。」高飛道。

趙雲立即站了出來，抱拳道：「主公，末將願意為開路先鋒！」

華雄、龐德也站了起來，道：「我等二人也願為先鋒，求主公成全！」

高飛抬起手，向下壓了壓，示意他們坐下，道：「賊兵兩萬多，我軍只有兩千人，而且隊伍中大量的糧草輜重需要看護，所以不能將兵力全部投入戰鬥，我準備只動用一千人，和癭陶城內的軍隊裡應外合，夾擊賊兵，只要能使得賊兵混亂而退，就是一個大勝利。」

賈詡見高飛早已胸有成竹，拱手道：「主公，那就請下命令吧。」

高飛道：「這次我只帶趙雲、華雄、龐德、周倉、卞喜和一千騎兵出征，賈先生、荀先生，你們暫且統領剩下的人，到最近的城池駐守，等我擊潰了叛賊，就派人來接應你們，咱們再一起去遼東。」

「諾！」

「好，趙雲、華雄、龐德，你們去通知周倉和卞喜，另外集結飛羽的一千輕騎，咱們連夜趕往癭陶。」

「諾！」

後帳裡，貂蟬獨自坐在床邊，燈光下的她顯得格外動人，或許是因為擔心高飛，眉宇間帶著一絲憂愁和不安。

短短的幾天時間裡，她從女孩蛻變成女人，她的心對高飛產生了極大的依賴，說不出是因為愛還是感恩，她只覺得高飛占據了她整顆心，讓她為高飛的任何一點小事而牽腸掛肚。

後帳的捲簾被拉開了，高飛大步跨了進來，看到貂蟬獨坐床邊，便將她攬在懷裡，安撫道：「貂蟬，我們暫時先分開幾天，我已經向盧橫交代過了，他會照顧你的安全。」

貂蟬靠在高飛的肩上，眼中充滿了哀傷，感覺分離是多麼痛苦的一件事。她搖搖頭，輕聲道：「將軍，賤妾不需要任何人照顧，賤妾一個人能照顧好自己，將軍不必為賤妾擔心，倒是將軍自己要多加小心，賤妾等候著將軍的凱旋。」

高飛第一次感覺到有人如此的關心自己，看著眼前這個傾國傾城的美人，他覺得自己無比幸福。他吻了下貂蟬的額頭，問道：「你都知道了？」

貂蟬點點頭：「賤妾擔心將軍，在大帳外偷聽了將軍和各位大人的談話，請將軍恕罪。」

「呵呵，沒什麼，就算你不偷聽，我還是要告訴你的。貂蟬，幫我披上戰甲吧！」高飛指指帳篷一角架子上的盔甲，對貂蟬道。

貂蟬邁著嬌小的步伐走到木架邊，取下熟銅頭盔，將頭盔戴在高飛的頭上，隨後又將戰甲披在高飛的身上，然後稍事整理一番，看著透著英武的高飛，心中得到一絲慰藉。

高飛取了自己的遊龍槍，懸上佩劍，走到營帳門口時，回頭望了一下貂蟬，深情地道：「美人，好好照顧自己。」

貂蟬舉起手朝高飛揮了揮，輕聲道：「將軍珍重！」

簡單的四個字卻包含了款款的深情，高飛掀開捲簾，大踏步地走出營帳，跳上帳外早已等候多時的烏龍駒，「駕」一聲大喝，奔馳而去。

來到軍營的寨門前，一千名飛羽騎兵在趙雲、華雄、龐德、周倉、卞喜五人的帶領下，已經集結完畢。

一千人從離開涼州起，便一直跟隨著高飛，當涼州叛亂被平定後，他們已經有三個月沒有打仗了，這一次聽說要出征，所有的人都顯得很興奮。

好勇鬥狠的涼州健兒們，在高飛騎著烏龍駒到達的一剎那，高喊著「主公威武」，隨後在高飛的一聲令下，跟著高飛朝北急速奔去。

一千人都是全副武裝，身上背著弓箭，腰中懸著長長的馬刀，雙手提著韁繩，以極為歡愉的心情在黑夜的平原上奔馳著。

黑夜中，高飛如同一個凌空飄起的怪物一樣，快速奔跑的烏龍駒馱著高飛，將後面的趙雲等人撇下好遠。高飛不得不走走停停，以保持和大隊的速度。

癭陶城是鉅鹿郡的郡城，鉅鹿太守的辦公地點就在那裡，在冀州各郡當中算是一個中等城市，是鉅鹿郡的錢糧所在，這也是為什麼賊兵要攻擊癭陶城的關鍵。

據卞喜打探來的消息，黃巾餘黨張牛角和山賊褚燕聯合攻擊癭陶城，褚燕則奉張牛角為首領。

這兩個人就是**歷史上赫赫有名的黑山軍的創始人**，那個叫褚燕的人就是以後的張燕。因為首領張牛角在攻打癭陶的時候死了，臨死前囑咐部眾，要跟隨著褚燕，褚燕感動之下，便改姓張了。究其原因，可能是因為張牛角的部眾是黃巾餘黨，而張角又是黃巾軍的大賢良師，願意跟著姓張的跑。

所謂的黑山軍，和黃巾軍差不多，唯一不同的是，黃巾軍利用道教思想來控制民眾，黑山軍則是一群吃不飽飯的農民鬧起義，歸根究底，還是朝廷的腐敗所致。不過，現在圍攻癭陶的賊兵，還不是真正意義上的黑山軍，還沒有形成規模。

高飛等人急速奔馳一夜，到了平明，人困馬乏，他令部下停在路邊休息，吃點乾糧，喝點水。休息了一會後，繼續上馬，再趕個半天路，估計就能到癭陶了。

癭陶城離高飛昨夜紮營的地方差不多二百里，按照大軍馬匹的速度，癭陶城應該就在前面不遠處了。

一路上景色不錯，有山有水有農田。山道兩旁是植被茂密的青山，一條潺潺溪水在山道下乍隱乍現，蒼山綠樹相映為景，鳥語花香宛然成畫，一壟壟相連成塊的農田，東一團西一簇地鑲嵌在沿溪流兩畔的山坡地上。

翠綠青翠欲滴的麥田裡霧靄升騰，偶爾能瞥見一兩隻燕子倏然在田壟上翻飛著掠過，把朦朧的霧氣剪出一線綠色。

誰也不會想到，這樣美麗的田園風光很快會變成荒蕪的土地，腐朽的大漢朝廷只懂得享樂，穿不暖衣，吃不飽飯的百姓不得不紛紛揭竿而起。

高飛慶幸自己走出了京畿，在京畿待久了，就會沉迷於酒色當中，整日看到的都是大都市的繁華，久而久之就會忽略最底層的老百姓。

沿途高飛沒有再看到多少難民，或許是因為加入了反叛軍，或者躲藏在山林中，又或者早已經遷徙到其他地方去了。

越往前走，看到的景象越為荒涼，到處都是殘破的村莊，有的地上還能看到一堆白骨。高飛的心情有點難受，回過頭對趙雲、華雄等人道：

「你們繼續保持隊形定速前進，癭陶城已經在前面不遠了，我的馬快，我到前面先去看看情況。」

話音一落，也不等趙雲等人回答，便用力夾了一下馬肚，烏龍駒發出一聲長

嘶，加速朝前面跑去，一溜煙的功夫便將後面一千輕騎遠遠地拋在後面。

單人單騎，高飛信馬由韁地向前跑著，烏龍駒四蹄不停地變換著，以最快的速度向前奔跑，在無人的官道上，就如同一團黑色旋風捲過大地。

高飛向前奔出不到十里，便看見一處簡易的營地，營地還冒著煙，穿著普通老百姓衣服的人在不停地走動著，尚有一些人手拿各種各樣的農具當作兵器，守衛在炊煙升起的地方。

他勒住馬匹，放慢速度，隱藏在樹林裡，以絕無僅有的敏銳觀察著四周，一切都是那麼的風平浪靜，他可以肯定，賊兵沒有放出哨探，不然，他也不會順利的奔馳到營後。

他撫摸著馬的脖頸，低聲道：「烏龍駒啊烏龍駒，這裡是賊兵的營地，你可要放老實點，我們現在朝前面看看去。」

烏龍駒似乎聽懂了高飛的話，馬頭微點，一聲不吭。

高飛牽著烏龍駒，向樹林邊走去，透過樹林，望見了一千米開外的營地，仔細地觀察一番之後，自言自語地道：「看來只是一個傷兵的營地，只不過有五六百人而已。」

他跳上馬背，騎著馬從樹林裡向回走，奔出兩里路後，停在路邊，等候趙雲等人的到來。

不一會兒，趙雲等一千輕騎陸續趕來，看到高飛停靠在路邊，便將部隊停了下來。

高飛道：「前面有一處賊兵的傷兵營地，大約五百多人，都是些普通的老百姓，真正有兵器的很少，拿的都是些農具，沒有遠端攻擊的武器，你們跟我來，將傷兵營包圍起來，但是不要傷害任何一個人，違令者斬！」

賊兵的傷兵營裡，大家正在忙著煮飯吃，簡易搭起的帳篷裡，躺著各種傷勢的人。

忽然，大地顫巍巍地晃動起來，馬蹄聲從樹林後面響起，一個個披著戰甲、手持馬刀的漢軍騎兵露著猙獰的面色奔馳而來。

軍營裡的人頓時吃了一驚，急忙抓起身邊的鋤頭、鐮刀、鐵鍬、木棒等農具作為武器，試圖保護帳篷裡的傷兵。

高飛迅速包圍了這個簡易的營地，外面沒有木製的柵欄，只有血肉身軀組成的人牆，環繞著營帳一圈，在高飛帶著部隊衝過來的時候卻沒有選擇逃跑，或許是因為麻木了，走到哪裡都沒有飯吃，還不如拼一下。

騎兵以最快的速速圍成一個很大的圈，將五百多拿著農具當兵器的賊兵給包圍在一起，但是所有的人都沒有去攻擊，而是靜靜地等候在那裡。

高飛在人群的簇擁下策馬而出，將手中的長槍向前一招，大聲喊道：「你們已經被包圍了，速速放下手中的傢伙，投降之後有飯吃！」

五百多個賊兵一時間愣在那裡，他們還是第一次看到全副武裝的一千騎兵。放眼整個冀州，就連前幾日冀州刺史帶領的五千兵馬中，騎兵也不過才三四百人，現在突然出現了一千個騎兵，驚奇中帶著一絲恐懼，都後悔當初沒有四散逃竄了。

空曠的原野上此刻顯得很安靜，微微的風聲，地上火堆裡木材燒著後發出的劈啪聲，以及鍋裡沸水的翻滾聲都能夠聽得見。

高飛看著半天沒有說話、臉上多少帶著一絲恐懼的賊兵，騎著烏龍駒向前跨了一兩步，再次喊話道：「放下手中的傢伙，我們不會傷害你們，投降以後還有飯吃！」

面前是五百多個拿著農具作為兵器道地的農民，因為沒有飯吃，無法維持活路，加上過重的賦稅，百姓不堪重負，只好拿起手中的農具出來造反。高飛沒有對他們進行逼迫，畢竟這與他之前所殺的涼州叛軍不一樣，這些人造反只是為求個活路。

終於，有人動搖了，一個瘦得皮包骨的駝背老頭從人群中走了出來，左手拄著木棍，右手握著一把菜刀，拎著菜刀的右手還直發抖，深陷的眼眶裡是一雙灰暗的眼球，蠕動了一下乾裂的嘴脣，用老邁的聲音問道：「投降……真的有……有飯吃嗎？」

高飛斜眼看了一下這些人準備吃的飯，鍋裡面煮的是發著暗黃的野菜，混合著從樹林裡剝下來的樹皮，在沸水裡咕嘟咕嘟的冒著泡。

他看到這一幕時，心裡不禁蒙上一層陰影，抬起頭看著五百多雙眼睛裡的恐懼已經頓時散去，映射出來的是一雙雙透著對食物的饑渴。

高飛從烏龍駒的背上跳了下來，將手中的遊龍槍插在地上，從馬鞍下面解下一個小小的包袱，包袱裡裝的是幾個乾的白饅頭，他將饅頭從包袱裡掏了出來，捧在手心裡，大聲喊道：「只要投降，就有飯吃！」

一陣唏噓聲後，五百多個人陸續放下了手中的農具，全部跪在地上，朝高飛拜道：「求將軍給口吃的吧……」

「全軍下馬，將乾糧全部分給老百姓吃！」高飛親自將手中的饅頭遞給幾個饑餓的百姓，並且對部下喊道。

騎兵全部下了馬，將身上攜帶的乾糧分給五百多個人，只這麼一瞬間的變化，一場不必要的衝突就此化解了。

高飛看到那些人一拿到饅頭便狼吞虎嚥起來，平日裡他不愛吃的東西，到了真正饑餓的人手裡，就成了天底下最香最可口的食物，他第一次感到有飯吃是多麼幸福的一件事。

五百多個人，雖然都是男丁，但大多是老弱病殘，真正的青壯年只有十幾個人，而且身上還這樣那樣的受了傷。高飛借機詢問了一下廮陶城的情況，得到了他最想要的答案。

原來，這五百多人都是冀州的百姓，因為忍受不住饑餓，便跟隨著張牛角躲進山裡準備造反，攻擊附近的郡縣，搶掠糧食。

後來，一個叫褚燕的人找到了張牛角，帶著大約兩三千個漢子要和張牛角聯合在一起，計畫襲擊鉅鹿郡的郡城廮陶。

張牛角答應了下來，帶著三萬多男丁從山裡走了出來，在五天前包圍了廮陶城。駐紮在高邑城的冀州刺史公孫度聞訊，便帶著所有的兵力去解救廮陶，被張牛角打敗後，就龜縮在廮陶城裡，借助城防堅守了四天。

瞭解到這些情況後，高飛便對所有的百姓道：「我是遼東太守高飛，今天我放你們回去，希望你們別再造反了，如果你們願意的話，可以帶著你們的家人一起去遼東，我會讓你們人人有田耕，每個人都能吃飽飯。」

說完，高飛便和所有的騎兵翻身上馬，餘下的五百多個人心裡將這個還沒有上任的遼東太守的名字默默地記在了心裡。

癭陶城還有六里路，高飛帶著一千輕騎以最快的速度向前奔馳。

這一次，高飛先派出了卞喜和二十名擅於射箭的人，先到前面開路，怕的就是遇到賊兵的暗哨，不管有沒有，他都必須小心行事，畢竟包圍癭陶的賊兵有兩萬多，而自己才帶了一千騎兵。

高飛騎著烏龍駒和大部隊保持著一致，向前奔走了三里路時，見到道路邊有幾具剛剛死亡的屍體，看樣子是賊兵的暗哨。他讓部隊停下來，摘去馬脖子上的鈴鐺，並且用早已準備好的布裹住馬蹄，這樣一來，馬蹄在前進中就不會再發出那麼大的聲響了。

又向前奔跑了幾百米，卞喜帶著二十名騎兵回來了，拱手道：「主公，前面的暗哨都已經解決了，現在賊兵正在南門攻擊癭陶城，一大半的兵力都集中在南門，有騎兵五十個，三百弩手，五百弓手，其餘六千多人是握著各種兵器的青壯年，其他三門都是些老弱。」

「很好，現在都歸隊！」高飛滿意地道。

卞喜等人歸隊後，高飛便讓所有的騎兵取下弓箭，帶著部隊向前走了不到兩里路，便赫然看見黑壓壓的一片人。

那些穿著各種各樣衣服的賊兵，一手舉著兵刃，另外一隻手扶著扛在肩上的麻袋，以一種大無畏的精神向前衝了過去。窄小的護城河已經被黃土給填平了，賊兵踩著墊在護城河上鬆軟的泥土衝到城牆邊，將麻袋裡的黃土倒下來，然後再拿著空袋子返回。

賊兵的陣營裡，一千多人正在不停地從地上挖掘著泥土，將泥土裝進麻袋，還來不及紮上口，便被一些強壯的漢子用肩膀扛走了。

從賊兵裝卸泥土到前面的城牆邊，黃土灑落一地，形成一個不規則的雙黃線，右邊是扛著麻袋運送黃土的賊兵，左邊是拎著空麻袋回來裝土的士兵，左右兩邊的賊兵雖然相向而行，互相卻並不阻礙。

城牆上，一位身穿鎧甲的中年漢子手持長劍，不停地大喊著「放箭」，正在指揮著弓箭手用無情的箭矢招呼那些扛著裝滿黃土的麻袋的人。

可是城牆上的弓箭手也就三五百人，而且從他們射箭的方式上來看，顯得疲憊不堪，射出去的箭矢也沒有什麼準頭，或落在地上，或射在麻袋上，難怪那些賊兵有恃無恐了。

高飛看到眼前這一幕，感到豁然開朗，不禁暗自佩服賊兵的這種攻城方式。雖然費時費力，但很有成效。因為他已經看見那些黃土堆積起來的結果，一條鬆軟的泥土大道堆到了城牆的一半高度上，只要再有點時間，那條泥土造就的大道遲早會堆得和城牆一樣高，到時候賊兵就可以沿著那條斜坡登上城樓了。

「主公，城裡的守兵只有少許幾百人，賊兵光在這個城門投入的兵力就有一萬多人，再這樣僵持下去的話，再高的城牆也會被登上的。請主公下令出擊吧！」

龐德看到賊兵這種特殊的攻城方式後，按捺不住，主動請纓。

高飛大致地看了看賊兵的分布情況，大約有七千人在那條黃土運送線上來回奔跑，左邊的空地上約有三千個手持兵刃的賊兵嚴陣以待，看那稍微有點整齊的隊形，應該可以確認為整個賊兵部隊的主力。另外，最右邊的偌大空地上是賊兵搭建起來的簡易營寨，營寨內外約有一千多人把守。

他將視線移向東、西兩座城門，只看到兩座營寨的一角，其他的都被城牆給擋住了。回過頭，他看了一眼下喜，問道：「東、西、北三門的賊兵如何？」

「啟稟主公，三門的賊兵各有一千多人，都堅守在營寨裡，通向城門的道路也被賊兵築起土牆堵死了。」卞喜回答道。

高飛將目光注視在前面不遠處的三千嚴陣以待的賊兵上，看到賊兵的最前面排列著五十個騎兵，兩個大漢並肩騎在馬背上。

他猜想那兩個領頭的就是張牛角、褚燕，當即指著前面的三千人，對身後的騎兵喊道：「看見那三千人的方陣了嗎？那是整個賊兵的主力，只要擊潰了那三千人，其他的賊兵就會膽寒。不過，今天我們要先進城，連續一夜的奔波已經讓身體疲憊了。一會兒我一聲令下，你們就隨我順著那條運送黃土的道路衝過去，用你們手中的弓箭去招呼兩邊的賊兵，只要衝到了城牆下面，城牆上的守將就會打開城門讓我們進去的，衝進城裡休息一夜後，明天再和賊兵決戰，都清楚了嗎？」

「諾！」

高飛將長槍從馬鞍下面穿了過去，懸掛在馬鞍附近，取下自己身上背著的弓箭，大聲喊道：「出擊！」

隨著高飛的一聲令下，一千騎兵排成長長的隊形，以五個人為一列，紛紛拉開手中的弓箭，如疾風一般呼嘯而去。

癭陶城外。

張牛角強健的身上罩著一件掉了漆的鐵甲，頭上帶著一頂鐵盔，騎著一匹頗為健壯的馬匹，腰中懸著一把長刀，兩條粗眉下面是一雙炯炯有神的眼睛，目光正盯著癭陶城的城牆，看著那座寬五米的土山一點一點的堆積上去，心中不勝歡喜。

褚燕騎著一匹栗色的馬，他的雙腿在馬肚下面晃蕩，上身雖然是騎在馬背上，可乍一看之下，還以為那馬是六條腿。他的身體比張牛角要粗壯許多，他不戴頭盔，散落的長髮隨便挽了一下便紮在後面，兩隻閃著精光的眼睛不停地凝視著城樓。

他全身只罩上一件單薄的外衣，在初春的天氣裡看起來有點另類，衣襟口露出他寬闊的胸膛，胸口有著黑絨絨的毛，粗壯的手臂上是緊繃的肌肉。

他一言不發，面色凝重，看上去也多了一份兇惡。

「再一個時辰，咱們就可以到癭陶城裡擺酒席了！」張牛角側過臉，對褚燕說道。

褚燕還來不及回答，便聽到背後傳來了一陣悶響，定睛看見一隊漢軍的騎兵挽著弓箭衝了過來，他大吃一驚，急忙對身後的人喊道：「擋住他們，絕對不能讓這撥漢軍進城！」

未等賊兵這邊反應過來，那邊的高飛率領著整支騎兵隊伍便縱到搬運黃土的賊兵陣營邊。那撥賊兵早已因為搬運黃土而顯得疲勞不堪，此時見一彪漢軍湧了上來，根本不去阻擋，紛紛作鳥獸散，朝四周跑去。

高飛率領著騎兵借助馬匹的衝撞力，撞飛了一些來不及逃走的賊兵，手中的弓箭射向兩邊企圖前來阻止他們的賊兵。這些弓馬嫺熟的涼州健兒射出去的箭矢無不命中，只聽一陣陣痛苦的喊叫聲，數百人便喪生在箭矢之下。

癭陶城上，指揮士兵作戰的冀州刺史公孫度看見這一股千人的騎兵奔馳而來，早就命人打開城門，等到高飛等人一到城牆邊，便可以調轉馬頭沿著城牆向城內跑去。

騎兵巨大的機動力給這次行動減小了阻力，使高飛等人在短短二十分鐘內便進入了城中。

褚燕、張牛角看到進入癭陶城的一千騎兵，都有點懊惱，本以為他們已經將整個冀州的兵力全部牽制在這裡，只要一攻克癭陶城，就等於奪得了整個冀州。可是他們沒有料到，會有一撥騎兵從背後殺來，他們的軍隊卻無法阻擋。

高飛等人一進入城中，立刻從馬背上跳下來，帶著自己的弓箭登上城樓，彌補城樓上的兵力不足，同時使城樓上的弓箭手受到鼓舞，紛紛射出手中的箭矢，加強對城下賊兵的攻擊力度，一時間，城樓上箭矢如雨，賊兵被射倒一片後，便不再敢靠近城牆。

兩軍僵持了一會兒，張牛角見官軍士氣又上來了，便下令暫時退回營寨。

第七章 最高謀略

「對，大家跟隨主公很長一段時間了，主公每戰必勝，我們應該聽一聽主公的策略，不戰而屈人之兵是克敵制勝的最高謀略。主公，有什麼需要我們做的，就請吩咐吧，屬下等必將竭盡全力的去完成主公的吩咐。」趙雲道。

見賊兵撤退，公孫度朝高飛拜道：「將軍的兵馬到的真是及時，要是再晚點來的話，只怕瘿陶城就要被攻破了！」

公孫度三十多歲年紀，白白淨淨的圓臉，頷下蓄著長鬚，穿著一件藍綢長衫，腰間繫一條掐金絲繡花腰帶，外面罩著鎧甲，人透著一股精明。

「刺史大人被圍在此地，我剛好路過這裡，又怎麼會坐視不理呢？」高飛客氣地拱手道。

公孫度打量了一下高飛，發覺自己從未見過此人，當即問道：「恕我眼拙，還未請教將軍姓名？」

高飛道：「在下奮威將軍、遼東太守高飛。」

「高……高飛……你就是鼎鼎大名的高飛？哈哈，真是沒有想到，我會在這種情況下見到高將軍。在下公孫度，字升濟，是遼東襄平人。高將軍，賊兵已退，短時間內不會再進攻了，這裡不是說話的地方，請高將軍隨我到太守府，今天我要宴請高將軍的到來。」

「那就恭敬不如從命了！」

下了城樓，公孫度命人將高飛的一千騎兵安排在空置的軍營裡，並且命人給士兵送上酒肉，自己則帶著高飛來到太守府。

賊兵攻打癭陶的當天，鉅鹿太守就戰死了，鉅鹿郡的長史就率領軍隊繼續抵抗賊兵，一直堅持到公孫度親率五千大軍前來。後來，長史隨同公孫度出擊賊兵，不想中了賊兵的埋伏，損兵折將不說，還差點丟了性命，於是公孫度一直堅守在城裡，只期盼著援軍到來。

太守府的大廳裡，公孫度擺好一桌酒席，他先給高飛倒了一杯酒，緊接著又給自己倒了一杯，將酒杯高高舉起，對高飛道：

「高將軍此次前部就有一千騎兵，那後面的大軍少說也有幾萬吧，這一次我終於可以高枕無憂了，那幫反賊把差點沒把我弄死。有了高將軍帶來的大軍，一定能夠將那幫反賊剷除。哈哈，哈哈哈，來，高將軍，我敬你一杯。」

高飛看著滿桌的酒菜，聯想到路上遇到的那些餓得不成人形的百姓，酒說什麼也端不起來。嘆了口氣，道：「公孫大人，實不相瞞，這次來救援公孫大人的，就只有在下的這一千輕騎而已。」

公孫度開心的臉上立刻變得憂鬱起來，隨後尷尬的笑了一聲，問道：「高將軍是不是覺得我招呼不周啊，你不滿意就說出來，也犯不著和我開這種玩笑啊。」

「你看我的樣子像開玩笑嗎？來救援公孫大人的，真的就只有這一千騎兵。」

公孫度猛地灌下了一杯酒，自言自語地道：「一千騎兵頂個屁用，外面的賊兵有一萬多呢，而且張牛角和褚燕的手下還有三千精兵，我就是小看了他們的實力，結果吃了敗仗。高將軍這一千騎兵我看也頂不了幾天。」

「那倒未必，我來的時候仔細觀察了一番，賊兵雖然多，可是經過這幾天的攻城戰，都顯得很疲憊，就算褚燕手下有三千精兵，我也能用那一千輕騎將其擊潰。」

公孫度聽到高飛如此說話，冷笑道：「高將軍的口氣好大啊，不過我可有言在先，褚燕的那三千精兵都是能征善戰的山賊，當初我在常山圍剿他們的時候，還費了不少周折呢。到時候真打起來了，高將軍別怪我沒有提醒過你。」

高飛「嗯」了一聲，他心裡明白，自古以來步兵對騎兵就很吃虧，他有一千騎兵，褚燕的三千精兵都是步兵，以他的一千騎兵對付褚燕的三千步兵，只要指揮得當，絕對能夠將那三千賊兵給擊潰。

他緩緩地道：「公孫大人，我們長途跋涉而來，需要好好的休息一夜，明日一早，請大人看我如何破敵。」

公孫度看著自信滿滿的高飛，道：「高將軍，不是我潑你冷水，當初你平定黃巾和涼州之亂時，都是各部互相配合作戰的。現在你沒有援兵，我看你還是和我一起堅守在城裡好了。城裡糧草充足，只要賊兵登不上城牆，堅守半年不成問題。何況朝廷也不會放任這些賊兵為亂，必定會派兵前來圍剿的。」

高飛笑了笑，朝公孫度拱手道：「大人請放心，我自然會有辦法擊潰那三千人。不過，外面剩下的那一萬多的賊兵，就需要大人從中出點力了。」

「我？」

公孫度驚訝地看著高飛，連忙擺手道：「不行不行，我的五千兵就剩下一千多人了，還得把守四個城門，我抽調不過來那麼多兵力。高將軍，對不住了，我也無能為力啊。」

高飛嘿嘿笑道：「不用大人出兵，只要大人答應的話，明日一天之內，我就能有辦法讓城外的賊兵全部瓦解，歸順朝廷。」

「有……有這等好事？你快跟我說。」公孫度聽後，欣喜若狂地道。

高飛道：「大人，城中府庫裡有多少存糧？」

「尚有三萬多石……」公孫度似乎有所領悟，急忙問道：「你該不會是想動府庫中的糧食吧？」

「呵呵，這存糧可不少啊，一石糧可供一個成年男子一百天食用呢，這三萬石糧食，要是拿出來對付外面的賊兵，這不是易如反掌的事嗎？」高飛笑道。

公孫度馬上擺手道：「不行，府庫中的東西都是朝廷的，怎麼能隨便亂動呢？沒有朝廷御旨，誰敢開倉放糧？」

「他媽的，公孫度占據遼東的時候，自立為遼東侯，怎麼這會兒對大漢如此忠心？要是他不答應的話，那我就得想其他的辦法了。」聽到公孫度堅決的回答，高飛的腦海中緩緩地想道。

「既然大人不同意，那就再想其他辦法吧，等明日我破敵之後，再看賊兵的反應吧。」高飛道。

公孫度「嗯」了一聲，道：「高將軍，請！」

高飛現在也是饑腸轆轆，縱使他心中覺得吃這麼好的東西對不起那些百姓，可是如果不吃的話，他就會餓死，他要是餓死了，又怎麼能利用他的雙手來救更多的窮苦百姓呢？

一想到這裡，他就趕緊填飽肚子。

酒足飯飽之後，他走回軍營，腦中還在想著怎麼退敵。

高飛回到軍營後，親自視察了一下士兵的情況，連續一晝夜的奔波，人困馬乏，士兵們一吃飽飯便回軍營去休息了，而他們座下的一千匹戰馬，則受到公孫度所部兵士的照顧，全部給予了上好的草料供給。

他將趙雲、華雄、龐德、周倉、卞喜五人叫到自己的營房中。

對他而言，**公孫度就像是一個阻礙他的絆腳石一樣**，他向公孫度建議的策略沒有被採納，這給擊敗賊兵帶來了一定的困難。

他曾親眼目睹過食物的威力，在食物面前，他不費吹灰之力便瓦解了五百多個饑餓著的賊兵，他堅信，用這種方法對付城外的賊兵，也一定能夠使其瓦解。

「如今大敵當前，城外有著兩萬饑民，我向公孫度獻策，讓他開倉放糧來瓦解城外的饑民，卻遭到了拒絕。這樣下去的話，那些餓瘋了的饑民打起仗來就會更加拼命了，我們兵少，就算能擊敗他們的主力，自己也會有一定的損傷。」高飛對眾人說出心中的憂慮。

趙雲道：「主公，**兵法有云，上兵伐謀**。屬下在城中打聽了一下，那褚燕是常山真定人，和屬下是同鄉，屬下想利用這層關係勸他改邪歸正，還請主公予以准許。」

高飛搖搖頭道：「不！這樣做太危險了，褚燕這個人我們都不太瞭解，加上現在形勢對賊兵有利，估計不會投降。」

龐德朗聲道：「主公，賊兵雖多，卻終究是一些未加訓練的老百姓，只要明

日主公帶領我等一千騎兵出擊，定然能夠讓賊兵聞風喪膽。只要擊敗了主公說的那三千主力，其餘的人肯定會不戰自退！」

華雄接話道：「對啊，飛羽是主公帳下訓練有素的部隊，打起仗來，無不以一當十，羌胡叛軍咱們都能打贏，別說這些小小的山賊了。」

「你們可千萬別小看城外的那撥賊兵，公孫度的五千正規軍都能折損在他們的手上，可見其作戰的實力。雖然飛羽是一支精良的部隊，但是我不想硬碰硬，畢竟飛羽是我們的家底，要是打沒了，對我們來說，是一個極大的損失。殺敵一萬，自損三千。硬拼的話，飛羽部隊肯定會受到創傷，我們現在要做的就是保存實力，儘量減少傷亡。」

高飛不願意讓自己的飛羽部隊受到創傷，搖搖頭，否決了龐德和華雄的提議。

「主公，這也不行，那也不行，難道我們就坐以待斃嗎？」

周倉一直沒有發話，此時聽到高飛拒絕了兩種不同的意見，按捺不住，終於說話了。

卞喜勸道：「周兄，主公把我們叫來，必定有破敵的策略，我們不妨聽聽主公的策略吧，也許不用打仗就能解決外面的賊兵呢？」

「對，大家跟隨主公都有很長一段時間了，主公每戰必勝，我們應該聽一聽主公的策略，不戰而屈人之兵，方是克敵制勝的最高謀略。主公，有什麼需要我們做的，就請吩咐吧，屬下等必將竭盡全力的去完成主公的吩咐。」趙雲道。

高飛呵呵笑道：「很簡單，**只需殺一個人就行了。**」

「殺誰？」

趙雲等人都瞪大了眸子望著高飛，好奇地道。

「**公孫度！**」高飛淡淡說道。

趙雲尋思道：「主公是想殺了公孫度，借此控制住瘿陶城的局勢，然後開倉放糧，招誘那些賊兵投降？」

高飛點點頭道：「不錯，城外是一群快餓瘋的人，與其堅守城池和他們作戰，不如採取懷柔策略，只要他們投降，就給他們飯吃，這樣一來，從士氣上和精神上就可以瓦解賊兵。賊兵造反無非是為了有口飯吃，有個活路而已，只要我們給予他們一線生機，誰願意去造反？公孫度不懂這其中的道理，身為冀州刺史也不去體恤百姓，這樣的人留著也是一個禍害，不如及早剷除。至於死因嘛，可以推到賊兵的身上，我們便可以洗脫掉干係。」

趙雲臉上一喜，當即請纓道：「主公，請讓屬下去做吧，屬下保證不會讓任何人知道這件事，像上次殺周慎一樣將其殺死。」

「你為什麼要主動去做這樣的事？殺朝廷命官上癮了嗎？」高飛見趙雲臉上顯出興奮之色，不禁問道。

趙雲道：「殺公孫度一個人，卻能挽救上萬人的性命，這是在救人，屬下當然義不容辭。何況屬下也是冀州人，能夠讓冀州的百姓過上好日子，也是屬下應該做的。主公，就請你下命令吧。」

未等高飛說話，便聽華雄搶話道：「子龍，這等好事可不能讓你一個人去做，這次就讓我去做吧。」

「你們都別爭了，還是我去吧。」龐德也來了精神。

高飛見趙雲、華雄、龐德三人藝高人膽大，笑道：「你們都不要爭了，這次你們三個人一起去，不過，這次不是暗殺，我要讓你們將事情鬧大，最好鬧得城裡的人都知道。我和周倉、卞喜會接應你們的。」

趙雲、華雄、龐德齊聲道：「主公，請吩咐吧。」

高飛便將整個計畫說了出來，趙雲三人默默地記在心裡。

不過，現在還是白天，行刺這樣的事，當然是要放在夜晚去做了。商議完畢，眾人各自回營休息，為晚上的行動養精蓄銳。

高飛登上癭陶城的城樓，看到那些守衛在城牆上身心疲憊的士兵，心裡默念道：「過完今夜，你們就不用那麼辛苦了。」

他又眺望了一下城牆邊那堆尚未完成的土山，赫然發現黃土中埋葬著許多屍體，被黃土墊起的護城河裡，都是堆積如山的死屍，怪不得他進癭陶城的時候沒有發現一具屍體，敢情都被賊兵用來當做填護城河的材料了。

護城河中，混合著血液和泥土的河水變得渾濁不堪，而與護城河相距不遠的地方，便是賊兵搭建的簡易營寨。

夕陽已經隱沒在西邊天際那一抹烏黑的雲團中，夜幕緩慢地籠罩下來。癭陶城垣近處的賊兵營地裡，從四面八方陸續趕回來一些拖著野菜的賊兵。

他們在城外升起了篝火，將從四處搜刮而來的野菜混合著新鮮的樹皮倒進燒滾的鍋裡，眼裡充滿了對食物的饑渴。

整座癭陶城周邊，賊兵升起的篝火將夜空點亮，使得癭陶城在夜色中變得朦朧模糊起來。空氣裡瀰漫著一股茅草燃燒後的灶火氣息，混合了護城河裡發出的陣陣屍臭，讓城中的人倍感煎熬。

夜幕徹底落下之後，站在城頭上的高飛卻沒有一絲睏意，他目睹了官民之間的差別，城外的賊兵吃的是野菜、樹皮，可城內吃的卻是讓那些賊兵夢寐以求的糧食，美酒、鮮肉無論如何都不是一般百姓能夠奢求的。

他輕輕嘆了口氣，轉身走下城樓，自言自語道：「今夜過後，一切都會結束的，希望我這樣做，能夠阻止以後黑山軍的崛起。」

再次回到兵營，高飛躺在床上，稍微做了短暫的休息，閉上眼睛時，他看到是那些因為饑餓而眼巴巴望著他的窮苦大眾，心底的善念徹底被激發起來，睡夢中還在不停地念叨：「**得民心者得天下！**」

不知道睡到幾時，高飛聽到一陣急促的敲門聲，將他從睡夢中喚醒，醒來後，卻發現自己的頭一陣眩暈，眼睛也幾欲睜不開，眼珠布滿了血絲，這一切都是因為睡眠不足所致。

強忍著眩暈，他從床上坐了起來，努力睜開眼睛，適應屋子裡的黑暗，然後跳下了床，走到門邊，拉開門，看到趙雲、華雄、龐德三人頭裹黃巾，身穿普通的衣服，手中拎著長刀，那裝扮乍看之下和城外的賊兵沒什麼兩樣。

「屬下參見主公！」趙雲、華雄、龐德三人拜道。

趙雲的臉頰上不知道怎麼多出一道刀疤，臉也被塗黑了，還弄了一把絡腮鬍，看上去有幾分猙獰。華雄、龐德二人則是披頭散髮，戴著眼罩。

高飛看到三人如此模樣，若不是知道是自己安排的，肯定會被嚇一跳。

他滿意地道：「你們三個這身裝扮，別人很難認出你們來，現在幾時了？」

「子時三刻，城中的士兵差不多都休息了，就連太守府裡的燈火也滅了，公孫度早就睡下了。」趙雲道。

「開始行動吧！」高飛揉了揉生疼的眼睛，對趙雲三人令道。

「諾！」

在這樣一個視人命如草芥的亂世裡，如果不想被別人殺掉，你就只能殺掉別人，這是亂世的生存法則，只有用戰爭來結束戰爭，天下才能得到真正的和平。

今夜月黑風高，給趙雲、華雄、龐德三個的行刺工作帶來了極大的便利，這個不平凡的殺人之夜，**將會以一個人的死亡，來換取上萬人的生存**，高飛覺得這樣做，值！

太守府中，守門的士兵拄著長戟，不時打著盹，遠離了白天的喧囂，寧靜的黑夜本應該是睡覺的時候，可是為了給自己的大人站崗，這些士兵不得不強打著精神守夜。

賊兵造反是為了一口吃的，這些士兵這樣不辭辛勞的守夜，又何嘗不是為了生活呢？

黑暗的夜裡，三條人影快速晃動著，輕盈的腳步，矯健的身姿，加上可以容納他們的黑夜，使得守衛在太守府門口的六個士兵，誰都沒有注意到。

「砰！砰……」

六聲沉悶的倒地聲音，守門的六個士兵被三條黑影給擊昏了過去。那三條黑影直接推開太守府的大門，以最快的速度闖了進去，將房廊下的守衛全部打昏過去，三人便朝後堂跑了過去。

公孫度拖著疲憊的身軀躺在後堂的房間裡，擔心賊兵會發動夜襲的他，不但穿著盔甲睡覺，懷中還抱著一個榆木枕頭，嘴角浮現著笑容，不時說著夢話，叫著一個女人的名字。

突然，「轟」的一聲巨響，房間的門被一腳踹開，房門外，三個黑影手持長刀闖了進來。剛剛驚醒的公孫度抽出腰中的佩劍，看到門口站著三條黑影，臉上現出恐懼，一個鷂子翻身，朝窗戶撞了出去。

木製的窗戶發出一聲清脆的響聲，公孫度整個人落在外面的房廊上，身體慣性的滾了幾滾，撞到房廊的一根柱子上才停了下來。

他用手撐地而起，看到三條黑影圍了過來，當即大聲喊道：「有刺客！快來人啊，有刺客！」

就在公孫度喊出聲音的時候，太守府的後院突然著起大火，火光照亮了黑暗的夜晚，並且用它那微弱的光芒照射在後堂的房廊下。他清楚地看到三條面露猙獰的黑影，那面容在黑影中就如同鬼魅一般。

聲音剛剛落下，三條身影便圍了上來，將驚慌失措的公孫度圍在當中，三把長刀從不同方向，向著公孫度砍了過去。

公孫度手持長劍，只格擋住一柄長刀，左手的劍鞘撥開另外一把長刀，卻不想尚有一把長刀從側後方砍來，只覺右臂上一陣火辣辣的疼痛，一股冰寒的冷意在胳膊上瞬間劃過，緊接著，他的右臂便和他的身體脫離開來，一隻握著長劍的手臂重重地摔在地上，發出一聲悶響。

「啊……」公孫度失去右臂，整個人痛得幾欲暈厥過去，在那三個黑影第二輪的攻勢下，他向後仰面摔倒在地，大聲喊道：「來人啊，快來人啊，有刺客，救命啊！」

就在這時，太守府的後院外牆傳來一陣嘈雜的聲音：「走水啦！快來救火，走水啦……」

巨大的嘈雜聲完全蓋住了公孫度喊救命的聲音，他摔倒在地上的那一剎那，側臉看到暈倒在房廊下的守衛，等他回過頭時，三把鋒利的長刀迎面落下，只見寒光閃過，他還來不及叫喊出來，身上便噴湧而出三道血柱。

三個黑影見公孫度已經死去，同時聽到外牆那邊傳來一聲「風緊」的喊聲，三人高呼一聲「扯乎」，便立即用矯健的身姿翻越太守府的高牆，跳了出去。

三個黑影剛消失，便衝進來一隊士兵，士兵們個個拿著火把，將太守府的後堂照得通亮，看到死在地上的公孫度，都是一臉驚詫。

後院的大火還在燃燒著，經過十幾分鐘的撲救，後院的廚房化為了烏有，火勢終於完全被撲滅。

參加救火的高飛帶著周倉、卞喜迅速來到太守府，早就隱藏在太守府外的趙雲、華雄、龐德，也卸去了偽裝，跟著高飛的部隊一起來到太守府，看到公孫度陳屍在地上，所有的人心裡都是一陣暗喜。

公孫度一死，城內的兵將失去了主心骨，群龍無首的他們紛紛把希望寄託到高飛的身上，畢竟城中能夠領導他們的，也就只有高飛了。高飛命人處理了公孫度的後事，正式接管了襄陶城。

太守府大廳裡，高飛以奮威將軍的身分端坐在上首位置，公孫度帳下的一個長史帶著三個軍司馬，和趙雲等人分立兩側。

「高將軍，不想賊兵如此猖獗，居然行刺刺史大人。癭陶城中兵少，賊兵有兩萬多人，再堅守下去，勢必會全軍覆沒，請將軍率領我們殺出賊兵的包圍，帶我們回高邑，那裡錢糧頗多，城內尚有一千士兵，城防也比癭陶堅固，堅守的話，絕對可以抵擋賊兵一年半載的。」公孫度帳下的長史獻策道。

高飛搖搖頭道：「賊兵猖獗，癭陶若是丟了，高邑就守不住，不過，我倒有個辦法對付賊兵。賊兵造反無非是為了一口吃的，如果我們能打開糧倉，給他們發放糧食，勸其歸降，並且許諾給他們田地，那些賊兵必然會放棄造反的念頭。癭陶城裡有三萬多石糧食，只需拿出來一小部分就足以維持賊兵的生計了，而且……」

「報——」一個士兵氣喘吁吁地跑了進來，打斷了高飛的話。

高飛急忙問道：「快說，發生了什麼事？」

「賊兵進攻了，一萬多人強攻南門，城牆上的守兵快頂不住了！」

高飛當機立斷道：「火速增援南門，東、西、北三門的城牆上各留下一百人，多放點旌旗，其餘的士兵全部到南門防守！」

「諾！」

吩咐完畢，高飛帶著眾人一起來到南門。

還沒有登上城牆，便看見天空已經被火光映照得如同白晝。他迅速調集飛羽部隊，每個人手持弓箭，朝外面的賊兵射去。

賊兵很執著，六七千人仍舊用白天攻城的方法，從城外用麻袋運送黃土，將黃土全部倒在牆跟那裡，不同的是，這一次賊兵異常奮勇，儘管城牆上不斷有箭矢射下，不斷有賊兵被射死，他們還是無所畏懼的向前衝，在那條黃土鋪就的路上做著重複的動作。

賊兵見城牆上突然多了許多弓箭手，也學聰明了，他們每個人都將麻袋給抱起來，利用裝滿黃土的麻袋來遮擋箭矢，有的乾脆將手中的兵刃扔上城樓，雖然威力不怎麼樣，卻仍舊打傷了一些守城的士兵。

高飛在城樓上，看著護城河外的空地上，張牛角、褚燕帶著三千精銳的賊兵嚴陣以待，而且這一次賊兵運送黃土的能力也大大增加了，只短短一會兒功夫，經過幾千人的共同努力，黃土已經升高了兩米，再有一米，賊兵就完全可以將那條斜坡堆到城牆上了。

「不行，這樣下去不是辦法，賊兵的士氣怎麼突然高漲了，根本不畏懼死亡。」

高飛看到這一幕，本以為自己解決掉公孫度，眼看就可以控制癭陶城的局勢了，賊兵卻來添亂，立即下令：「趙雲、周倉，帶著四百騎兵和我一起出城殺敵，其餘人堅守城牆，絕對不能讓一個賊兵登上城牆。」

「弟兄們，絕對不能讓賊兵進城，把你們的勇氣都拿出來，將外面的人都當成是羌胡的騎兵，狹路相逢勇者勝，跟我衝出去，徹底打垮賊兵！」高飛手握遊龍槍，喊話道。

「狹路相逢勇者勝！狹路相逢勇者勝！」四百飛羽騎兵同時大聲喊著。

高飛調轉馬頭，向守在城門邊的士兵喊道：

「放下吊橋，打開城門！」

癭陶城外，張牛角、褚燕的眼裡透著一絲驚喜，看到一點一點堆積起來的黃土，斜坡的高度也離城牆越來越接近了，心中有一種莫名的興奮。

張牛角望著不斷升高的斜坡，腦中浮現出一隻燒雞的圖案，那兩根油光嫩滑的雞翅膀，又大又肥的雞屁股，嘴角邊便不禁流出口水來。

褚燕則是捂著饑腸轆轆的肚子，一想到一會兒就可以攻破癭陶城，然後山珍海味的吃上一頓飽飯，眼神裡就充滿了貪婪的目光。

他捋了捋他捲曲的鬍鬚，衝搬運黃土的士兵大聲喊道：「快點，速度再快

點，攻破了城池就有肉吃，不想餓死的都加把勁！」

張牛角、褚燕身後的三千士兵也按捺不住了，連續幾天在城外吃糠挖野菜，體力越來越差，想起城中有著琳琅滿目的食物，便硬撐著餓壞的肚子，緊握手中的兵刃，整個人顯得非常的興奮，只期待斜坡一架好，就能衝上城牆，去將城中的食物全部搶來，因此個個都幹勁十足。

城外火光沖天，六七千個強壯的賊兵不停的搬運著黃土，冒著被城牆上射下來的箭矢射死的危險，無所畏懼的衝了上去，為了活下去，只能拼了。

「轟」的一聲巨響，癭陶城的吊橋被放了下來，巨大厚實的木板被架在護城河上，城門也赫然洞開。從門裡飛奔而出一員戰將，胯下騎著像烏雲一般的駿馬，手中握著盤旋著長龍的鋼槍，口中喊著振奮人心的話語，一溜煙似的急衝出來。

緊跟在那員戰將後面的，是清一色的輕騎兵，在一白、一黑兩員戰將的帶領下迅速壓了過來。

當先一員戰將便是高飛，他騎著烏龍駒，在夜色的掩護下，整個人如同騰著一團烏雲，向城門邊嚴陣以待的三千賊兵衝了過去。

身後一白、一黑兩員戰將，分別是白面戰將趙雲及黑臉小將周倉，兩人帶著四百騎兵踏在木製的吊橋上，馬蹄踩在上面，發出陣陣如同滾雷般的響聲，馬背上的人各個面色猙獰，手中揮舞著馬刀，如狂風般席捲而去。

張牛角、褚燕大吃一驚，萬萬沒有想到城中的官軍在面對一萬多大軍的圍攻下，還敢出城迎戰。

張牛角抖擻了一下精神，抽出腰中佩戴的長刀，剛喊了一聲「衝啊」，便被騎著烏龍駒的高飛擋在身前，長槍只在他的面前抖動了一下，他還來不及做出任何反應，只覺自己的身體被刺了個透心涼，便從馬背上墜落下來，他身上所穿著的鐵甲，也沒有能夠抵擋住長槍的突刺。

烏雲蓋頂，褚燕見張牛角墜馬而亡，當即從背後抽出來一對流星錘，看見閃著寒光的槍頭正突刺過來，來勢兇猛，心中便有幾分膽寒，急忙扭動身軀，側翻在馬背的另一邊，寒槍從頭上掠過，不禁長出了一口氣。

然而沒等褚燕回過氣來，後面的馬隊便衝了出來，趙雲手持長槍、周倉舞著大刀，身後的騎兵也都掄著馬刀，呼嘯般的衝了過來。

他急忙從馬背上跳了下來，雙腳一落地，微微屈身，向後倒縱一下，偌大的身軀猶如一隻掠過水面的燕子般輕盈，飄蕩在空中，同時將手中的流星錘給扔了出去，立刻擊落兩名衝撞而來的騎兵。

褚燕的士兵只有五十個騎兵，後面都是三千手持兵刃的步兵，高飛率先衝過前陣，一槍刺死了張牛角，虛晃的一槍逼走了褚燕，胯下的烏龍駒神勇異常，加上他手中靈活多變的施展著遊龍槍法，所到之處接連挑下四五名騎兵。

烏龍駒躍起兩隻前蹄，發出一聲長嘶，待雙蹄落地時，將前面企圖來阻擋的兩個賊人踏死在蹄子下，硬生生地將兩個人的肚皮踏破，腸子瞬間便從肚子裡滾了出來。

「砰！」一聲巨響在夜空的城門邊發出，四百騎兵和那三千名嚴陣以待的賊兵撞在了一起，前排的步兵經受不起馬匹所帶來的急速衝撞力，一百多人在一瞬間便被撞飛。

趙雲、周倉立刻帶頭從高飛所經過的缺口殺了過去，硬是在賊兵的正中間突破了一口巨大的口子。

褚燕身輕如燕，一米九的身高加上百八十斤的體重，絕對是一個重量級的人物，可是在跳躍上卻有著異於常人的能力，他向後倒縱了幾個起落，整個人便飄在隊伍的最後面。看到前面的方陣被騎兵突破，不禁破口大罵道：「一群廢物！」

褚燕從前面抓來一個賊兵，奪下賊兵手中的長刀，順勢將那個賊兵用力向前扔，朝高飛砸去，他自己則緊隨在那個賊兵的後面猛然跳了起來。

高飛正用遊龍槍左右突刺，赫然發現一團黑影大叫著從空中飛來，他急忙用槍柄將那黑影撥開，槍尾一記重擊，敲打在那個空中飛人的腦門上，但聽一聲脆響，那人便被精鋼製成的遊龍槍尾擊碎了頭骨，腦漿登時迸裂而出，濺了高飛一臉。

空中飛人慘叫一聲便被掃落在地上，高飛還來不及回過長槍，但見空中飛人背後還有一個人影朝他撲來，那人正是褚燕。只見褚燕手中握著一柄長刀，在火光的映照下，發出了微暗的橙光，在高飛眼前一晃，足讓人覺得眼暈。

刀鋒寒意緊逼，高飛沒有料到褚燕會以部下當肉盾，自己暗藏在後面向他襲來。不過，這個陰招確實很有效果，高飛還來不及收回長槍，褚燕的刀鋒便已經直逼面門了。

高飛大吃一驚，「啊」的一聲大叫，眼看就要躲閃不及，座下烏龍駒突然發出一聲嘶鳴，整個身體側倒在地，刀鋒從高飛右邊臉頰上飄過，愣是將高飛從死神手裡給救了下來。

這一幕也超乎了褚燕的預料，手中的刀鋒再次在空中扭轉，企圖回身砍高飛一刀。

高飛避過一險之後，人也放得精明許多，發覺背後寒意逼來，當即一個回馬

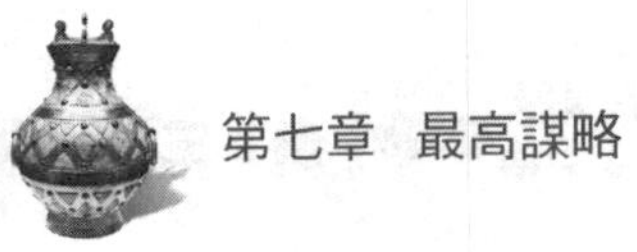

槍刺向空中。

「錚」的一聲轟鳴，褚燕的長刀和高飛長槍碰撞在一起，迸裂出些許火花，轉瞬即逝間，高空中的褚燕落在高飛的身後，急速轉身，手中長刀揮砍而出，力求在連人帶馬都倒在地的高飛反應過來之前，將其格殺掉。

高飛早已做好防禦準備，雙腿一夾馬肚子，座下烏龍駒便突地從地上翻滾而起，緊接著向前一番横衝直撞，愣是衝過了前面數十個人擋住的道路，從賊兵的方陣中脫穎而出。

「好險！烏龍駒，你剛才救了我一命！」高飛從賊兵的陣中殺了出來，長吐一口氣道。

調轉馬頭，準備再次衝進方陣裡，卻見褚燕如同惡鷹撲食一般，握著長刀再次襲擊而來。

這種跳躍的能力，與他之前見過的邊章相比，簡直是不相上下，唯一不同的是，褚燕的身手要比邊章敏捷許多，而且攻擊的速度和力道也很驚人，實在是一個勁敵。

眼看褚燕長刀便要砍來，高飛一個蹬裡藏身，避過褚燕當頭襲來的一刀，褚燕整個人則從馬背上掠過。

高飛看準時機，將長槍朝著褚燕背脊上刺了出去，本以為能夠得手的他，卻沒想到褚燕的長刀突然從前胸移到後背，直接擋住高飛的那一刺。短暫的交接間，褚燕、高飛二人隨即分開老遠。

趙雲、周倉帶著四百騎兵從中間的缺口中殺了出來，剛一殺出來，便再次轉變馬頭，又從缺口殺了進去，將賊兵的陣營弄得亂作一團，而且賊兵抵擋不住騎兵的攻勢，只這麼一次衝擊，便有數百人喪命。

此時，城樓上的戰鬥也隨即展開了，六七千人的賊兵隊伍終於將斜坡給墊高了，二十多個賊兵迅速衝上城樓，卻被華雄、龐德、卞喜帶領的人給堵了回去。

士兵們居高臨下，死守缺口，不給賊兵絲毫進攻的機會，愣是將那個缺口堵得水泄不通。

褚燕看到騎兵在自己的精兵方陣裡肆無忌憚的橫衝直撞，看到城牆上奮勇抵擋住缺口的士兵，再看看面前不遠的高飛，本想趁著城中失火來給漢軍一個沉重的打擊，不想漢軍反應會如此迅速，又將缺口堵住了。

他看了看戰場，漢軍騎兵施行的中央突破戰術已經將方陣給攪亂了，而且他們都餓著肚子呢，如果執意打下去，只怕會越來越處於下風。看到形勢不利，當即喊道：「撤！」

聽到褚燕的命令後，賊兵頓時失去了戰心，紛紛朝營寨方向跑去。

「窮寇莫追！」高飛看到賊兵撤退，當即喊道：「回城！」

高飛帶著部隊退回癭陶城，城外的賊兵也全部退走了，留下來的是一地的屍體，有賊兵的，也有漢軍的。兩軍這次攻防戰持續不到半個小時，便在不明不白的戰況下結束了。

回到城中，高飛做了一個統計，飛羽部隊戰死三十六人，四十二受傷，雖然他們在城門邊殺死了四百多賊兵，可是對他來說，意味著自己的實力又減弱了。

癭陶城裡有兩千戶百姓，平時打仗的時候都躲在家裡，戰況一結束，就會出來慰勞士兵，端著家中自製的可口飯菜，給那些傷兵帶來一些慰藉。城中的大夫也替受傷的士兵免費治傷，使傷患得到很好的照料。

平明時分，登上城樓的高飛眺望賊兵營寨，賊兵沒有因為張牛角的死而退卻，但是經過昨夜的激戰，賊兵的士氣變得低落了，張牛角死的太突然，沒有留下任何遺言，而褚燕是否能夠擔當起所有賊兵的首領，還是個未知之數。此時，也往往是人心最為分散的時候。

高飛叫來趙雲，吩咐他一些事後，趙雲歡喜地下了城樓。

當趙雲再次登上城樓時，士兵抬著一張張小桌子，接著，一些士兵抱著酒，抬著肉，在城樓上擺開了酒宴。

高飛又讓周倉帶著人去將那黃土堆積的斜坡給鏟平，將黃土倒在護城河裡，並且派卞喜、龐德、華雄帶著弓箭手蹲在城牆上作為掩護。

有趣的一幕出現了，賊兵哭喪著臉待在兵營裡，捂著饑腸轆轆的肚子，眼巴巴地眺望著癭陶城樓上的士兵喝酒吃肉，不時舔舔自己乾裂的嘴唇，更有甚者，將同伴的手臂當成鮮美的肉，一口便咬了下去。

饑餓是最難以忍受的一件事，饒是每天都喝水，可是不吃飯，就沒有力氣，加上賊兵這些天來冒死用黃土堆積而成的爬城斜坡消耗了太多體力，而周圍一帶能吃的野菜和樹皮都差不多吃光了，就連野獸也不會光顧這個鬼地方。

餓得前胸貼後背的賊兵已經承受不住這種饑餓的煎熬了，看著城牆上大吃大喝的漢軍士兵，他們的心裡極度的不平衡，甚至開始對造反產生了一絲疑惑。

賊兵的軍營中，褚燕獨自一人坐在大帳中，他還在為昨夜張牛角的死而耿耿於懷，因為這兩萬多賊兵裡，他的部下只有兩千多人，其餘的都是跟隨張牛角一起的，如今張牛角死了，沒有留下一句遺言，那些部眾有一大半沒有把褚燕當成一回事，他在想，我要用什麼辦法將這些人控制在自己的手裡。

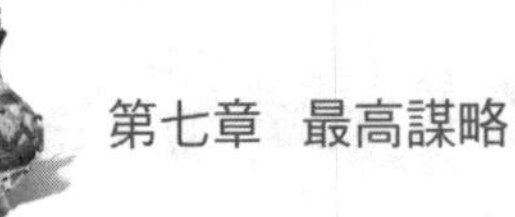

「咕嚕！」褚燕的肚子叫了，他捂著饑餓的肚子，倒了一大碗水，咕嘟咕嘟的喝下肚，可仍舊抵擋不住饑餓的感覺。

他嘆了口氣，自言自語道：「唉，如果不是那一撥騎兵的話，癭陶早就攻下來了。」

這時從帳外進來一個人，那人個頭矮小，身體柔弱，一見到褚燕便抱拳喊道：「大哥，查出來了，來支援癭陶城的叫高飛，是朝廷剛封的遼東太守。」

「高飛？就是那個平定河北黃巾的人嗎？」褚燕好奇道。

「對，就是他。」

「難怪這傢伙那麼難對付，昨夜我和他短暫交了一下手，我連續使出三個最厲害的殺招，都被他躲過去了。他娘的，真是晦氣，居然在這裡碰上這樣的一個人物。孫輕，去把王當叫來。」褚燕罵罵咧咧地道。

那個漢子是褚燕的結拜二弟，叫孫輕，雖然身體看著單薄，但是殺起人來，那可一點都不含糊。黃巾之亂時，褚燕也拉攏了一支小隊伍，占山為王，後來轉戰常山、魏郡、鉅鹿之間的山林裡，而孫輕、王當二人，就是他擊敗的山賊，三個人臭味相投，就結拜為了兄弟。

孫輕再次回來的時候，帶來一個比他還柔弱的漢子，看他們兩個人的模樣，倒是真的餓成了皮包骨了。

「王當，漢軍還在城樓上喝酒吃肉嗎？」褚燕看著隨孫輕進來的漢子問道。

王當點點頭，吞了口口水，答道：「大哥，再這樣下去的話，估計我們都要餓死了，不如……咱們換個縣城攻擊吧？」

「不行，我們已經圍城五天了，絕對不能就這樣放棄，大不了再拼一回，我就不信，我們一兩萬人還攻不下來一座小小的瘦陶城。」褚燕道。

孫輕也猶豫了，道：「可是大哥，咱們沒吃的啊，別處搶來的食物不夠吃，一頓飯就吃沒了。漢軍人雖然少，可他們在城裡有吃有喝，這樣下去，兄弟們都要餓死了。」

「就是啊，大哥，咱們回山寨吧，張牛角也死了，他那幫人都是道地的莊稼人，除了能幹點力氣活，還能做什麼？」王當隨聲附和道。

褚燕堅持己見道：「如果不是他們的話，那斜坡能堆得起來嗎？不能退！傳令下去，再攻擊一次，這一次要全力攻打，就說替張牛角報仇……」

「大哥……不好了，張牛角的人都投降漢軍了……」一個賊兵闖進營帳，指著外面喊道。

第八章 重量級人物

看著褚燕那虎背熊腰的身姿，高飛無法相信，這樣一個重量級人物，居然有身輕如燕的身手，而且還差點將他弄傷。他騎在烏龍駒的背上，用手中的遊龍槍指著人高馬大的褚燕道：「從今以後，你和你的部下就跟著我了。

褚燕急忙帶著孫輕、王當走出營帳，來到營地時，但見張牛角的部下成群結隊的朝癭陶的南城門湧了進去，清一色的騎兵在高飛的率領下守衛在吊橋兩邊，凡是經過吊橋的人，全部放下手中的兵器，排著整齊的隊伍進入癭陶城，城門邊，漢軍士兵在給每一個進城的人發著饅頭。

看到這一幕，褚燕傻眼了。

「怎麼回事？」褚燕問身邊一個賊兵。

賊兵道：「大當家的，他們剛才喊話，只要投降就有飯吃，張牛角的人就都湧了過去，陸續投降漢軍了。大當家的，我餓，咱們……也去投降吧？」

「投降？投降個屁！官軍沒有一個好東西，我跟你們說過多少遍了？他們這是**權益之計**，**目的就是為了瓦解我們的軍心**，你們千萬不能上當！」褚燕大聲喊道。

「可是……可是弟兄們都餓得不行了啊……」孫輕有氣無力的道。

就在這時，但見趙雲騎著一匹白馬，手中戳著一杆長槍，策馬向兵營這裡奔來。

趙雲不敢靠太近，估算了一下弓箭手的射程範圍，停下來，衝賊兵營裡喊話，大聲地道：「褚燕！在下趙雲，和你是同鄉，我家主公敬重你是一個好漢，特來讓某給你傳個話。你要是識時務的話，就趕緊投降，我家主公自然會讓你和你的部下大口喝酒、大塊吃肉。不然，咱們就刀兵上見真章！」

賊兵營裡的賊兵立即用可憐兮兮的眼神看著褚燕，似乎在祈求褚燕的憐憫，就連褚燕兩個結義兄弟孫輕和王當也是一樣。

褚燕的肚子又叫了，看到城牆上的漢軍士兵大吃大喝，而張牛角的部眾全部有饅頭吃，捂住自己的肚子，沉默了一會兒，緊接著使出渾身力氣高喊道：「要我投降也可以，但是必須答應我一個條件！」

「什麼條件，儘管說出來！」趙雲聽褚燕談條件了，心中大喜，問道。

褚燕喊道：「我這幫弟兄都是為了能有一個活路才造反的，如果我們投降了，你必須保證我們人人有飯吃，只要答應我這一個條件，我就會帶領我的弟兄投降！」

趙雲聽後，策馬跑回到高飛的身邊，將褚燕的條件告訴給高飛，問道：「主公，褚燕就這一個條件，屬下該如何作答？」

高飛想了一會兒，自己騎著烏龍駒跨向前面，朝褚燕高喊道：「褚燕，你給我聽著。你沒有任何資格和我談條件，你要是投降，我自當給你們一條活路。以你現在的形勢來看，你只有兩條路走，一是投降於我，二是死路一條。是投降還

是選擇死亡，你自己做個抉擇吧！」

褚燕聽了，看看孫輕和王當，道：「這個高飛果然盛氣凌人，現在怎麼辦？」

孫輕和王當齊聲道：「大哥，投降吧，投降了才有飯吃。」

褚燕又看了看身邊的親隨，見他們都點頭，對食物的渴望已經占據了所有人的心，於是他咬了咬牙，不甘心地從牙縫裡擠出來了幾個字，用盡全身力氣大聲喊道：「投降，大家一起填飽肚子去！」

隨著褚燕的命令一下，賊兵裡的最後兩千多人，便打開寨門，紛紛丟下手中的兵器，爭先恐後的朝前面跑去，緊隨在城門邊的大隊伍後面，排列成五個人一列，向城門走去，每個人的臉上都洋溢著喜悅。

高飛策馬回陣，命令龐德、華雄、周倉、卞喜各自帶著部下接管外面的賊兵營寨，並且讓趙雲將褚燕帶到面前。

看著褚燕那虎背熊腰的身姿，高飛無論如何也無法相信，這樣一個重量級人物，居然有身輕如燕的敏捷身手，而且還差點將他弄傷。他騎在烏龍駒的背上，用手中的遊龍槍指著人高馬大的褚燕道：

「從今以後，你和你的部下就跟著我了，我會讓你和你的部下永遠有飯吃，不再餓肚子。但是，這是我對你投降的恩惠，絕對不是向你提出來的條件妥協，因為你沒有本錢和我談條件，明白嗎？」

褚燕當即跪在地上拜道：「多謝將軍，我褚燕從今以後就跟著將軍了，只要有口飯吃，褚燕絕不會再反叛。」

高飛將長槍一收，笑道：「起來吧，一會兒讓子龍帶你去城裡喝酒吃肉，希望你對你今天的承諾永遠遵守。」

褚燕舉手發誓道：「我褚燕對天發誓，從今以後誓死跟隨將軍，在有飯吃的前提下，絕對不會反叛；若違此誓，便讓我褚燕天打雷劈，死無葬身之地。」

高飛笑了笑，朝趙雲使了個眼色，趙雲便將褚燕、孫輕、王當三位頭領帶進城裡。

他看到褚燕離開的背影，心中想道：「看來以後黑山軍不會在歷史上出現了，公孫度已死，整個冀州如今就剩下我這支兵馬，高邑城是刺史的所在之處，裡面必定屯放大批糧草，我必須再去高邑一趟，開倉放糧，多多招誘一些逃入山中的百姓，將百姓帶到遼東去，增加遼東的人口。」

高飛利用食物對饑民的誘惑，招降了圍攻癭陶城的一萬多叛軍，之後，他命人打開癭陶城的糧倉，將三萬石糧食全部拿出來，在癭陶城設立了一個「義」字大旗，並且將投降的人遣散回去一部分，讓他們去將躲藏在山裡自己的妻兒老小

全部帶出來，反叛的罪名一概不再追究。

同時，高飛派卞喜帶二十個人去接賈詡、荀攸、貂蟬等人，讓他們一同到癭陶城來，並且派褚燕、孫輕、王當去冀州的山林裡招降占山為王的山賊，將他們全部收編為自己的部隊。

癭陶城裡，高飛讓華雄暫時擔當長史一職，負責城中的安全，讓周倉帶著士兵在城外處理掉護城河中的屍體，以免引發瘟疫，同時搭建一些難民營，以便招收更多的難民前來歸附。

清晨，趙雲和二百騎兵彙聚在北門外，等候著高飛的到來，一行人準備出發去高邑城。

高飛騎著烏龍駒，全副武裝的他策馬從城中奔馳到北門，見趙雲和二百輕騎等候在那裡，便湊了上去。

「參見主公！」趙雲等人見高飛來了，異口同聲地在馬上拜道。

「不必多禮，你們都準備好了嗎？」高飛問道。

趙雲道：「主公，兄弟們早已準備好了，就等主公的命令了。」

高飛歡喜地道：「嗯，好吧，那我們現在……」

「主公！且慢走！」周倉飛馳而來，一邊朝高飛招手，一邊大聲喊道。

高飛調轉馬頭，問道：「什麼事？」

周倉策馬來到高飛身邊，急道：「主公，有聖旨……來了。」

「聖旨？怎麼會那麼快？主公，難道我們殺公孫度的事已經被朝廷知道了？」趙雲不解地道。

高飛肯定地說：「不可能！就算有人通風報信，從襄陶到洛陽，日夜不歇，最快也得三天兩夜，何況又是一來一回呢，子龍，你在這裡等著，我去看看到底聖旨上寫的是什麼東西！」

「諾！」

高飛和周倉一起回城，見太守府門外停著一輛車架，當即從馬背上跳了下來，進了太守府，來到大廳，便看見一張十分熟悉的臉。

「左豐？清除十常侍的動亂中，怎麼沒有牽連到他？」高飛腦中頓時跑出許多問號。

左豐手持聖旨，坐在大廳的座椅上，一看到高飛來了，當即站起身來，滿臉笑容的躬身道：「恭喜高將軍，賀喜高將軍，高將軍這次可真是平步青雲了，左某先給高將軍道賀了。」

高飛笑道：「左大人老是東奔西跑，真是難為左大人了，不知道這次我有什麼喜事啊？」

左豐嘿嘿笑了笑，將聖旨塞進高飛的手裡，連宣讀都省了，道：「高將軍，咱們是熟人了，這是朝廷頒布的聖旨，高將軍請過目！」

高飛也不客氣，當即打開聖旨，匆匆流覽了一遍，便合上，朝左豐拱手道：「正如左大人所說，果然是平步青雲，可惜，只怕是讓左大人白跑一趟了。」

左豐驚詫道：「高將軍，這司隸校尉的官可不小啊，別人想要還得不到呢，司隸校尉執掌京畿重地，權力頗大，難道高將軍不願意去當嗎？」

高飛道：「我高子羽一介武夫，司隸校尉職責重大，恐怕不是我能勝任的，如今我只想去守衛邊疆，遼東郡雖然地處偏遠，但至少是我大漢的疆域，那裡經常飽受外族欺凌，我身為堂堂大漢男兒，正應該去那裡建功立業，抵禦外敵入侵，勤修德政，恩惠於郡內百姓，這才是我想做的，司隸校尉嘛……我的能力不夠，還是請朝廷另選他人吧。」

左豐嘆了口氣，道：「高將軍，這可是抗旨啊！」

「左大人，這聖旨到底是出自何處，你我心裡都明白。我斬殺十常侍有功，向大將軍求了一個幽州牧，大將軍前腳答應，後腳便反悔了，只給了我一個遼東太守。我對此並無任何怨言，可是我剛離開京畿不過七八天時間，這聖旨又要把我給召回去，京畿龍蛇混雜，不是我能待的地方，這次說什麼我都不會回去的。左大人，你放心，我不會讓你白跑一趟的，我會給朝廷上道奏摺，說明自己的觀點，請左大人幫我帶回去。另外，一路上的花費，我自當替左大人減輕點壓力。」

高飛好不容易出來了，就不會想再回去了，就算回去，也是以後自己帶兵攻回去，他不會再受人控制了。

左豐道：「高將軍仕途坎坷，真是令人感到悲哀。不過，大將軍做事也太過無常了。先帝駕崩之時，若不是我攜帶聖旨在外，只怕早已死在皇宮裡。高將軍，實不相瞞，這次的聖旨，其實是袁紹的意思，袁紹現在已經貴為太尉了，他之所以想將將軍召回京師，是因為董卓沒有受詔的緣故。」

「董卓？這和董卓有什麼關係？」高飛好奇地問道，畢竟董卓是第一個要脅他的人，而且現在董卓的手裡還拽著他和飛羽部隊家裡的人呢。

「有人密報說董卓在涼州暗中招兵買馬，意圖不軌，所以袁紹便向何進獻策，詔董卓進京當司隸校尉，一來可以鉗制董卓的野心，二來董卓若有不軌之

心，就方便殺害。可是董卓拒絕進京。後來何進聽袁術說起將軍和董卓在涼州平叛時關係密切，便對將軍有了戒心，這才下詔召將軍進京。」

「你一個小小的黃門侍郎，怎麼對這中間的事瞭解的如此透徹？」高飛忍不住問道。

左豐嘿嘿笑了笑道：「將軍還不知道吧，其實左某和董將軍是摯友。另外，董將軍還讓左某轉告將軍，將軍的宗族和飛羽士兵的家人一共三千三百四十二口人的性命，都在將軍手中掌控著。十常侍已經死了，先帝也駕崩了，這件事不是將軍所能左右的，所以董將軍希望將軍能繼續合作，將軍在東，董將軍在西，說等到以後各占一州的時候，就東、西共同起兵，以誅殺外戚權臣為兵，興兵入洛陽，必然能夠獲得其他各州郡的共同回應，到時候董將軍和將軍就能把持整個朝政了。」

高飛聞言道：「好啊，難得董將軍有如此雄心，不過，你轉告他，必須好好對待我的宗族和飛羽的家人，最好是將他們送到遼東來，我感激之下，肯定會以董將軍為尊，興兵入洛陽的時候，勢必會對董將軍的話言聽計從的。」

左豐笑道：「好說好說，只要將軍能與董將軍精誠合作，**這大漢的天下，要不了兩年，就會成為將軍和董將軍的囊中之物了。」**

高飛聽董卓對入朝把持朝政一直念念不忘，真佩服董卓的那份執著，不過，不管那三千多人是生是死，他都不會再聽信董卓的擺布，反正大家一個東、一個西，老死不相往來，誰也奈何不了誰，而且就算殺了那些人，也只能增加他對董卓的仇恨而已。

「對了，左大人，這些日子以來，冀州發生了叛軍，在我的積極作戰中，終於蕩平了賊寇。不過，冀州刺史公孫度卻戰死了，還希望左大人將此消息帶回京畿，稟告給大將軍，讓他另選能人來治理冀州吧。」高飛拱手道。

左豐道：「高將軍放心，我一定將話帶到。」

於是，高飛當即撰寫了一封奏摺，大意是說一心想除去邊患，為大漢保衛邊疆的話，並且希望減免冀州一年賦稅和遼東的三年賦稅。

寫完，交給左豐，又給左豐一些錢財，便將左豐送出了瘻陶。

從太守府出來，高飛便騎上烏龍駒直奔北門，和趙雲和二百騎兵一道向北而去，直奔冀州刺史的治所高邑城。

高邑城門緊閉，城牆上，「漢」軍的大旗迎風飄揚，在呼呼的旗幟擺動聲中，守城的士兵各個精神抖擻，在城牆上來回走動，城池裡充滿了緊張的備戰

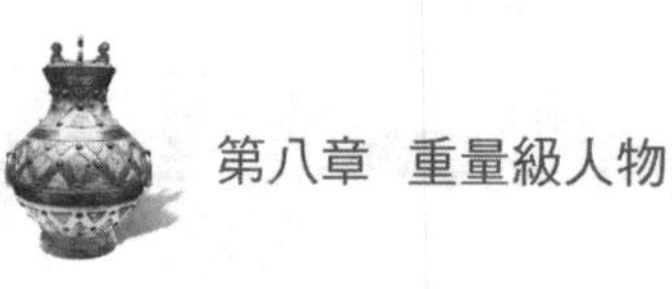

氣氛。

城樓上，一員身披鐵甲、頭戴鐵盔的青年走了上來。

這個青年看起來不過二十出頭，腰間懸著一柄騎士隨身的標準細長劍，臉上兩道濃烈如刀的劍眉，眼睛較細，然而射出的目光卻是如同毒蛇一般，令人感到陰冷和恐懼，一副冷酷到底的冰冷神情，彷彿萬年不化的冰山，好像這個世界沒有任何一絲可以使其亮麗的陽光。

青年走上城樓的一剎那，城牆上的士兵齊聲叫道：「參見大人。」

那青年只輕輕的「嗯」了一聲，問道：「可有什麼異常情況？」

「啟稟大人，一切正常，並無任何異常情況。」士兵答道。

青年的眉頭微微皺起，抬頭看了眼天空，自言自語道：「沒有情況，或許是一種好的徵兆。」

青年隨即視察了一下城牆，每當走到士兵面前時，都會拍拍他們的肩膀，道上一句問候的話語，從士兵臉上的表情可以看得出來，他們和這個青年間相處的十分融洽。

逐一的巡視過士兵之後，青年便帶著親隨下了城樓，便聽見城樓上的士兵大叫「有人」，他急忙轉身再次登上城樓，目光眺望著遠方空曠的田野上，看見一隊二百來騎的漢軍，當先一將騎著一匹烏黑的駿馬，身後的旗手扛著一面「高」字大旗。

「高？」青年心裡犯起嘀咕，「軍中似乎沒有姓高的能帶領騎兵的軍司馬，這人會是誰？」

青年注視著那隊騎兵，從騎兵身上所穿的裝備來看，似乎很是精良，他可以肯定，這一撥騎兵絕對不是冀州的兵馬。

他的臉上露出喜悅，凌厲的目光變得柔和起來，對身邊的士兵喊道：「打開城門！」

一名軍侯遲疑道：「大人，萬一是賊兵偽裝的呢？」

青年嘿嘿笑道：「不可能！賊兵就算再怎麼偽裝，也弄不出這樣一支裝備精良的騎兵來。快打開城門，一定是朝廷派的援軍到了。」

青年興奮的下了城樓，跳上一匹戰馬，城門一打開，他便策馬揚鞭而出，向前奔跑了幾百米後勒住馬轠，停在官道中央。

官道上，高飛騎著烏龍駒跑在隊伍的最前面，他們一行人從早上離開癭陶，一路馬不停蹄，連續奔波了兩個時辰，奔走一百多里，終於到達高邑。

看到高邑城中有人出來相迎，所有的人都感到一絲慰藉。

高飛座下的烏龍駒速度很快，率先奔跑到那個在城下等候的青年面前，兩下一照面，打量了一下那青年，從身上的裝束可以看出，青年是一個軍司馬。

他勒住馬匹的同時，便朝對面的青年拱手道：「我乃奮威將軍、遼東太守、忠勇侯高飛！」

青年一聽高飛報出了名號，當即翻身下馬，連同身後的十幾位親隨一同躬身抱拳道：「末將等參見將軍！」

高飛擺擺手，看面前的青年有幾分英武之氣，問道：「免禮。閣下何人？」

青年微微欠身道：「啟稟將軍，末將冀州刺史帳下，左軍司馬張郃。」

現在的高飛經歷了那麼多事，遇到許多歷史上的名人，就連趙雲、賈詡、荀攸這樣的人物都在他的手底下，早已沒有當初的激動。不過，當他聽到張郃的名字時，心裡還是欣喜不已。

他從烏龍駒的背上跳了下來，徑直來到張郃的面前，再次打量了一下張郃，見張郃身材不算太高，體型也不算魁梧，可是眉宇間卻透著一股堅韌，便緩緩道：「河間張儁乂，今日一見果然不同凡響，假以時日，以後必定能成為一員舉足輕重的大將。哈哈，哈哈哈！」

張郃聽到高飛如此讚賞他，而且一開口便將他的家鄉和字都說了出來，不禁有點好奇，自己雖然在平定黃巾之亂中有些小功，可還不至於傳到京畿那邊。不過，他受到了讚賞，還是很開心，當即拱手道：「多謝將軍讚賞。將軍此來，可曾遇到癭陶賊兵？」

高飛點點頭，對眼前這個歷史上魏國的五子良將之一的張郃很是青睞，一邊用欣賞的目光看著他，一邊道：

「我在上任途中，路過鉅鹿郡，見到有一撥賊兵在進攻癭陶城，便率部支援癭陶。現在癭陶附近的賊兵悉數平定，我此次前來高邑，是將勝利的戰況帶回來，另外，你們的刺史大人遭受到了賊兵的行刺，不幸身亡。」

張郃聽到公孫度的死訊並沒有感傷，反而露出一絲喜悅，拱手道：「大丈夫為國捐軀，公孫大人死得其所。將軍遠道而來，還請進城歇息一番。」

此時，背後馬蹄聲響起，二百騎兵陸續趕到，趙雲帶著二百騎兵停在高飛身後，等待新的命令。

高飛隨即跳上烏龍駒的背上，朝張郃道：「有勞張司馬前面帶路了。」

張郃和親隨翻身上馬，調轉馬頭，帶著高飛、趙雲等人緩緩地馳入高邑城中，讓人安排營房給士兵休息，將高飛另外帶到了刺史府。

高飛見張郃安排得當，心想：「張郃體恤下屬，能和士兵打成一片，對治軍而言，實在是個不可多得的良將。我有意收服，倒是不知道他是何想法，等城中要事辦完之後，我當親自拜訪，一探究竟。」

在張郃的帶領下，高飛來到了刺史府，府中衙役、兵士來往不絕，各縣的信使進進出出，將整個刺史府烘托的忙碌不堪。

「將軍，這幾日來，冀州各地盜鋒四起，各郡縣均受到盜賊的攻擊，在不同程度上都受到了一定的損害，雖然沒有去年黃巾那樣的大亂，可是盜賊隱藏在山林之中，圍剿起來也甚是麻煩，所以這緊急公務往來不絕，讓將軍見笑了。」張郃一邊走著，一邊對高飛解釋道。

高飛道：「無妨，你們刺史大人不在，還有人能在府中處理這些政務，我看所有出來的人都面帶微笑，看來刺史府中有能人啊，竟然能將公務處理的都讓人滿意。」

張郃笑道：「實不相瞞，這都是我們別駕大人的功勞。刺史大人出征在外，州中所有大小事務都由我們別駕大人一人做主，若非我們別駕大人當此重任，只怕冀州早就亂作一團了。」

高飛聽後，便來了興趣，想認識一下這個能人，便問道：「張司馬，你們別駕大人是什麼人，居然能有如此能耐？」

張郃道：「別駕大人乃鉅鹿廣平人，姓沮，名授，字公與。」

「原來是沮授，難怪有如此能力。河北多才俊，冀州數第一，**文有田豐、沮授，武有顏良、文醜、張郃、高覽，袁紹擁有如此才俊，居然被曹操所滅，真是一大庸人**。媽的，老子想辦法將張郃、沮授搞到手再說。」高飛心裡生出一番感慨。

不多時，高飛來到刺史府的辦公大廳，見大廳中一桌案上端坐著一個身穿寬袍的中年漢子，手中執筆，正在批閱來往公文，那股認真勁，讓人看了都不忍心打擾。

「將此書信速速送往中山國，親手交給中山相，如若遺失，小心你人頭落地！」

沮授批閱完公文，用嘴吹乾官牒文書上的墨跡，然後隨手合起，交給在桌案邊等待的信使，鄭重其事的道。

信使「諾」了聲，拿了官牒文書，轉身便朝外走，經過高飛、張郃身邊時，只微微拜了一下，也不停留，便大步跨出大廳。

沮授面前尚有四五個信使在等待著，他連頭都不抬，每當批閱完一份公文，

簡單的吩咐信使一番後，便繼續執筆批閱，顯得忙碌不堪。

高飛見沮授如此忙碌，便拉住張郃，讓張郃不要上前打擾，坐在大廳，靜靜等待著。張郃讓人端上茶水，陪高飛坐在那裡，也不敢出聲，怕影響了沮授。

兩人在那裡一坐便是十幾分鐘，隨後又有各個郡縣的信使來到，陸續遞交上公文，然後在沮授面前等候，絲毫沒有讓沮授有任何喘息的機會。

高飛腦中緩緩想道：「賈詡、荀攸、沮授都是有名的謀士，如果按照能力劃分的話，賈詡、荀攸二人的謀略應該見長於軍事上，反觀沮授，則應該是長於內政和大政方針，如果我再收服了沮授，對於處理民政的事情，應該會大有裨益。」

又過了十幾分鐘，張郃一連喝了五六杯熱茶，但是各郡縣的信使依舊來往不絕，靠近高飛身邊，小聲道：「啟稟將軍，別駕大人每天公務繁忙，如果這樣等下去，可能會等到天黑了。」

高飛聽出了言外之意，是張郃怕他等得焦急，當即向張郃道：「儁乂兄，我奔波了許久，此刻正是休息的時刻，別駕大人公務繁忙，我們還是不去打擾為妙。」

張郃聽到高飛叫他「儁乂兄」，心窩裡就有了一絲暖意，他沒想到，像高飛這樣名氣日盛的人會和他這樣的無名小將稱兄道弟。

他知道沮授一處理公務來就會特別的繁忙，不到天黑估計不會甘休，儘管他的心裡有些急躁，可聽到高飛如此稱呼他，便決定捨命陪君子，什麼話也不說了，和高飛一起坐在那裡耐心地等待著。

日落西山，暮色四合。

刺史府的大廳裡點起了燈籠，夜色也逐漸籠罩下來。

高飛注視著每一個來往的信使，以及沮授一絲不苟的工作態度，當他看到大廳裡只剩下最後一個信使時，終於在心裡吐出一口長氣，暗想道：「終於要結束了。」

張郃沒有高飛的那種沉穩，等待中，張郃一杯接一杯的喝著熱茶，以掩飾內心的焦躁。此時，當他看到大廳裡只剩下最後一個人時，心中暗叫道：「我的親娘啊，終於要結束了。」

「將此公文連夜送往南皮，親手交給渤海太守，夜間道路難辨，路途遙遠，可能要辛苦你一趟了。下次回來，我定當備下薄酒，款待你一番。」沮授批閱完最後一個公文，親手交到信使的手中，囑咐道。

信使「諾」了一聲，拿著公文離開了大廳。

沮授揉了揉通紅的眼睛，伸了個懶腰，站起來，扭動了兩下腰身，又整理了一下衣冠，朝高飛走去，抱拳道：「讓將軍等候了整整一個下午，公與心裡實在過意不去。已經讓人備下薄酒，以示歉意，還請高將軍不要推辭。」

高飛訝異地道：「別駕大人如何得知我之姓氏？」

原來沮授批閱公文時，從人的縫隙中看到張郃畢恭畢敬的帶著高飛走進大廳，卻沒有來打擾他。他不禁用餘光打量高飛，見高飛氣宇軒昂，一身甲冑，便趁高飛、張郃不注意，派身邊的人去打聽了一下，這才知道來人是多次立下功勳的高飛。

高飛笑道：「既然別駕大人如此盛情邀請，那高某自然不會拒絕了。」

沮授笑道：「高將軍請，儁乂，你也等了一個下午了，一起來吧！」

沮授家就是一般的民宅，家中只有一個上了年紀的男僕，家中的擺設也十分簡陋，但是卻收拾得井井有條，看上去十分的乾淨。

客廳裡，幾張草席鋪了一地，席上放著幾張乾淨低矮的桌子，桌子旁有一張蒲團，桌上放著小菜和一小壺酒。

沮授脫去腳上穿著的官鞋，裹著白布的腳便踩在客廳裡的草席上，微微欠身道：「寒舍簡陋，讓高將軍見笑了，請將軍就席吧！」

高飛脫去戰靴，踏進客廳，和沮授分主次坐定。

沮授舉起面前的酒爵，朝高飛、張郃微微示意了一下，笑道：「今日讓高將軍、張司馬久等了，為了表示歉意，在下先滿飲此爵。」

話音一落，沮授便喝完一爵酒，之後放下酒爵，抬手示意道：「請！」

高飛毫不猶豫的一飲而盡。

沮授看高飛、張郃都喝完酒，便道：「高將軍，此次來高邑，路上可還順利嗎？」

高飛隨即將路遇賊寇圍攻癭陶、公孫度被刺殺身亡的事說了出來，緊接著道：「此次來高邑，有一件非常重要的事情要做，還希望別駕大人能夠從中幫助一二。」

沮授對於賊兵平定頗感欣慰，對公孫度的死只輕輕嘆了口氣，聽高飛說有重要事情，便問道：「不知道高將軍所指何事，若是在下能夠幫得上的，一定不遺餘力。」

高飛道：「如今冀州境內盜匪四起，那些盜賊之所以公然反叛朝廷，無非是生活所迫，為了平息盜賊，我擅自打開了癭陶的糧倉，將糧食散發給難民，然

而，癭陶城的存糧還是太少，為了徹底平息冀州的賊寇，唯有將境內官倉全部打開，用糧賑災，一方面收攏難民，另一方面也可以使百姓不再有反叛之心。

「我已經寫了一道奏摺，乞求朝廷能減免冀州境內一年的賦稅，這樣一來，冀州的盜賊就會逐漸瓦解，對冀州、對大漢都是好事。只是我身為遼東太守，無權過問冀州境內的事，所以想請別駕大人從中幫助一二。」

沮授聽完，深表贊同，道：「這事我早就跟公孫大人提起過，只是沒有被採納。如今公孫大人死了，朝廷必定會派遣新的刺史來，我雖然有心幫助冀州所有難民，可是卻無權下令所有郡縣打開糧倉。唉！」

高飛自然知道別駕的權力範圍，便道：「別駕大人，若是有冀州刺史的印綬，這件事可否能夠做成？」

沮授驚喜之下，當即道：「莫非高將軍身上帶著冀州刺史的印綬？」

高飛點點頭，從懷中取出一個印綬，放在桌上，對沮授道：「別駕大人，這是公孫度隨身攜帶的印綬，如果別駕大人向各郡縣發布文書，只需用此印綬蓋上印章，這件事就算大功告成了。」

沮授呵呵笑道：「高將軍心繫百姓，如果冀州能夠有一位像高大人這樣的州刺史的話，那可真是冀州百姓之福啊。高將軍，這件事就包在在下的身上，明日我就書寫文書，讓各郡縣打開官倉，將糧食用來招誘那些反叛的百姓。」

高飛見事情基本上沒有問題了，委婉地道：「別駕大人，另外……高某還有個不情之請……」

沮授見高飛吞吞吐吐的，爽快地道：「高將軍有話儘管講，只要是在下幫得上忙的，一定不遺餘力。」

高飛道：「別駕大人真是豪爽，那我就不隱瞞了。我帶領兩千羽林郎前去遼東上任，沿途收留了不少逃難的百姓，加上在瘿陶城又將糧食全部拿出來救濟百姓了，以至於我部的軍糧短缺，所以……想在大人這裡借點糧食，以供應我到達遼東之用。不過，大人請放心，我到了遼東之後，定會派人歸還所借之糧的。」

沮授聽完高飛的難言之隱，感嘆道：「如今天下動盪，盜賊肆虐，如果朝廷裡多一些像高將軍這樣的年輕才俊，大漢的天下才會長治久安。既然高將軍是為了百姓著想，以至於弄得軍隊無糧，身為同僚，又怎麼會眼睜睜的看著將軍挨餓呢。高將軍，你說吧，需要多少糧食，明日一早我讓儁乂從糧倉裡運出來。」

高飛伸出兩根手指頭，道：「我需要軍糧兩萬石！」

此話一出，倒是將沮授給震懵了，兩萬石糧食，那可是相當於兩萬個青壯年二百天左右的口糧，他皺了下眉頭，道：「不知道高將軍所帶的兵馬有多少？」

高飛道：「實不相瞞，只有兩千而已，在瓔陶又折損了一些，如今只有一千九百多人。」

沮授乾笑兩聲，道：「高將軍一張嘴便要了兩萬石糧食，可部下只有不到兩千人，以我看，兩千石糧食足已。」

高飛搖搖頭道：「大人有所不知，如今我收編了瓔陶城外的兩萬多賊兵，賊兵又都是拖家帶口的，一個人就帶了妻兒老小好幾口人，這樣算下來，只怕這兩萬石糧食都不夠。另外，遼東地處偏僻，周圍盡是蠻夷之地，如何安排這幾萬投降的人口，只怕是個很大的問題。」

沮授聽完這話，就明白高飛準備帶著這幾萬百姓一起去遼東，他被高飛這種仁義之舉所打動，閉目養神一番，再次睜開眼睛時，道：

「城內糧倉裡大約有二十五萬石的糧食，是多年積攢下來的。既然高將軍有難處，那我就分出五萬石糧食給高將軍，算是對那些願意跟著高將軍一同去遼東的冀州百姓的一次恩惠吧，只希望高將軍能好好的利用這些糧食，讓那些願意遷居的冀州百姓在遼東安居樂業的生活下去。」

高飛對沮授的這種魄力深為感動，嘆道：「要是我能有別駕大人這樣傑出的人才輔佐的話，小小的遼東又何愁不會安定呢？」

沮授笑了笑，聽出高飛的話外之音，回道：「將軍的好意我心領了，只是我已經是冀州別駕了，不管將軍和我身在何方，都是頭頂一片天，只要心中有百姓，好好的利用自己手中的權力為百姓造福，在哪裡不都是一樣的嘛？」

高飛聞言，明白沮授的心意，想想自己不過是個太守，沮授是一個州的別駕，要是真跟著他了，那不是委屈了嘛，更何況，作為文人的沮授，能夠和他這個武人出身的人暢談這麼久，已經算是對他極大的禮遇和尊重了。

他沒有再說什麼，忽然想到了田豐，心裡默默道：「田豐是鉅鹿人，史載田豐不滿十常侍的行為而辭官在家，不知道我能否讓他為我效力不？死馬當活馬醫，回到鉅鹿時，姑且耽誤一點時間，尋訪一下田豐吧。」

酒宴後，高飛、張郃告別沮授。

走在清冷的大街上，張郃因為喝酒而感到一陣燥熱，扯開胸口的衣襟，露出了結實的胸膛，藉此消除一下酒氣。

「儁乂兄，別駕大人平常都是這樣節儉的嗎？」高飛沒能拉攏成沮授，卻不願放棄張郃，便套交情道。

張郃點點頭道：「別駕大人向來節儉，而且為人清高，就連前面兩任州刺史

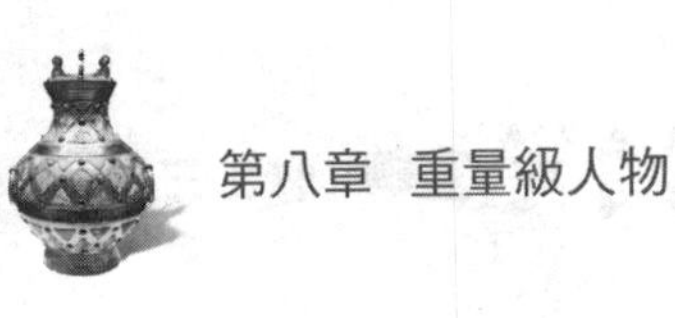

到任的時候，我也未曾見過別駕大人主動宴請，沒想到今日將軍造訪，卻讓別駕大人主動宴請，看來將軍在別駕大人的心中，可是舉足輕重的人物啊。」

高飛道：「可能是因為我們等了別駕大人一下午的緣故吧，儁乂兄，以你的能力，應該當個都尉之類的官職，怎麼在州裡才做一個小小的軍司馬啊？」

「別提了，公孫度那廝只重視像別駕大人那樣的文人，卻不在乎我們武人，他帶兵支援瓔陶的時候，我曾主動請纓，可惜公孫度沒用我。如果公孫度當時用我當先鋒的話，瓔陶又怎麼會敗得那麼慘？」

張郃借著酒醉，將平時的牢騷全部說了出來，反正公孫度已經死了，他也沒有什麼好忌諱的。

高飛見張郃鬱鬱不得志，便慫恿道：「儁乂兄，不如你跟我走吧，到遼東去，我正好缺少一位可以帶兵的長史，你要是願意的話，這遼東郡的長史一職就是你的了。」

張郃聽後，用一種異樣的目光看著高飛，問道：「將軍說的都是真的嗎？如果我跟將軍走，將軍真的願意讓我當遼東長史？」

高飛重重地點點頭，承諾道：「君子一言駟馬難追，我高飛說一不二，如果你願意跟我走，我自當會把你放在刀刃上，讓你一展你的大才。」

張郃臉上現出驚喜，大咧咧地道：「黃巾之亂時，我毅然從軍，和黃巾賊寇打了差不多二十多仗，論功勞，我也該官封校尉了，可是卻只給了我一個軍司馬……我從軍就是要當將軍的，就算當不了將軍，當個郡長史也是綽綽有餘……高將軍，跟著你，以後能當上將軍嗎？」

高飛見張郃對仕途很在意，當即道：「你別忘了，我可是當過羽林中郎將的人，就算九卿之一的少府我也做過，之所以出任遼東太守，也是我想去守禦邊疆。只要你願意跟著我走，不出三年，我定然會讓你如願以償當上將軍，而且還是指揮千軍萬馬的大將。」

張郃聽了心血澎湃，見高飛對自己如此器重，想想自己在冀州一直默默無聞，當即甩了甩頭，然後畢恭畢敬地道：「好，那我從今以後就跟著你了，只要能讓我當上將軍光宗耀祖，你讓我幹什麼都成。」

高飛看著眼前的張郃，忽然想起之前在癭陶所招降的褚燕，一個為了能有口飯吃，一個是為了能當上將軍，光宗耀祖，其實他們想要的都很簡單，而這一切，高飛都能夠滿足他們。

他伸出手拍拍張郃的肩膀，道：「明天運出糧食後，你就辭官，跟我一道去遼東。」

張郃道：「好是好，不過……將軍必須答應我一個條件！」

高飛道：「你說吧，什麼條件？」

張郃道：「此去遼東要經過我的家鄉，將軍必須答應我，帶上我的父母和妻兒一起去，不然的話，遼東離我家太遠，來回折騰很麻煩。」

「哈哈，儁乂兄是個好兒子、好丈夫、好父親，我當然不會拒絕你這樣的三好男人了。我答應你的這個條件就是了，要是你還想帶一些宗族裡的人去，我也不會反對，而且舉雙手贊同。」

高飛還以為是什麼了不起的條件呢，原來只是這樣一個小小的要求，便高興地道。

張郃聽到高飛的誇讚，「**三好男人**」這個詞用到他身上倒是一點都不為過，他也不拒絕這樣的讚賞，哈哈大笑起來，高興地道：「既然將軍已經答應了我的條件，那我也就沒什麼可說的了，從今以後我跟定你了。」

高飛忽然覺得，武人和武人之間容易溝通，可武人和文人之間，卻始終隔著一層捅不破的窗戶紙，就因為有這層窗戶紙在，讓人和人之間有了一層隔膜。對他而言，武人的心裡在想什麼，他基本上能猜出來，可是和那些文人在一起，他就要多費點腦子去揣測，由於文人讀的書多，很容易把一件小事情變得複雜化，而且說話也拐彎抹角的。

張郃和高飛相互攙扶著，在大街上走著，已經酒醒的張郃將高飛親自送到軍營，之後便回自己的軍營去了。

回到軍營，高飛沒有去睡覺，而是去找趙雲，在和張郃的交談中，張郃的話給了他一點啟發。

已經是後半夜了，可是趙雲仍舊沒有休息，房間裡還亮著燈，他自己在房間裡踱著步子，焦急的他，不停地走來走去，自言自語道：「主公至今未歸，說是冀州別駕沮授宴請主公，可都這會兒時間了，再怎麼著，這酒宴也該散了吧？」

「咚咚咚！」

「誰？」

「我。」

「主公？」

趙雲聽到外面的回音，臉上的憂慮立刻煙消雲散，急忙走到門邊，伸手打開房門，見高飛一臉緋紅的站在門外，而且身上還透著酒氣，不禁道：「主公，你可總算回來了，屬下都擔心死了。」

「呵呵，有什麼好擔心的，我又不會有什麼意外。你還沒睡啊？」高飛跨入房裡。

趙雲道：「主公不回來，屬下怎麼敢休息？剛才屬下還在軍營門口等候主公呢，見主公沒有回來，屬下還準備過一會兒再去等主公呢。」

高飛知道趙雲的忠心，笑道：「沒事，我都回來了，辛苦你了。子龍，我來找你是有件事，我想讓你回真定一趟。」

「回鄉？主公，是不是出什麼事了？」趙雲吃驚地道。

高飛搖搖頭：「沒什麼事，一切進展順利，而且沮授還給了我五萬石糧食，足夠我們帶著那些招降的賊兵去遼東了。我是想讓你把你的家人全部接到遼東，這樣一來，你便沒有後顧之憂了。」

趙雲長出一口氣道：「原來是這件事啊，那我明日就回真定，將我的母親接來，順便將夏侯蘭的家人也一起接來，那小子經常跟我提起他的爹娘，看來是想家了。」

高飛道：「嗯，要是有願意去遼東的老鄉，你也可以一起帶去，明天你帶十個人回真定，剩下的人跟我一起押著糧食回嬰陶。我在嬰陶會停留十天，你帶著你的家人可以先來嬰陶，然後咱們再一起去遼東。」

趙雲抱拳道：「諾！」

之後，高飛和趙雲又聊了一會兒，高飛便回到自己的房間休息了。

第九章

强龍不壓地頭蛇

賈詡小聲道：「主公，我們初來乍到，對於遼東郡的形勢還不太清楚。看這連兩個人害怕成這個樣子，看來那田家在當地是一個地頭蛇，正所謂強龍不壓地頭蛇，必須在摸清田家情況之後主公才可有所行動。」

第二天，趙雲帶著十個騎兵離開高邑，一路向北，直奔真定。高飛則在張部的幫助下，得到了沮授許諾的五萬石糧食，組建了一個押運糧食的輜重隊伍，在張部帶領的五百士兵的護衛下返回癭陶。

沮授利用冀州刺史的印綬，給冀州境內的所有郡縣下達了命令，讓各城開倉放糧，之後，便親自將高飛送出城，並且擬寫了一個奏摺，將高飛擊敗叛軍的功績寫了上去，也報告了公孫度為國捐軀的事，希望朝廷派遣新的冀州刺史。

高飛押運著糧食，回癭陶的行程上要慢了許多，到達癭陶時，已經是深夜了。在眾人的努力下，五萬石糧食在半個時辰內就搬入了城中的糧倉，高飛讓裴元紹帶著兩百個人看管著，因為裡面還有他們從洛陽帶出來的一萬石糧食，這六萬石糧食就是他們從冀州到遼東的所有口糧。

回到太守府時，賈詡、荀攸向高飛報告這兩天收留難民的情況。

荀攸拿出一個小冊子，將自己這兩天的記錄如數的報給高飛聽：

「主公，短短的幾天時間內，有大批難民前來投靠，其中有五萬一千人願意跟隨主公去遼東定居。另外，褚燕、孫輕、王當三人說服了附近的不少山賊，今天又有一個叫于毒的帶著三百人前來投靠，這樣下來，我們一共收降山賊就有五千一百零三人。」

聽到荀攸彙報完這些人口記錄，賈詡躬身道：「主公，那五千一百零三個山賊完全可以收編為主公的軍隊，遼東形勢複雜，此去遼東也會經過那些烏桓人和鮮卑人的屬地，五萬多人的百姓遷徙，可不是一個小數目，必須要有一支龐大的軍隊作為保障，只有如此，烏桓人也好，鮮卑人也罷，才不敢擅自搶掠百姓。」

高飛認同道：「嗯，我看這樣吧，再招募一兩千人，將軍隊弄成一支一萬人的隊伍，癭陶城中的武器庫裡有不少兵器和戰甲，冀州刺史、鉅鹿太守都戰死了，如今的癭陶城是我說了算，反正都是大漢的軍隊，裝備到誰身上不是裝備啊。」

「主公英明！」賈詡、荀攸同時道。

此時，盧橫從外面走了進來，抱拳道：「啟稟主公，和主公一道回來的那個叫張郃的軍司馬要見主公，現在就在外面候著呢。」

高飛笑道：「讓他進來吧。」

張郃隨後在盧橫的帶領下走了進來，此時他穿著一身勁裝，身上的戰甲和頭盔全部脫去了，他一進大廳，便拱手道：「啟稟將軍，我已經讓部下將我的辭呈帶回去了，從今天起，我就跟著將軍了。」

高飛站起身，向在場的賈詡、荀攸、盧橫三人介紹道：「這位是河間的張

郃，字儁乂，從今以後，他就是遼東郡的長史了，你們多多親近親近。」

賈詡、荀攸、盧橫便向張郃自我介紹起來，張郃見三人對他很是客氣，也客氣地回應三人。

「好了，從今以後，咱們就是一家人了，彼此要多親近親近，共同努力打造一個美好的未來。」高飛見四個人已經其樂融融了，接著說道。

賈詡、荀攸、盧橫、張郃齊聲道：「諾！」

高飛道：「賈先生、張郃，你們這幾天負責招募兵勇的事；荀先生，你帶領周倉、夏侯蘭、褚燕、孫輕、王當、管亥安頓百姓，只要願意跟隨我們去遼東的，就讓他們入營；盧橫，麻煩你和卞喜、龐德分頭去打聽一個叫田豐的人，有什麼消息就立刻回報我。」

隨後，高飛又交代了一些瑣事，就散會了。

一連勞累了幾天，高飛只覺得自己身體好疲憊，回到太守府後院，推開房門，赫然見貂蟬坐在床邊，手裡拿著針線，正聚精會神的比著鞋樣做鞋。

看那鞋的大小，是一雙男人的鞋，貂蟬一針一線的忙著手頭上的活，對高飛的進來毫無察覺，等到她看見一雙帶著厚厚灰塵的戰靴出現在自己的眼皮下的時候，臉上立刻現出一絲喜悅。

她抬起了頭，看見一臉疲憊的高飛，直接將手中的東西全部拋到了身後的床上，鼻子一酸，便一下子撲了上去，牢牢的將高飛抱住，柔聲地道：「將軍，你終於回來了，賤妾好想你啊。」

高飛呵呵笑道：「我這不是回來了嗎？」

小別勝新歡，這話一點也不假，短短分開四天，讓兩個初嘗情感的人兒都感受到了對方彼此的思念。

貂蟬脫去高飛的外衣，時而給高飛捏著肩膀，時而給高飛捶腿捶背，在高飛的疲勞得到緩解後，她去打來熱水，給高飛放了一木桶的水，準備給高飛洗澡。

沐浴完畢之後，兩個闊別已久的小夫妻很快就墜入了翻雲覆雨的愛河，再一次體驗那種人間至美的快慰……

高飛在癭陶城一連等了五天，趙雲從真定帶回他和夏侯蘭的家眷，而且額外帶來一百多名同鄉，正式加入前往遼東的大隊伍中。

賈詡、張郃公開招募兵勇，結果投軍的人數超過了預期的人數，居然一下子招募到了一萬三千多人，於是高飛將招降的賊兵和本部的一千九百多騎兵混編在一起，從癭陶的武器庫裡取來兵器和戰甲，一支兩萬的軍隊就這樣組建完畢了。

另一方面，難民增加到了五萬五千人，田豐因為冀州動亂，跑到青州的濟南去避亂了，與高飛失之交臂。

三月十三，聖旨到達冀州，任命韓馥為冀州刺史，並且封高飛為安北將軍，將忠勇侯該封為襄平侯，食邑四千戶，並賞賜黃金五百斤。

就這樣，高飛帶著自己草創的兩萬大軍，護送著四萬多人的難民和六萬石糧食，浩浩蕩蕩的踏上了東去的路途。經過幾天的緩慢行程，終於離開冀州，進入幽州的地界。

高飛等人沿著官道一路向北方而去，幾萬人的隊伍綿延在官道上，兩邊旌旗飄展，中間是拖家帶口的百姓，一眼望不到頭。越往北走越顯得荒涼，好不容易經過了涿郡，卻在漁陽郡的時候下起了大雨。

滂沱的大雨讓道路變得泥濘不堪，沒有水泥、柏油鋪就的官道在雨中變成了澤國，給隊伍的前進帶來許多麻煩。

冷雨瓢潑而下，烏龍駒馱著全身濕透的高飛，從隊伍中間向前快速奔跑，馬蹄捲起了地上的泥漿，濺得烏龍駒黑色的皮毛也變成了土黃。

不一會兒，高飛來到隊伍的最前面，勒住馬韁，指著前方的道路對趙雲道：

「前面是什麼地界？」

趙雲也已經全身濕透，雨水順著他的臉頰向下流淌著，他用手抹了一下臉上的雨水，回道：「啟稟主公，前面是漁陽郡的雍奴縣，差不多還有六里路。」

「你派人通知前面的卞喜，讓他去雍奴縣見縣令，讓縣令準備一下，我們今晚就在那裡過夜。」高飛吩咐完，調轉馬頭，向後面的隊伍命令著：

「大家都聽著，老人、孩子全部坐到馬車上，全軍加速前進，前面不遠就是雍奴縣城，今晚咱們在雍奴縣城過夜！」

命令下達後，老人、孩子都坐在了馬車上，騾馬賣著力氣的拉動著後面的板車，裝有糧食和重要物資的板車都被蒙上一層油紙，以防止雨水將糧食打濕。

兩萬軍隊分成兩列，散在官道的兩邊，中間是跟著部隊的百姓，前後相擁著，在雨中踏著泥濘的道路向前行進。

雍奴縣城城下，卞喜和一個身穿勁裝的男子站在一起，身後是一群戴著斗笠的衙役，二十多個衙役的身邊放著一頂頂斗笠，目視著前面的雨簾在那裡等候。

「都這個時候了，怎麼還沒有來？」卞喜顯得有點焦急，看著雨越下越大，按捺不住的他，忍不住道。

那男子凝視著雨幕，安撫道：「卞軍侯，雍奴縣城雖小，可是這幾年縣裡的

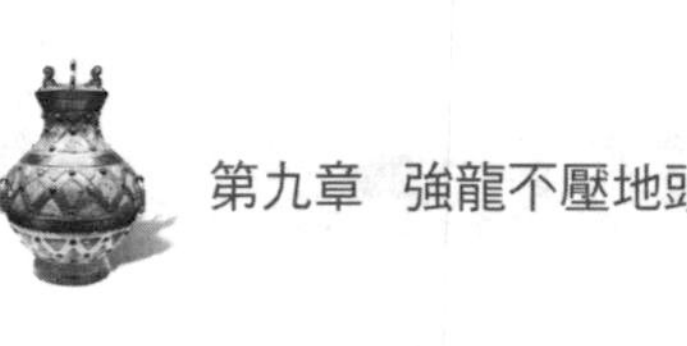

百姓大量流失，到處都是空置的房屋，加上周圍臨近的村落，足夠容納下幾萬人。高將軍之所以還沒到，應該是路上太過泥濘了，還請卞軍侯不要著急。」

卞喜點點頭，轉身朝那男子道：「胡縣尉，這次多虧了你，不然的話，一會兒將軍他們來了，吃住都是個問題。」

那男子叫**胡彧**，**是雍奴縣的縣尉**。他看來二十歲左右，體型不是很健壯，他捲曲的黑髮向後梳著，稀薄的鬍鬚盤曲在他那浮著微笑的嘴脣上，他的左眼始終細瞇著，眼角上有一道極細的傷痕，破環了他略顯清秀的面容。

當卞喜帶著人找到這座荒涼的縣城時，城裡只有縣尉胡彧和二三十個衙役，由於城中曾經發生過瘟疫，導致雍奴縣的百姓大量死亡，沒有死的也都逃到其他郡縣去了，三個月前新派來的縣令到現在還沒有上任。

雖然瘟疫過去了，可是雍奴縣城卻成了一個荒廢的城池，若非胡彧帶著自己手下的二三十個兄弟一直堅守這裡，恐怕雍奴城早就成一座死城了。

胡彧聽到卞喜的話，回應道：「卞軍侯，我久聞高將軍的大名，今日能夠見上一面，已經是我三生修來的福分了，我能為高將軍效勞，也是應該的。」

卞喜聽了胡彧的話笑了笑，心裡對這個縣尉產生了一絲敬佩。

大雨還在下著，卞喜、胡彧和身後的衙役們又等了好一會兒，才在雨幕中隱約看見人影。

趙雲騎著一匹白馬，一手綽槍，一手拽著馬匹的轡繩，從朦朧的雨幕中奔馳而出。

他第一個趕到城門口，見卞喜和一個縣尉打扮的人等候在城門口，便勒住馬匹，對卞喜道：「主公到了，快將城門打開。」

卞喜應了一聲，和胡彧等人便將虛掩著的城門完全打開。這邊城門剛打開，那邊便從雨幕中跑出了一個長長的隊伍，二百騎兵率先來到城門口，分散在道路兩邊，看護著後面的隊伍進城。

半個時辰後，空蕩蕩的雍奴城裡變得沸沸揚揚的，幾萬人擠在空置的房屋裡避雨，軍隊也好、百姓也好，就連馬匹和一些牲口也都有了棲身之地，小小的雍奴城竟然將幾萬人全部容納下來了。

高飛帶著張郃、賈詡、盧橫、華雄從大部隊進城一直忙到現在，先是給百姓分配房屋，後又指揮士兵分發糧食，讓他們在房裡起火做飯。

忙完這些，高飛才算真正的喘了口氣。

自從帶著這幾萬百姓離開瘿陶城以來，他一路上沒有少操心，他第一次覺得當個父母官的難處。

「主公，夫人已經妥善安置在縣衙裡了，主公也累了一天了，今天就好好的休息吧。」卞喜戴著斗笠，對剛忙完的高飛躬身道。

回縣衙的路上，高飛對雍奴城是座空城很好奇，便細細的詢問了卞喜一番。卞喜知無不言言無不盡，將和胡彧閒談中所知道的瘟疫情況說了出來，說話中的這會兒時間，眾人便一起到了縣衙。

高飛道：「聽你這麼說，這個叫胡彧的縣尉倒還是個漢子，居然有膽量守在這座城裡。他幫了咱們，咱們也該好好的感謝他，你去把他找來，我要當面謝謝他。」

卞喜道：「諾！」

高飛還來不及脫下身上的濕衣服，卞喜便將胡彧帶了過來。

一進大廳，胡彧按禮節道：「下官雍奴縣縣尉胡彧，拜見安北高將軍！」

高飛打量了一下胡彧，當即道：「胡縣尉，這次要多謝你了，如果不是你準備及時的話，只怕我們還在雨中淋著呢。」

胡彧道：「這些都是下官應該做的，下官久慕將軍大名，今日能得一見，實屬三生有幸，這些區區小事，還請將軍不必記掛在心上。」

高飛聽胡彧說話溫文爾雅，又見胡彧的眼角上有一處傷痕，本來一個略顯清秀的俊俏小生卻因為那道疤痕變得有些猙獰。

「胡縣尉是本地人吧？」

胡彧點了點頭，道：「回將軍話，下官是本郡漁陽縣人。」

高飛接著問道：「那胡縣尉可曾去過遼東？」

胡彧道：「一年前，下官跟隨軍隊去過遼東一次，那次是去追擊鮮卑人，也就是在那次，下官才依靠功勞被提拔為雍奴縣尉的，下官臉上的傷也是那個時候留下的。」

「哦，沒想到胡縣尉居然攻擊過鮮卑人，那胡縣尉一定對附近的鮮卑人和烏桓人很瞭解吧？」

「還算了解吧，鮮卑人和烏桓人的生活習性差不多，他們都是東胡的分支，只不過，烏桓人內附我大漢，鮮卑人卻在塞外日益強盛，最近幾年經常寇掠邊郡，邊郡百姓無不受到禍害，真是讓人恨得咬牙切齒。」

「哼！這些蠻夷，等我在遼東站穩了腳跟，看我以後怎麼收拾他們！對了，胡縣尉，我的軍隊裡缺少一位嚮導，一路上我也打聽了，從這到遼東要經過烏桓人的領地，不知道胡縣尉可願意給我當一次嚮導，帶領我們順利進入遼東郡呢？」

胡彧聽到以後，歡喜地道：「將軍如此看得起在下，在下必定竭盡全力帶著將軍進入遼東，能為將軍效勞，也是下官的一大榮幸。」

高飛見胡彧答應了，很是開心，隨後又和胡彧隨便聊了一下。這一聊才知道，原來**這個胡彧竟然是鍾離昧的後人，楚漢相爭時，鍾離氏慘遭劉邦殺害，僥倖逃出來的家人便隱姓埋名，逃到了幽州，從此改姓胡。**

得知了胡彧的這段身世後，高飛對胡彧便另眼看待了，又聽聞胡彧弓馬嫻熟，便有心將其收為己用。

夜晚的時候，大雨終於停了，可是路上的積水卻沒有那麼快退下去，而且地面也不會那麼快被風乾，所以高飛決定讓所有的人在雍奴城裡休息了三天。

第四天的時候，路邊已經漸漸地乾了，經過三天的風吹日曬，完全可以承受的住馬匹和車隊的經過。於是，第四天高飛以胡彧為嚮導，帶著自己的幾萬軍民繼續向遼東進發。

離開雍奴之後，胡彧這個地理通向高飛建議了兩條去遼東的道路，一條是走「濱海道」，另外一條是出盧龍塞。

經過高飛幾經比對，還是決定走「濱海道」。於是，幾萬人馬在胡彧的帶領下，從雍奴城一路向東而去。

所謂的「濱海道」，位於狹長的濱海平原，也就是今天所謂的「**遼西走廊**」，在中國歷史上，它經歷了太多的滄桑，而山海關歷來是兵家必爭之地。但是，這些情況大多發生在唐宋之後，在東漢時期，這條路雖然也是通往遼西的主要通道，但其交通條件比起後世就差太遠了。

這條路在沒有壞天氣的情況下，塞外遊騎就直插右北平和漁陽的內地郡縣，一旦遇到夏秋季節的大雨，這條路又成了不可行之路，只能說秦漢時期中國的東北地區，交通條件相當惡劣。

那時還沒有山海關，東漢末年的山海關一帶叫做「碣石」，在今遼寧省綏中縣西南的海濱，西距山海關約三十里，所以曹操曾經寫下《觀滄海》的詩篇，就是在碣石這個地方。

盧龍塞也是一個重要的交通要道，可是那裡有五百里險地，走起來反而不如「濱海道」順暢，加上現在才是初春，春雨不多，而且又剛剛下過一場大雨，所以高飛才選擇了走這條道，先到遼西，再轉遼東。

三月二十三。

高飛帶著幾萬人的部隊開始了長途跋涉，沿著「濱海道」一路向東走，他一

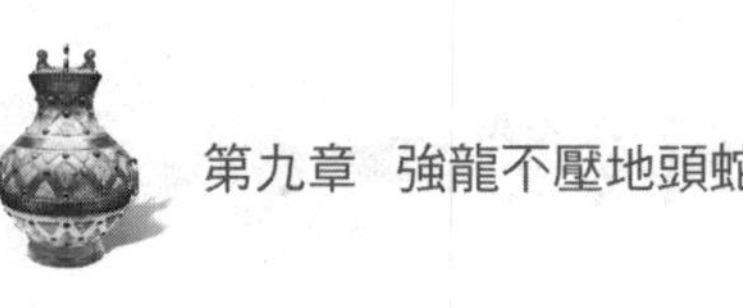

邊走著一邊默默的記下這一帶的地形，發誓以後一定要將這一帶打造成一條順暢的道路。

高飛這一次真可謂是跋山涉水，好在他趕上了好時候，如果是夏秋的時候走這條道的話，那就真是在走澤國一樣。

雖然條件艱苦，卻能磨練人的意志，還能欣賞海景，一路上高飛不斷的給部隊打氣，不管是百姓，還是軍隊，都受到了鼓舞，咬牙堅持著走完這段路程。

四月初十。

經過十幾天的長途跋涉，高飛等人終於走出了「濱海道」。雖然沿途遇到了不少烏桓人，但是好在高飛帶著兩萬人的大軍，又有胡彧這個通曉烏桓人語言的嚮導在，大家也都沒有遇到什麼麻煩。

四月十一。

高飛等人進入遼東屬國，幾萬人在烏桓人的注視下橫穿他們的屬地，又經過幾天的艱辛行走，在渡過大遼水後，終於在四月二十抵達了遼東郡的郡城襄平。

離城牆越來越近，城牆的種種情形也越來越清晰。這城牆是夯土築成，有些風吹雨打年久剝落的牆土裡，還能看見當年築城時夯土留下的痕跡。有些地方還被雨水沖刷出一道道深深的罅隙，生命力旺盛的青草頑強地在縫隙裡紮下根，眼下春光明媚，綠草和或紅或白的野花，東一簇西一窩地點綴在赭黃色的城牆上。

城上沒有看見青磚砌出的垛口和望樓，只有一壁黃土向南北兩邊延伸。城門上方有個用木頭搭起的亭子般的小門樓，孤零零地立在城牆上，倚著門樓左右兩邊的柱子，各站著一個戴盔披甲的士兵，士兵無精打采的，在陽光的照射下已經昏昏欲睡了，絲毫沒有注意在官道上遠遠駛來了一支長長的隊伍。

高飛騎著烏龍駒走在隊伍的最前面，回頭看了下疲憊不堪的眾人，當他扭過頭定睛看見城門上刻著兩個脫了朱漆的大字時，長長的吐出一口氣，疲憊的臉上露出一絲笑容，道：「襄平……我們終於到了……」

快到城門時，無論是人還是牲口，都像洩了氣一樣，紛紛地停靠在了路邊，不想再向前走了。路上挨挨擠擠的，幾萬人連同輜重車組成的長長隊伍將官道堵了一個水泄不通，大家都坐在路邊的地上，大口大口的喘著氣，喝水的喝水，擦汗的擦汗。

高飛回頭看見這一幕，沒有說什麼，這一個月來，大家的辛苦他都是親眼所見，如此長的距離，如此艱難的道路，不僅累倒了一千多人，還使得另外一些人都虛脫了，個個面色蒼白，有氣無力的。

除了從京畿跟隨高飛一起出來的羽林郎們還堅持得住外，其餘人無論是新參

加軍隊的青壯百姓，還是褚燕那幫子山賊，都累得氣喘吁吁的。

「子龍，吩咐下去，讓大家先歇歇，一刻鐘後全部進城，好不容易到了，無論如何都不能在城外倒下！」

高飛向身後的趙雲喊了聲，自己調轉馬頭，朝幾百米外的襄平城奔去。

饒是烏龍駒這樣的千里馬，經過這樣的一番長途跋涉，也因為行軍途中沒有上好的草料餵養而顯得沒有精神，奔跑起來也沒有以前的那種興奮勁了，只是做著簡單的小跑，馱著背上的高飛朝襄平城趕去。

來到城下，高飛看到城牆兩邊的告示欄裡貼著兩張文告，其中一份因為時間已經有些久了，文字被雨水澆淋得無可辨認，只剩下烏黑的一團墨跡。

另外一份顯然是最近兩三天才張貼上去的，紙張上不僅沒有風吹雨打留下的痕跡，還散發著一股濃濃的墨香，只是不知道這篇文告到底是出自哪個傢伙的手筆，字的行間架構全無章法，一橫一豎粗細不勻，有的頭重腳輕，有的左右失衡，通篇文字七扭八斜，望去宛如一幅兒童學字時的塗鴉。或者連塗鴉也算不上。

努力辨認了一下，高飛才看清楚告示上寫的是什麼文字，這是一份來自幽州州牧府裡的文書，上面寫的是身為安北將軍、襄平侯的高飛被封為遼東太守的事。

他看完笑了笑，定睛向城裡看去，但見城裡的街道上很是冷清，大白天都見不到一個人影，就連城中應該守城的士兵，也只見到城樓邊上昏睡的那兩個人，衙役什麼的就更看不見了。

高飛策馬進城，緩慢地走在貫穿全城的街道上，這條街上幾乎全是破朽朽的低矮泥垣茅草屋，偶爾才能看見一間半間的泥瓦房，連雍奴縣城都不如。

街兩邊到處都能看見說不上名目的垃圾，蒼蠅在人和牲畜糞便積起的垃圾堆上盤旋起落，發出嗡嗡的聲響。有一間大概被人遺棄很長時間的茅屋已經倒塌了，屋子中間幾根黑黝黝的爛椽子挑著七零八落的茅草，看著像是門的地方趴著一堆紫醬色的東西。

高飛驅馬走了過去，一大群綠頭大蒼蠅嗡地一聲炸開，他赫然看見那團東西，原來是隻死貓。

貓的身體內臟已經被野狗田鼠什麼的吃得只剩下一張皮，只有貓頭還算是完整，原本該是眼睛的地方如今只剩下兩個不規則的黑窟窿，頹敗的毛皮被黑顏色的液體糾結黏連在一起，可怕地支稜著。

「媽的，好歹也是遼東郡的郡城，怎麼環境那麼差？城池也破的不成樣子，這到底是人住的地方還是給牲口住的？」高飛看完，心中很是不爽，大大咧咧的罵道。

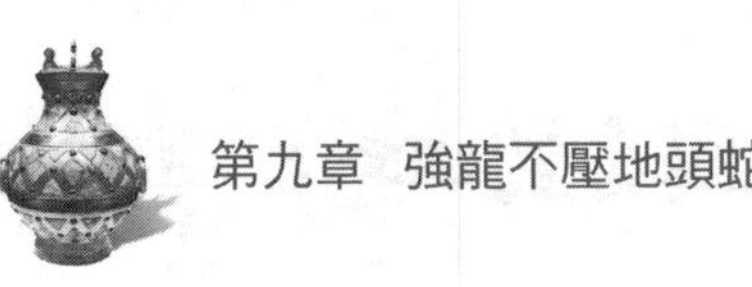

高飛皺著眉頭，強忍住噁心，繼續驅馬向前走，他很不適應周圍的這種環境，看見隨處亂丟的垃圾和成群亂飛的蒼蠅，他覺得很反胃。

他心裡抱怨著，同時也打定主意，他要改變這種現狀，讓別人跟著自己一起來保持環境的衛生整潔，爭取將襄平城建設成為大漢時代首屈一指的城市。

不知不覺，高飛來到太守府，偌大的太守府還算像個樣子，至少沒有大街上那樣骯髒。太守府的門虛掩著，門口沒有守衛，透過縫隙看進去，太守府裡也沒有走動的人影，更聽不到任何聲音。

高飛從烏龍駒背上跳了下來，滿身塵土的他來不及去拍打，便大踏步地朝太守府裡走去。推開門，院子裡空蕩蕩的，地面卻很乾淨。

「這就是襄平？從進城到現在，就只看見兩個士兵，城裡的人呢？都去哪裡了？這還是遼東郡的郡城嗎？」

高飛面對著空蕩蕩的院子，終於受不了了，情緒在此刻徹底爆發出來，滿腔怒火的咆哮道。

聲音在空蕩的太守府裡回蕩，回音一波波的響起，讓人聽起來很是刺耳。

就在這時，高飛聽到一陣雜亂的馬蹄聲，從那渾厚的聲音可以聽得出來，來的馬匹絕對不下於一百匹。他從太守府的大門外走了出來，站在貫穿東西的大街上，看到從西門湧進一撥騎兵，打頭的兩個是兩名旗手。

眨眼間，兩匹健馬從城外鑽進了城門，馬上兩名健兒各執一面青色旗幟，一面旗幟上繡著一行小字「護烏桓校尉」和兩個大大的「公孫」，另外一面旗幟上則繡著「平北將軍田」五個字，兩面旗幟迎風招展獵獵作響。

高飛的目光追著那面旗幟辨認良久，再向城門看去時，一大隊衣著光鮮，戴盔披甲的騎兵已經如同急速湧動的潮流般，從城門洞裡魚貫而出。

這隊騎兵足有二三百人，馬蹄踏地翻騰起的塵土隨風飛揚。土煙塵霧中，高飛看不清楚到底誰是校尉，誰是將軍，只見這隊騎兵的穿戴不僅有盔有甲，還有人披著肩甲和臂甲，彷彿還看見有人連大腿兩側都有黑色甲片護著，再凝神想仔細端詳時，健馬馳騁人影幢幢，哪裡還能分得清到底是哪個軍將，整隊人就象一團移動中的黑雲，又像一條蜿蜒曲折的黑煙，沿著街道呼嘯而來，瞬息間停在他的面前。

塵霧慢慢散去，兩匹健馬在眾人的簇擁下展現在高飛面前，馬背上兩名披著全身護甲的中年漢子跳了下來，一著地便發出身上甲片和地面的撞擊聲，清脆而刺耳。

還未等高飛反應過來，那兩個中年漢子便並肩走了上來，當下看了一身灰塵卻扔穿著盔甲的高飛一眼，互相對視一眼之後，左邊一個黃臉長鬚的漢子向前走了一步，抱拳道：

「在下**護烏桓校尉公孫瓚**，請問閣下可是安北將軍高飛嗎？」

「公……公孫瓚？」

高飛聽到面前的人自報姓名，臉上顯出一陣驚詫，萬萬沒有想到公孫瓚會出現在遼東。

公孫瓚戴著熟銅頭盔，黑色的半長短髮柔順的貼在臉的兩側，黑色的眼睛彷彿深邃的宇宙一般，放射出神秘的光彩，挺直的鼻梁、紅潤柔順的嘴唇，配上一張瓜子臉，以及下巴下面細長的鬍鬚，單論相貌便是個一等一的美男子。

但這並不能完全襯托出他的優秀和驕傲，因為他的身材同樣的健美挺拔，一身黑色的緊身騎士服將他完美的肌肉展露在外，加上披著的黑色戰甲，讓這個身高一米八三左右的美男子柔中帶剛，站在那裡一副威風凜凜的樣子。

「正是在下，閣下可是新任的遼東太守、安北將軍高飛嗎？」公孫瓚見高飛不住的打量著他，卻沒有回答他的問題，再次問道。

高飛回過神來，急忙拱手道：「哦，是……我是高飛，有勞二位將軍親自相迎了。」

「高將軍不遠千里，跋山涉水的來到遼東，我做為駐軍此地的校尉，理應盡一下地主之誼。再說，高將軍的兵馬到了，那我也就可以西歸涿郡了……」

公孫瓚說到這裡，忽然發現街道上空蕩蕩的，高飛的身後沒有一個人，驚道：「咦？高將軍，難道你是一個人來上任的？不是說有兩千兵馬嗎？」

「哦，這一路上大家都累壞了，現在正在城外的官道上休息。」高飛回答了公孫瓚的疑惑，緊接著打量了一下公孫瓚身邊那個身穿盔甲的將軍，問道：「這位將軍不知道如何稱呼？」

那人長得白白淨淨的，臉上肉嘟嘟的，一笑起來，腮幫子上的肉就像鼓起的番茄，紅光滿面。他體型偏胖，個頭較矮，雖然也戴盔披甲，頭盔卻和他的臉型不太相配，顯得小了許多，將兩腮的肥肉都擠出來了一部分，更可笑的是，挺著一個圓嘟嘟的肚子，上身披著的那層薄甲硬生生的被他的肚子給撐了出來，樣子十分的滑稽。

那人聽到高飛詢問，臉上隨即堆起笑意，道：「我是平北將軍田韶，見過高將軍！」

高飛的官職是安北將軍，在官位上高出平北將軍一個等級，田韶見到他自然要行禮表示尊重了。

他從未聽過這個人，縱使他瞭解歷史，也不可能所有的人物都知道。對於這個田韶，他沒有一點印象，既然不出名，他也就不必去套近乎，只拱拱手道：「原來是田將軍，失敬失敬。」

就在這時，從公孫瓚和田韶身後的軍隊中駛出一騎，那騎馬之人一經出現，便露出一臉的笑意，翻身下馬，朝高飛招了招手，朗聲叫道：「子羽賢弟，一別數月，不知道子羽賢弟可還記得俺老張啊？」

高飛定睛看見那個漢子有著一張炭黑的臉膛，豹頭環眼，一臉虯髯，健壯的身軀正一步步的向他走來，當即迎上前去，大聲喊道：「翼德兄！」

那黑漢子便是張飛，他在公孫瓚的軍隊中，從人群中穿梭而來，看見前面的公孫瓚在和高飛說話，按捺不住心中的興奮，便跳下馬背，大聲叫了起來。

見高飛迎來上來，兩個昔日曾經共同作戰的兄弟緊緊地擁抱在一起，相互拍著對方的後背，喜悅之情不言而喻。

「哈哈哈！果真是你啊，翼德兄，你怎麼會在這裡？玄德兄和雲長兄呢？」高飛看著那熟悉的黑臉，笑著問道。

張飛歡喜地道：「大哥二哥不在這裡，他們在涿郡。子羽老弟，大半年不見，你又長壯實了，還當上了安北將軍，真是了不起啊。當初俺大哥要是不去潁川平黃巾，說不定現在也是將軍了，真是後悔當初沒有跟著老弟一起去陳倉啊。唉！」

高飛聽完張飛的話，想起周慎當初嫁禍劉備、關羽、張飛的事，也為他們三個人感到惋惜，此時再次見到張飛，他又燃起了收服劉備、關羽、張飛的念頭。

他現在以遼東為地盤，要發展下去，自然少不了傑出的人才，劉備等人的仕途坎坷，或許能為他營造這一個契機。

他當即將張飛拉到一邊，小聲道：「翼德兄，你們的事，我從曹操的口中已經知道了。周慎這個奸賊已經被我給除掉了，也算是為了你們報了仇，以前的事情就過去了，今日我們能再次相見，是上天的安排。我現在是安北將軍、襄平侯、遼東太守，手底下就缺少像三位兄長這樣的人才，不如你們暫且跟著我，咱們有福同享，共同在遼東郡為百姓造福，翼德兄覺得如何？」

張飛自從被周慎陷害之後，他和劉備、關羽便一起回到了涿郡，去投靠剛剛榮升涿縣縣令的公孫瓚。如今意外之下見到了高飛，想想當初一起攻打黃巾時高飛對他的好，當即一拍大腿，大聲叫道：「好！俺正有此意……」

話說到一半，聲音戛然而止，臉上喜悅的表情也煙消雲散，改為黯然的憂慮之色，小聲說道：「俺們現在已經應徵入了公孫瓚的軍隊，朝廷讓他做了護烏桓校尉，他又是俺大哥的好友，而且對俺們也不薄……子羽老弟，俺是想跟你在遼東，可是不知道俺大哥、二哥他們是什麼意思。不如這樣吧，俺這次先跟公孫瓚回去，到時候俺拉著俺大哥、二哥一起來遼東如何？」

高飛歡喜不已，當即道：「當然好，翼德兄，那就拜託了。只要翼德兄想來，遼東的大門始終對翼德兄打開。」

「張翼德！」

張飛剛準備開口說話，便聽見背後傳來公孫瓚叫他的聲音，他一扭臉，看公孫瓚、田韶已經騎在馬背上了，便問道：「叫俺啥事？」

公孫瓚道：「我們該走了！」

張飛「哦」了一聲，當即對高飛拱手道：「子羽老弟，俺這次跟隨公孫將軍來遼東是招兵的，俺不能在此久留，等俺回到了涿郡，一定告訴俺大哥二哥你的消息……俺就此告辭了，老弟多保重啊！」

公孫瓚策馬來到高飛身邊，在馬背上朝高飛拱手道：「高將軍，我還有要事，必須趕回涿郡，既然你和張翼德他們相識，歡迎高將軍以後來涿郡做客，我定當竭誠款待。」

高飛道：「既然如此，公孫將軍一路走好，翼德兄也多多保重，有空來遼東做客！」

張飛點點頭，跳上馬背，朝高飛抱了一下拳，朗聲道：「高將軍，多多保重，改日俺和大哥、二哥來遼東看望將軍！」

公孫瓚策馬回到街道正中央，朝身邊的田韶拱拱手，道：「田將軍，這次多謝你了，就送到這裡吧，以後有機會我定當差人專程來酬謝將軍。」

田韶牽著馬，站在路邊，朝公孫瓚拱手道：「公孫將軍太客氣了，舉手之勞而已，以後歡迎公孫將軍常來遼東做客。」

公孫瓚再次向田韶、高飛拱了拱手，大喝一聲便帶著身後的騎兵隊伍走了。

高飛看著張飛隨公孫瓚遠去，田韶卻沒有走，便走到田韶的身邊，拱手道：「田將軍，我有一事不明，還強請教將軍一二。」

田韶客氣地道：「將軍有事儘管問，只要我知道的，定當告訴將軍。」

「田將軍，襄平城怎麼說也是遼東郡的郡城，為什麼連一個百姓都看不到？」

田韶哈哈笑道：「高將軍有所不知，這裡已經許久沒有太守了，自從去年鮮卑入寇太守戰死以後，加上又鬧瘟疫，百姓大都遷徙到二十里以外。鄙人不才，不忍看到百姓罹難，所以就出資在二十里以外興建村落，以供百姓居住。所以，這襄平城就等於荒廢了。不過，將軍到任之後，必然能夠使得此城煥發新機，至於那些百姓願不願意回來嘛，那就要看他們自己的選擇了。」

高飛瞭解事情的真相後，便朝田韶道：「多謝田將軍賜教，改日必定登門拜訪，不知道田將軍住在何處？」

田韶笑道：「哦，在下住在三十里外的田家堡。高將軍有空的話，歡迎將軍到舍下做客。這裡雖然荒廢已久，但至少是個棲息之地，將軍只需打掃一下，就可以恢復往日的風貌。高將軍，在下還有要事，就不多逗留了，就此告辭。」

高飛看著田韶離開的背影，自言自語道：「幸好我帶來了幾萬百姓，這座城的規模也不算小，只要努力發展一下，用不了半年時間，我就能將這座城池治理成大漢第一的城市。」

歷盡千辛萬苦，終於到達了遼東，看著這座空曠而又破舊的城池，高飛覺得自己接下來要做的事情很多。百廢待興，對於高飛來說，是一個巨大的考驗。

高飛騎上烏龍駒，策馬來到襄平的東門，見趙雲、張郃、賈詡、荀攸四人來到城下，便跳下馬背，走向他們四人，隨即吩咐道：「讓一萬士兵入城，徹底清掃一下整個城池，今夜百姓先在城外過夜，這裡發生過瘟疫，必須徹底清理一下，所有的東西都要進行一番清掃。」

「諾！」

此時，在城樓上站崗的兩個士兵走了下來，兩個人來到了高飛的身邊，齊聲拜道：「小的參見大人！」

高飛轉過身子，看著那兩個士兵還是沒精打采的，可是整個城池除了他們兩個人之外，就找不到活人了，他隨即問道：「襄平好歹也是遼東郡的郡城，怎麼負責守衛襄平的就你們兩個人？郡裡的官員都死哪裡去了？」

其中一個士兵回答道：「啟稟大人，功曹、長史、五官掾、主簿、督郵、都尉、縣令、縣尉等大人都在三十里外的田家堡，只派我等前來日夜守護。」

高飛疑惑不解地問道：「田家堡？就是平北將軍田韶所居住的地方？為什麼遼東的官吏都跑他家裡了？」

士兵回答道：「大人有所不知，田家世代都是遼東大戶，西南三十里都是田家的土地，去年城裡發生瘟疫，城中的人都紛紛逃散，後來是田家收留了百姓，並且雇傭百姓替田家耕田，這才使得百姓都沒有逃到外地。後來田將軍極力邀請了郡裡的各位大人，在田家堡裡專門設下了一處別院，各位大人便從此以後住在了田家堡裡。」

「媽的，朝廷的官員住在別人的家裡，這算哪門子的道理？」高飛聽了有些

惱火，發起牢騷，對那兩個士兵道：「你們回田家堡，就說本太守上任來了，讓他們全部都給我滾回來！」

兩個士兵面面相覷，急忙跪在地上，叩頭道：「大人，你就饒了我們吧，田家堡哪裡是隨便進出的地方，我們可不敢進啊。」

高飛聽完之後，便冷笑一聲，問道：「怎麼？這田家堡難道是虎穴不成？竟然讓你們害怕成這個樣子？」

士兵道：「大人有所不知，田家堡在遼東的勢力極大，可不是我們能惹得起的，求大人饒了我們吧。如果大人一定要找人去的話，那就只有我們伍長趕去了，除了我們伍長，就再也沒有人可以沒有經過邀請而擅自進入田家堡了。」

看著面前兩個士兵的害怕程度，高飛隱隱覺得這個田韶是個棘手的人物。皺起眉頭，沉思了一會兒，卻沒有說話。

賈詡來到高飛身邊，小聲建言道：「主公，我們初來乍到，對於遼東郡的形勢還不太清楚。看這連兩個人害怕成這個樣子，看來那田家在當地是一個地頭蛇，正所謂強龍不壓地頭蛇，必須在摸清田家情況之後主公才可有所行動。」

荀攸也走了過來，勸道：「主公，當務之急是安排百姓和軍隊在襄平城裡住下，至於田家堡的事情，還需從長計議。」

高飛點點頭道：「勞煩二位先生好好安排百姓，今日就暫且在城外露宿一晚，等明日城中打掃乾淨了再進城休息。」

高飛讓那兩個士兵起來，問道：「你們剛才說伍長，城中還有其他人嗎？」

「是的大人，我們一共五個人，是縣令大人安排我們駐守在這裡的。」

高飛道：「很好，你們帶我去見你們的伍長。」

兩個士兵帶著高飛、趙雲從城中的主幹道上轉了幾個彎子，進入一條巷子，在一家頗大的院落裡停了下來。兩個士兵進入院落裡，喚來一個年輕的少年，將那少年帶到院落的門口，一起叩拜了高飛。

高飛見那少年不過十四五歲年紀，相貌上還算端正，再仔細看時，卻發現那少年十分臉熟，尤其是少年的鼻子，很像他見過的一個人，但是他卻怎麼也想不起是誰，當即問道：「你就是他們的伍長？」

那少年個頭不高，身體卻顯得很健壯，當即點了點頭，回答道：「是的大人，我就是他們的伍長。」

「你叫什麼名字？」高飛好奇地問道。

那少年回答道：「啟稟大人，下官公孫康。」

「公孫康？你就是公孫康？冀州刺史公孫度的兒子？」

高飛聽到那少年的回答，腦海中登時浮現出公孫度的模樣，再細細地看了一下公孫康，長得還真有幾分相似，只是他沒有想到公孫度的兒子會是個伍長。

公孫康見高飛的反應很大，便問道：「大人，你認識下官的父親？」

高飛聽公孫康如此回答，暗想公孫度的死，公孫康還不知道，更何況從冀州到遼東隔著千山萬水，道路難行，消息不通，便定了定神，道：「嗯，我和你父親見接觸過幾次，你父親為了能夠平定叛賊，不惜以身犯險，最後為國捐軀了，死得很是英勇。」

公孫康聽到高飛的話，大吃一驚，只覺腦海中一片空白，連連退後幾步，不信地道：「大人，你說什麼……我……我父親……我父親死了？」

高飛點點頭，扭頭朝趙雲使了個眼色。

趙雲會意，當即道：「公孫大人是被賊首張牛角刺殺的，我家主公後來殺了張牛角，為公孫大人報了仇，公孫大人在天有靈，也可以安息了。」

公孫康撲通一聲跪在地上，連連向高飛叩了幾個響頭，眼淚奪眶而出，感激地道：「多謝大人替我父親報了仇，多謝大人……」

高飛是做賊喊抓賊，可是從剛才那兩個士兵的話中，他聽得出來，公孫康是可以完全出入田家堡的人，而且他也感到這其中有一絲聯繫，便彎下腰，親手將公孫康扶了起來，道：「起來吧，我只是做了我應該做的事，你不必這樣。」

公孫康哭喪著臉，眼裡不斷地流著眼淚，看起來極為傷心。

高飛看到公孫康那個模樣，也不在意，問道：「聽他們說，你可以進出田家堡，對嗎？」

公孫康道：「是的大人，縣令公孫昭和我的父親是同宗，平北將軍田韶和公孫昭一向要好，所以我能自由出入田家堡。」

「嗯，那你能感告訴我田家堡的具體情況嗎？」

公孫康道：「田家是從青州移居到遼東的，據說是田單的後人，世世代代居住在遼東，家中產業遍布遼東各地，如今田韶又花錢買了一個平北將軍，招募了一支軍隊，在遼東更沒有人敢惹了。而且，遼東的十一個縣裡，除了襄平縣令是公孫昭外，其餘的十個縣令和縣尉都是田家的人，在遼東是一霸，就連前幾日來的護烏桓校尉也對田家敬讓三分。」

聽完公孫康的話，高飛只覺得頭皮發麻。他知道田韶是個地頭蛇，可是沒想到這條地頭蛇的勢力會如此大，如果他想將遼東變成自己的根據地，就必須拔除這條地頭蛇，而且還必須徹底壓制住田家的人。

他想到這裡，便隨口問道：「田家可曾做過傷天害理的事情嗎？」

公孫康道：「做了又怎麼樣？誰又能夠動他一根毫毛呢？」

「哼！那倒未必！」高飛冷笑一聲，又道：「我再問你，遼東郡裡痛恨田家的人多不多？」

公孫康一抹臉上的淚水，來了精神，用一種恨得咬牙切齒的表情說道：「那還用說嘛！只要是遼東郡的人都恨田家的人。襄平城裡的百姓本來在這裡住得好好的，就因為出現了一點小病，田韶為了霸占周圍的田地，便說是瘟疫，強行讓手下的人將百姓遷徙到二十里外，逼著那些人在賣身契約上畫押，把百姓變成了他田家的奴隸，還有……」

高飛聽公孫康越說越起勁，一口氣將田韶犯下的惡行全部說了出來，他身後的士兵也跟著咬牙切齒，心裡便有一種說不出的舒暢，也暗自地定下了一個**除惡揚善**的想法。

新官上任三把火，他要用一把大火將整個遼東郡的田家勢力燒成灰燼，更要用這把大火在遼東燒出自己的威望來，讓遼東從此以後成為他真正的屬地。

「公孫康，看在我和你父親相識一場的份上，你以後就跟著我吧，我會利用我手中的職權幫助整個遼東的人來解氣的。你願不願意到我的手下當個屯長？」

高飛走到公孫康的面前，柔聲問道。

公孫康毫不猶豫地道：「願意，從此以後我公孫康就跟著大人了！」

「哈哈，好，你帶著你的手下到城外去報到，先把城裡清掃一番，等這邊安定下來，咱們就開始剷除田韶這個惡霸！」高飛笑道。

公孫康應諾一聲，帶著手下，便走了出去。

趙雲看著公孫康遠去的背影，有些不安地說：「主公，咱們殺了老子，現在卻收留兒子，這以後萬一……」

高飛老神在在地道：「知道這件事的就只有咱們幾個人，只要沒人告訴他，他又怎麼會知道？再說，現在正是用人之際，這小子也有不少用處，就姑且讓他在軍隊裡當個屯長吧。」

田家堡

土牆向橋的一面，上開著一個寬廣的大門，大門正上方寫著「田家堡」三個大字，城垛上立著一根高聳入雲的旗杆，旗杆上拴著一面大旗，「平北將軍田」的字樣在高空中迎風飄揚。

土牆上人影晃動，守衛看起來很森嚴。

高飛先讓軍隊將整個城池進行了一番清掃，當天晚上沒有進城，而是在城外露宿一晚。

入夜後，高飛親自來到了胡彧所在的營帳裡，胡彧將高飛迎入營帳。

「胡縣尉，這次多虧了你啦，如果一路上不是你做嚮導的話，只怕我還要走許多冤枉路呢，也不會在今天趕到遼東了。」高飛一坐下來，便對胡彧道。

胡彧拱手道：「能給將軍當嚮導，是胡某的榮幸，將軍自平定黃巾時就已經在河北聲名大噪了，後來聽聞將軍要出任遼東太守，下官便覺有了用武之地，以後遼東郡將會在將軍的手裡變成一塊人間樂土。」

高飛在來遼東的路上，和胡彧聊了很多，從胡彧的話中能夠聽出他對大漢的不滿，加上胡彧對幽州一帶的地理十分清楚，以後打仗的時候總少不了這樣精通地理的人，而且胡彧又是名將鍾離昧的後人，早就有收服之意，只是一直沒有開口。

「胡縣尉，以你這樣的大才，卻只做一個小小的縣尉，而且所管轄的地方都沒有百姓了，這對你來說，不是太屈才了嗎？」

胡彧重重地嘆了口氣，什麼也沒說。

「如今漢室將傾，有能之士必會在此時崛起。遼東雖然地處偏遠，但地理位置十分優越，加上和中原之地有千山萬水的阻隔，完全可以作為一個獨立的小王國來看待。如今我初到遼東，百廢待興，正是用人之際，胡縣尉身為名將後人，難道就不想跟著我有一番作為嗎？」

「將軍的意思是？」

高飛笑道：「你我都是明白人，我的話你又怎麼會不明白呢？如果你願意的話，不如就留在遼東，將你的家人接來，咱們遠離中原紛爭，將遼東治理成一塊人間樂土，一旦天下有變，我們便可以率勁旅入中原，群雄爭霸之時，就是我們問鼎天下之時。」

胡彧聽到高飛的豪言壯語，心裡的鬥志也被激發出來，當即道：「將軍盛情邀請，我胡次越又怎麼能拒絕將軍呢？將軍既然有爭霸天下的雄心，我胡次越必定會盡心盡力輔佐將軍，推翻劉漢王朝，也好告慰我祖上的在天之靈。」

高飛見胡彧答應留下來，十分的高興，隨即又和胡彧進行一番暢談，直至深夜才離開。

第二天一早，高飛便讓賈詡、荀攸、盧橫、廖化、裴元紹、夏侯蘭帶著士兵，將百姓魚貫帶入清掃乾淨的襄平城裡，並且將四萬多百姓按戶劃分，逐一分派到城裡的空房裡，每戶人口多的就住大房子，人口少的就住小點的，保證人人有房住。

此外，張郃、華雄、龐德、周倉、管亥、胡彧則帶著士兵挨家挨戶發放糧食，每戶暫時發放一個月的糧食，剩餘的全部收到糧倉裡。

趙雲、褚燕、孫輕、王當、于毒、公孫康則帶人在城外修建兵營，卞喜則帶著斥候，暗中打探田氏在各縣的種種惡行，以及田氏是否設置私兵。

高飛自己則騎著烏龍駒，朝西南三十里外的田家堡趕去，他要親自看看，那些郡裡的官員是否和田韶同流合污，以便安排他剷除惡霸的計畫。

出了襄平城，向西南方向走了約莫十里左右，高飛便看見一大片農田，如今農田裡的莊稼已經長了起來，種的是清一色的麥子，一些百姓正扛著鋤頭在田裡鋤草，遠處的丘陵上，成群的牛在低頭吃著青草，丘陵後面是嫋嫋升起的炊煙，多麼美好的田園風光啊。

繼續向前走了一段路，來到一個岔路口，高飛翻身下馬，朝路邊的田裡走去。看見一個在田裡鋤草的四十歲左右的漢子，便問道：「大叔，請問朝田家堡走哪條路？」

那漢子看了看高飛的打扮，見高飛衣著光鮮，穿著一身緊身的騎士裝，腰中懸著佩劍，還有上好的馬匹，沒好氣地用目光剜了高飛一眼，抬手指了指，冷冷地答道：「向前直走十五里，到了岔路口左轉直走便到了。」

高飛看得出來，那漢子心裡對田家堡的人很是不滿，他也不理會，向漢子陪了個禮，便策馬向漢子指的方向而去。

走了約莫十五里路，高飛便看見了岔路口，向左轉，向前走不到三里，有一條小河。小河的水不深，河上架著一座寬闊的石橋。石橋那邊的山腳下是一座規模龐大的莊子。

莊子被一堵四五米高的土牆包裹得嚴嚴實實，土牆向橋的一面，上開著一個寬廣的大門，大門正上方寫著「田家堡」三個大字，城垛上立著一根高聳入雲的旗杆，旗杆上拴著一面大旗，「平北將軍田」的字樣在高空中迎風飄揚。

土牆上人影晃動，清一色穿著漢軍軍裝的士兵精神抖擻地巡邏著，守衛看起來很森嚴。

「好一個田家堡，這不明擺著是一座城嗎？光從外圍看，規模要比老子的襄平城壯觀多了。媽的！一個惡霸居然住的比我這個侯爺還要舒坦！」高飛看了，心理極其不平衡，不禁大罵。

策馬向前，烏龍駒抬起兩隻前蹄，發出一聲長嘶，像破空的長箭一樣飛了出來，遠遠看去就如同一團烏雲在原野上飄過。

田家堡的土牆上，守衛的士兵看見地面上一團黑雲快速捲來，立即喝道：「停下！再靠近一步，定教你萬箭穿心！」

高飛正在奔馳中，忽見田家堡的土牆上，弓箭手紛紛拉滿了弓，一致瞄準了他，急忙勒住烏龍駒，朝土牆上大聲喊道：「我乃新任遼東太守，快打開堡門，我要見你們家田將軍！」

士兵回道：「我管你是誰，沒有我家將軍的邀請，任何人不得擅自闖入，就是天王老子來了也是一樣的規矩！」

高飛很生氣，見牆上的士兵壓根沒把他放在眼裡，心中窩了一肚子的火，吼道：「你他娘的快進去通報田韶，就說我安北將軍高飛來了，讓他出來迎接我！如果你再不去通報，明日我就帶著大軍前來包圍這裡，到時候鬧大了，我看田韶會不會為了你一個臭小卒和我鬧翻?!快去！我只能等一刻鐘，一刻鐘過後再不見田韶出來，明日我就兵臨城下！」

那士兵聽到這話，害怕起來，他知道田韶的脾氣，萬一真的被兵臨城下了，不光是他，連同他全家都會被處死。他來不及答話，轉身便朝城樓下面跑走了。

高飛罵道：「連一個小兵都這麼猖狂，老子若是不把田家堡給踏平，我就天天倒立著走路。」

過了一會兒，堡門洞然打開，從裡面駛出一隊騎兵，所有的人都穿著大漢的官服，當先一人是一身縣令的裝扮，年紀四十歲左右，揚起手中的馬鞭，抽打著座下的馬匹來到高飛面前。

「下官襄平令公孫昭，參見太守大人！」

高飛沒好氣地打量了公孫昭一眼，四方臉，身體偏胖，小眼睛，問道：「田韶呢？他為什麼不來？」

公孫昭解釋道：「大人有所不知，田將軍昨日去巡遊了，估計要幾天才回來，這裡有下官接待大人也是一樣的。大人，請進城吧。」

高飛看了看公孫昭身後的官員，看身上的打扮都是郡裡的官員，他也不去理會，聽見田韶不在，便道：「既然田將軍不在，那我也就沒有進去的必要了。各位大人，如今我已經正式上任了，你們是不是也該將治所搬回襄平了？」

公孫昭和身後的人面面相覷，露出一臉的難色，當他們看到高飛陰鬱著臉，而且目露凶光時，誰都不敢說半個不字。

高飛調轉馬頭，頭也不回地高聲喊道：「太守府、縣衙我都收拾好了，明日一早，我希望能夠看到各位大人出現在應該出現的地方，否則的話，諸位大人就等著自己辭官吧！」

公孫昭等人還來不及回答，便聽見高飛策馬揚鞭，一溜煙便越過前面的石橋，路面上留下一道長長的馬蹄印。

此時，田韶才從門洞裡騎馬而出，來到公孫昭身邊，問道：「他剛才說什麼？」

公孫昭一五一十的說了出來，田韶聽了，冷哼一聲，目露殺機道：「明日都給我待在田家堡，誰要是敢去襄平，小心滅族！我倒要看看，在遼東郡，到底誰說的算！都給我滾回堡內，沒有我的命令，誰要是敢出堡一步，我打斷誰的腿！」

從田家堡歸來，高飛深深地意識到田家勢力在遼東對他的威脅，如果不拔除這根釘子，遼東永遠無法成為他真正的地盤。

高飛策馬揚鞭，頭上頂著一輪烈日，奔馳在回襄平的官道上。突然勒住馬轠，停在路邊，撫摸了一下烏龍駒的脖頸，感覺手掌上有點潮濕，定睛一看，居然是如同血色一般的液體。

「汗血寶馬？」高飛看著手上濕滑的液體，驚呼道。

高飛從馬背上跳下來，牽著烏龍駒走到路邊一個斜坡下面，那裡有著鬱鬱蔥蔥的青草。

高飛撫摸著烏龍駒的背脊，開心地道：「烏龍駒啊烏龍駒，你可真是一匹寶馬啊，為了犒勞你，今天就讓你在這裡吃個飽。」

烏龍駒似乎聽得懂高飛的話，發出一聲嘶鳴，四蹄踢騰著，像是高興的在跳躍。

高飛看了看天空中掛著的太陽，時候尚早，好不容易出來一次，應該盡情的享受一下田園風光。他放開烏龍駒的韁繩，仰躺在斜坡的草地上，深吸了口新鮮的空氣，閉上眼睛，對烏龍駒道：「在附近吃草，不許跑遠，我休息一下。」

春眠不覺曉，高飛不知不覺漸漸地睡著了，墜入夢想的高飛發著夢囈，嘴裡不時喊著貂蟬的名字。

烏龍駒把地上的一片青草快吃完了，身上彷彿注入了新鮮血液一樣，更加有精神了，用力地抖了抖身上的汗水。

忽然，烏龍駒彷彿聽見什麼可疑的聲音，立刻停止嚼草，抬起頭，向前方左右張望，同時兩隻耳朵機警地左右轉動。

牠似乎明白了有什麼危險來到，走到高飛身邊，用頭用力的抵了抵高飛的身體，高飛仍沒醒來。烏龍駒於是憤怒地狂叫起來，跳著，踢著，將混著泥土的草皮踏得四處亂飛。

高飛夢見自己抱著貂蟬，正欲親吻的時候，突然看見貂蟬露出一張馬臉，張嘴便發出一聲巨大的嘶鳴，同時感覺泥土朝他的臉上胡亂撲打而來……

「啊——」高飛驚坐起來，急忙抹去臉上的泥土，看見烏龍駒在旁邊，眼中帶著急躁。

他一臉的濕泥，手掌上也都沾滿了泥巴，同時耳邊響起一陣馬蹄的轟鳴聲，沉悶的馬蹄聲中還夾著女人的尖叫聲，那尖銳的叫聲如同一聲晴天霹靂，將他的耳膜震得微微發顫。

回過神來的高飛從斜坡上站了起來，看見路上行來一支長長的馬隊，馬隊分散在道路兩側，中間是一輛雙駕馬車，坐在車轅上的馭手揚起手中的馬鞭，狠狠地抽打在兩匹駿馬上，「啪」的兩聲脆響，在空曠的田野裡顯得格外刺耳。

馬車的車窗裡，露出一張少女的臉，少女扯開嗓子大聲喊著「救命」，尖銳的聲音如同午夜的電話鈴聲，讓人不覺心裡發毛。馬車周圍的二十多個騎手露出猙獰的笑容，對馬車裡少女的尖叫聲如若無聞，目光一直看著前方的道路。

高飛定睛看去，騎手都清一色的打扮，身上穿著裘皮，腰中懸著馬刀，走在最前面的是兩名旗手，旗手打著兩面小旗，旗上寫著「田家堡」三個大字。

他意識到了什麼，當即翻身跳上烏龍駒的馬背，「駕」的一聲大喝，座下的烏龍駒便從斜坡下面竄了出去，幾步快跑便到了大路上。

一到大路上，高飛提了一下韁繩，烏龍駒感受到主人的指示，停了下來，人和馬便停在路中間，擋住那撥馬隊的去路。

「放開那女孩！」高飛喝道。

馬隊停了下來，看到路邊突然竄出一個滿臉濕泥的漢子，都用一種不屑的目光打量著他，嘴裡一番哄笑。

一名旗手策馬向前，指著手中的旗幟，趾高氣揚的對高飛道：「你小子是不是想找死？沒看見這田家堡的旗幟嗎？快讓開！再不讓開，別怪爺爺們對你不客氣了！」

高飛既然決定要拔除田家堡這個遼東惡霸，就不怕公然和田家堡的人叫板，再者，田家堡是強搶民女，不管他是不是遼東太守，這件事他都要管。

他沒有理會那旗手說什麼，指著馬車裡的少女，道：「放開那女孩！」

馬車裡的少女像抓住救命稻草一樣，哭喊道：「壯士，救救我，快救我啊！壯士！」

「啪」的一聲響，騎手揚起馬鞭打在馬車的車窗上，將那個少女給嚇了回去，威嚇道：「給我閉嘴！再喊一聲，看我們以後怎麼對付你的家人！」

旗手見高飛沒有讓開的意思，臉上立刻露出了猙獰，揮舞著手中的旗杆便朝高飛打了過去。

高飛眼觀六路，見旗杆朝他揮來，伸手牢牢地抓住旗杆，任由對面的旗手怎麼用力抽回，都脫離不了。他冷哼一聲，抓住旗杆的手稍微一用力，直接將對面的旗手給挑飛了。

那旗手重重地從馬背上摔了下來，狼狽地翻身起來，捂著屁股，對一個披著薄甲的頭目道：「大哥，殺了他！」

那頭目見高飛還有兩下子，將手向前一揮，身後十名騎手紛紛抽出馬刀，驅馬向高飛奔去。

高飛也不示弱，抽出腰中的佩刀，雙腿用力一夾馬肚，一聲輕喝，座下的烏龍駒便馱著他向前衝了出去。

「錚！錚！錚……」

一陣兵器碰撞的聲音後，衝向高飛的騎手們手中的兵器全部落地，同時感到手腕上傳來前所未有的疼痛，鮮血從手腕上流淌下來，痛得他們從馬背上紛紛跌落下來。

可是，高飛並沒有停下，座下的烏龍駒如一團烏雲向前飄去，電光石火間，只見馬車前面一道紅光閃過，帶領這些騎手的頭目剛將馬刀抽出一半，手便脫離了身體，一聲悶響掉落在地上，一道血柱也從他斷開的部位噴湧而出。

「啊！」那頭目忍受不住疼痛，身子一歪，便從馬背上翻落下來，同時一道寒光從他眼前閃過，冰冷帶著血的刀鋒架在他的脖子上，讓他不敢亂動。

其餘的騎手都看傻了，他們從未見過如此厲害的角色，只這一瞬間，便廢了十個人的手筋，還砍斷了一個人的手，這種能力，讓他們所有未出手的人都帶著一絲恐懼，加上高飛眼裡射出來的陣陣森寒，讓他們心裡產生了極大的恐懼。

十幾匹馬開始躁動起來，餘下的騎手紛紛散在道路的兩邊，唰的一聲抽出自己的馬刀，舉刀的手還顫巍巍的，絲毫不敢靠近高飛。

「好漢饒命，好漢饒命啊！」斷了手的頭目此時面色蒼白，一手捂著血流不止的手，一面跪在地上求饒道。

高飛撤回手中的佩刀，將刀插入刀鞘，指著駕駛馬車的馭手，大聲喝道：「滾開！」

馭手全身顫抖，急忙跳下車轅，一個踉蹌摔在地上，滾了兩滾，趕忙爬到

一邊。

高飛看著那個頭目，冷聲道：「回去告訴田韶，我是遼東太守，在我的管理之下，絕對不允許他胡作非為。都給我滾！」

那頭目跌跌撞撞的爬走了，餘下的騎手也一溜煙便跑得無影無蹤。

「姑娘，你可以出來了，他們都被我打跑了，以後有我在，他們不會再欺負你了。」高飛翻身下馬，朝馬車裡喊道。

「多謝……多謝壯士相救，小女子感激不盡！」少女一個勁的謝道。

「舉手之勞，不足掛齒！」

馬車的捲簾掀開，從馬車裡走出來一位妙齡少女，年紀不過十三四歲，長得杏眼桃腮，豔光四射。眼中帶媚，鮮紅的絳唇嘴角，浮著一抹令人難忘的淺笑。

她穿著一襲不知道是什麼質料製成的紅色衣裙，紅衣紅裙外加一層非紗非絲，感覺像是又溫暖又舒適的紗籠。一條也是紅色的滾金邊腰帶橫繫在她纖細的腰間，露出她從胸部到腰臀的苗條曲線。

紅衣紅裙紅紗籠，加上她白脂的玉頰上那抹紅暈，使她整個人就像一團正在燃燒的火團，綻放著驚人的青春豔麗，每一舉手，每一投足，都像放射著強烈而不可抗拒的熱情。

少女的美麗樣貌讓高飛吃了一驚，沒有想到遼東這個偏僻的地方還有如此水靈的美人，而且年紀輕輕就透著一股成熟的美感，瀏海下面隱藏著一雙透著智慧的眼睛，確實是個不可多得的美人，但和貂蟬比起來，只怕要遜色上幾分。

少女下了馬車，美目秋波宛似活物般地四下微一流轉，朝高飛微微欠身道：「小女子**歐陽茵櫻**，多謝壯士救命之恩，若非壯士出手相救，只怕小女子這輩子就毀在田家手裡了……」

高飛擺手道：「我說過了，舉手之勞而已，不足掛齒，何況我又是本郡太守，遇到這種事，豈能坐視不理？歐陽姑娘，不知你家住何處，我好人做到底，送你回家吧。」

歐陽茵櫻看了眼高飛，眼眶中淚水滾動，晶瑩的淚珠順著臉頰流了下來，緊接著撲通一聲跪在地上，哀求道：「求大人為小女子做主啊，田韶那個惡霸為了搶我給他的傻兒子做妾，殺害了我的父母……」

「田韶這個畜生，傷天害理的事情倒是沒有少做！」高飛怒道：「歐陽姑娘，你放心，我一定會設法除掉田韶這個大壞蛋的。你……現在還有其他親人可以依靠嗎？」

歐陽茵櫻搖頭泣道：「小女子本是揚州廬江人，少時便隨家父遷居遼東，在遼東無親無故。」

高飛動了惻隱之心，雖然他打跑了田家堡的人，可是難保田韶還會來找這個少女的麻煩，當即對歐陽茵櫻道：「歐陽姑娘，我看這樣吧，你跟我回襄平，暫時住在太守府裡，賤內和你的年紀相仿，身邊也沒有可以說話的人，你和賤內做個伴如何？」

歐陽茵櫻點點頭，隨即向高飛拜道：「多謝大人收留！」

高飛將歐陽茵櫻扶了起來讓歐陽茵櫻坐在馬車裡，自己駕著馬車返回襄平。

一路上，高飛詢問歐陽茵櫻的情況，這才知道，原來**歐陽氏是西漢大儒歐陽生的後人**，她的祖上一脈便遷居到了揚州，世代為揚州的官員，算是書香世家。後來歐陽茵櫻的父親因為正直，得罪了揚州刺史，這才於十年前舉家遷徙到遼東。

在和歐陽茵櫻的談話中，高飛不難聽出，這個貌美如花的少女談吐不凡，對事情的看法很有獨到之處，是個不可多得的才女。

高飛駕著馬車從西門進城，寬闊的街道上已經被清理的煥然一新，再也看不到那些不堪入目的噁心東西了。

他駕著馬車來到太守府，向歐陽茵櫻道：「歐陽姑娘，到了，下車吧。」

太守府裡，貂蟬穿著十分樸素，但是完全掩蓋不住她身上散發出來的美麗光芒。她見高飛回來了，出門準備迎接高飛，剛跨出太守府的大門，便看見馬車上下來一個漂亮的紅衣女子，心裡像是被針扎了一樣，臉上的笑容也變得僵硬起來，一時間愣在當場。

高飛見貂蟬親自出迎，一臉喜悅地走向貂蟬，緊緊握住貂蟬的手，絲毫不在意旁人的表情，道：「貂蟬，我回來了，想我嗎？」

貂蟬表情僵硬，目光直盯著歐陽茵櫻，語氣艱澀地說道：「將軍……恭喜將軍納妾……」

高飛眨巴眨巴眼睛，回頭看了眼歐陽茵櫻，見歐陽茵櫻身上穿的是出嫁的禮服，這才恍然大悟，趕忙解釋道：「貂蟬，你別誤會，她是我路上從壞人手裡救下來的，不是我納的妾，我帶她回來給你做姐妹。」

貂蟬有點吃醋，自己好不容易找到歸宿，還沒有體會多久那種幸福的感覺，就看見高飛帶著一個女人回來，心裡隱隱生疼。雖然男人三妻四妾很平常，可是沒想到自己這麼快就被打入冷宮了，心裡很是感傷。

她沒說話，只是默默打量著歐陽茵櫻。

「真的，你別誤會，她被惡霸田韶搶去給傻兒子做兒媳，家人也被田韶殺害，無依無靠，我看她年紀和你相仿，心想你平常沒有人做伴，就把她帶回來給

你做伴，可不是我要納妾。貂蟬，你別誤會，我還沒有正式娶你過門，又怎麼會納妾呢？」高飛見貂蟬沉默不語，一個勁地解釋道。

貂蟬這才釋懷，甜甜地道：「將軍，午飯已經準備好了，我們進去吧。」

高飛點點頭，隨即將歐陽茵櫻叫來介紹給貂蟬認識，然後帶著兩女進入了太守府。

太守府的大廳裡站滿了人，高飛端坐在大廳的上首，朗聲道：「田氏在遼東的勢力已經不能單單用地頭蛇來形容了，整個遼東郡幾乎快要變成田家的地盤了。我今天在田家的手底下救了一個人，估計田韶不會善罷甘休，今日叫你們來，就是要告訴你們，這幾天一定要嚴加防範。」

大廳裡，左列站著賈詡、張郃、華雄、龐德、周倉、廖化、管亥、裴元紹、夏侯蘭，右列站著荀攸、趙雲、盧橫、胡彧、褚燕、孫輕、王當、于毒、公孫康，十八個人聽完高飛的話語，臉上都露出忿忿之色。

「主公，如今我們雖然有兩萬軍隊，但是除去從京畿帶出來的羽林郎外，其他人都沒有經受過正規的訓練，田韶既有軍隊也有私兵，萬一打起來，只怕我們會吃不少虧。屬下以為，當務之急是利用現有的時間訓練軍隊，力求在短時間內訓練成一支紀律嚴明的軍隊，只要紀律嚴明了，打起仗來就不會慌亂了。」賈詡向前跨了一步，率先說道。

「嗯，賈先生和我想的一樣，不過，在我看來，田韶還不敢公然和我開戰，他是個明白人，真和我們打起來，對他很不利。」高飛道。

荀攸出聲道：「主公，屬下以為，與其坐等田韶來，不如主動去找田韶。褚燕、孫輕、王當、于毒他們都曾經是嘯聚山林的人物，打家劫舍自然是最為拿手的，而他們的手下也比其他剛加入軍隊的百姓強太多。主公不如加強訓練一萬多新軍，讓褚燕等帶人去遼東各縣流竄作案，只要是田家的財產，都一一搶掠過來。如此一來，田韶忙於對付褚燕等人，自然不會有時間來找主公的麻煩了，而我們也可以專心訓練新軍了。」

高飛聽了，哈哈笑道：「荀先生果然高招，這個計策很不錯。褚燕、孫輕、王當、于毒，你們四個可願意帶著自己的部眾去施展你們過人的本領嗎？」

于毒五大三粗的，雖然不是很高，但是看上去卻很有力氣，一臉橫肉的他當仁不讓地站了出來，道：「主公，俺自從投靠主公以來，手就癢得不得了，既然主公讓俺去幹老本行，俺當然不會拒絕，而且這次還要幹得出色一點，讓主公看看俺們這幫子嘯聚山林的盜匪，到底能不能登上大雅之堂。」

褚燕虎軀一震，朗聲道：「主公請下命令吧，我等絕對不會辜負主公的厚望。」

高飛一拍大腿，讚嘆道：「很好，你們只需將這件事鬧得越大越好，但是記住，這次去打家劫舍和以往不同，你們只准將目標瞄準田家的產業，就算要開殺戒，也只能殺田家的人，絕對不能對普通百姓下手，那些百姓都被田氏欺負怕了，也都是窮苦的人，懂了嗎？」

褚燕、于毒、孫輕、王當四人齊聲道：「主公放心，我等必竭盡全力完成主公交代的事。」

「嗯，那你們今天下午就出發，一個人帶一隊人去附近的幾個縣，遇到田韶帶兵來攻打你們的時候，不要交戰，躲進附近的山林裡。等田韶走了你們再出來攻擊，要讓田家的人在這些天裡疲於奔命。沿途要是碰到卞喜，就告訴他們，讓他們回襄平，不必再去打探了。」高飛交代道。

褚燕、于毒、孫輕、王當四人應聲而去。

高飛又道：「荀先生，你帶著公孫康、裴元紹、夏侯蘭在城中安撫百姓，城外有許多荒蕪的農田，你丈量後，將田地平均分給百姓，城東也有不少荒地，可以大量開墾出來。」

荀攸「諾」了一聲，隨即帶著公孫康、裴元紹、夏侯蘭離開。

接著，高飛又對張郃道：「儁乂，你現在是郡中的長史了，我將這支軍馬交到你的手上，半個月內，必須將這支軍隊訓練成一支紀律嚴明的鐵軍。華雄、盧橫、龐德為都尉，周倉、廖化、管亥、胡彧為軍司馬，你們都要聽從張郃的命令，違令者以軍處。」

張郃一臉喜悅，覺得高飛果然沒有騙他，他剛剛跟隨高飛，便擔任郡長史這個職位，還將他凌駕在舊部之上，心中十分感激，拱手道：「主公放心，儁乂一定為主公訓練出來一支鐵軍來。」

華雄、盧橫、龐德、周倉、廖化、管亥、胡彧等人都沒有任何怨言，因為他們心裡明白，不管身兼何職，在高飛的心裡，他們都是重要的。眾人齊聲答道：「諾！」

高飛道：「半個月內，我不要求那些新軍有多會打仗，我只要他們能夠服從任何命令，不管讓他們去幹什麼，他們都必須勇往直前，必要時，可以殺一兩個人立一下威！」

張郃得了高飛的具體指令，和華雄等人便走出了大廳。

大廳裡只剩下賈詡和趙雲兩個，高飛當即對趙雲道：「子龍，你去抽調五十個精銳的飛羽士兵，每天在城西來回巡邏，注意一下田家的動向。」

趙雲抱拳道：「諾！」隨即也離開了。

賈詡道：「主公，荀公達這步棋走得真是太妙了，屬下也不得不佩服他。」

高飛陰笑道：「先生之所以沒有向我獻策，是在試探荀攸吧？」

賈詡笑道：「荀公達乃海內名士，卻甘願放棄官位，跟隨主公到這個偏遠的遼東來，屬下為了主公以後的大業，自然要多多提防。如今荀攸隻身一人在遼東，反觀其他人都是攜家帶口，這自然讓屬下多留一個心眼。從今天荀攸所獻的計策來看，確實是為了主公著想，不僅利用褚燕等人去引起田韶的不安，這背後的意思也是**借用田韶的勢力來打壓褚燕等人，可謂是一石二鳥**，這也讓屬下對他去除了戒心。」

高飛聽賈詡道出了荀攸計策背後的深意，點點頭道：「自從收服褚燕等山賊以來，一路上倒是還算安分守己，可是江山易改本性難移，褚燕等人都是殺人不眨眼的慣賊，當時投靠我也只是為了能有口飯吃。褚燕或許是真心投靠，但是他手下的那幫賊兵倒不是那麼值得信賴的。

「聽說今天分發糧食的時候，褚燕、于毒的手下還私自扣下了幾袋糧食，並且竊取了一戶百姓的錢財，若非荀攸及時發現，只怕會在百姓心中引起反感。如今我們剛到遼東，立足未穩，絕對不能讓這類的事情再發生了。荀攸用心良苦，想讓褚燕這幫賊兵和田韶對抗，兩敗俱傷時，我們再坐收漁翁之利，確實是一舉兩得的好計策。」

賈詡提醒道：「主公，荀攸謀略過人，雖然現在對主公沒有二心，但是他的家人都在中原，而荀攸是個孝子，萬一以後他的家人有什麼不測，荀攸勢必會離開主公回中原，能否回來，那就難說了，屬下以為，趁荀攸還在遼東時，應該秘密派人遠赴潁川，將荀攸的家人接到遼東。**潁川乃是士族聚集之地，主公還可以借荀攸的名聲借機招納更多的名士為己所用**，到時主公屬下人才濟濟，對以後爭奪天下必然有莫大的好處。」

聽著賈詡的話，高飛不禁頻頻點頭，道：「若是要去潁川接士大夫來遼東，那必須有一個可靠的人才行，不知道賈先生可有什麼人選嗎？」

賈詡道：「為了主公的長遠利益，屬下願親自去潁川一趟，替主公網羅智謀之士。」

「先生要親自去？」高飛吃驚道。

賈詡道：「主公，為了長遠的打算，快則半年，慢則一年，屬下必定會從潁川帶回幾位人才來輔佐主公。**如今主公帳下，武有趙雲、張郃、華雄、龐德等人，唯獨缺少一個智囊團**，成大事者，必須要有一群智囊輔佐才行啊。」

高飛見賈詡主意已定，想了想，對賈詡道：「既然先生已經決定了，那我就不加阻攔了，但是此去潁川路途遙遠，必須要有一位武力不弱的人貼身保護著先生。嗯……子龍武藝超群，而且為人機警，不如讓子龍跟隨先生同去如何？」

賈詡卻道：「屬下以為，盧橫倒是可以跟隨屬下一起前去，盧橫是主公心腹，而且機警的程度不亞於子龍，武藝上雖然略有不及，但是他的槍法是主公親授的，對付一般的蟊賊倒也足夠了，有盧橫跟在屬下身邊，必然能夠事半功倍。」

「那好吧，既然先生如此看重盧橫，那就讓盧橫跟著先生到潁川走一遭。」

高飛當即讓人叫來盧橫，將事情給盧橫說了一遍，並且詢問他的意願，盧橫答應之後，便讓盧橫和賈詡遠赴潁川，還派出十個人裝運些錢糧，並且讓熟悉這一帶地理以及和烏桓人有點交情的胡彧護送賈詡、盧橫出遼東。

之後的幾天時間裡，高飛不時去觀察張郃練兵，張郃帶著士兵在城外的山坡和樹林裡訓練，練兵對於張郃來說，倒是得心應手，他非但沒有殺人立威，反而和士兵打成一片，短短兩天時間便讓所有的士兵對他言聽計從，雖然採用的是古人的訓練方式，卻將整個部隊的士氣和紀律都訓練了出來。

「五子良將之一的張郃果然名不虛傳，如今我的帳下終於能夠有一員可以獨自領兵的大將了。」看完張郃練兵之後，高飛誇讚道。

過了一天，卞喜帶著二十名斥候返回襄平，順便帶來了一個好消息，褚燕、于毒、孫輕、王當四個人帶著五千賊兵轉戰遼東各縣，用他們當賊兵的天分攻殺了田氏所在的四個縣，並且將當縣令的田氏殺害了，從縣城裡搶掠出不少錢糧。那些錢糧因為無法運走，都被褚燕他們秘密藏了起來。

一向在田氏霸占下的遼東郡突然鬧起兇狠的賊寇，這讓田韶很是惱火，本來準備使陰招對付高飛的他，無奈之下只好將此事暫且擱下，帶著手下一萬士兵和五千私兵奔赴褚燕等人出沒的地方。

高飛讓卞喜和斥候繼續打探消息，密切關注這場褚燕等山賊和田韶之間的較量，自己一方面帶領百姓開墾荒地，另外一方面讓張郃加強訓練。

又過了幾天，在卞喜等人的密切關注中，高飛得知褚燕、于毒和田韶發生了幾場小規模的戰鬥，褚燕等人利用高飛教授的游擊戰術，將田韶的大軍拖進了深山老林裡，敵進我退，敵退我打的作戰方法，在褚燕的手中運用得十分出色，也讓高飛對褚燕另眼相看。

這天，高飛剛剛從城外視察完張郃練兵回來，回到太守府。

貂蟬和歐陽茵櫻正歡快的聊著天，這些天來，她們因為年齡相仿，又都無依無靠，很快便成了好朋友，並且以姐妹相稱。

看到貂蟬和歐陽茵櫻有說有笑的，高飛頗為欣慰，當即問道：「貂蟬，你和小櫻在聊什麼呢，聊得那麼開心？」

歐陽茵櫻見高飛走了過來，急忙站起來，欠身道：「小女子參見大人！」

貂蟬則是挽住高飛的胳膊，笑道：「還不是在聊你，小櫻妹妹在講當時你救她的情形呢，你當時一臉的泥土，想到就好笑。」

高飛回想起當時的情形也笑了，對歐陽茵櫻道：「小櫻，以後你可以把我當做是你的哥哥，把這裡當成是你的家，不用那麼見外。」

歐陽茵櫻道：「是大人，小櫻記下了。」

「記下了還叫大人？小櫻，你不如拜將軍為義兄吧。」

貂蟬有自己的一番打算，歐陽茵櫻怎麼說也算得上是個美人，如果拜高飛為義兄了，那高飛就不會納歐陽茵櫻為妾了，雖然現在她沒有看出苗頭，但是必須防範於未然。

高飛也不是傻子，自然知道貂蟬的這點心思，他有了貂蟬，至少現在不會喜歡別人，便對歐陽茵櫻道：「嗯，你嫂子說得有理，你要是不嫌棄的話，就拜我做義兄吧，以後就算是一家人了。」

歐陽茵櫻急忙拜道：「多謝大人厚愛，小櫻感激不盡。」

高飛緊握著貂蟬的手，對歐陽茵櫻道：「等我除去田韶這個惡霸，遼東局勢穩定了，我就會和貂蟬舉行婚禮，到時候連結義儀式一起舉行，也顯得熱鬧。」

歐陽茵櫻聽高飛要剷除田韶，當即跪在地上，泣聲道：「多謝大人為小櫻做主……」

「不光是為了你，而是為了遼東所有受到田韶剝削的百姓！」高飛重重地道。

「大人……」卞喜從外面進來，剛喊了一聲，見歐陽茵櫻跪在地上，便止住聲音，站在一邊不敢吭聲。

高飛見卞喜風塵僕僕地過來，便對貂蟬、歐陽茵櫻道：「你們到後堂吧，我和卞大人還有要事商量。」

高飛見貂蟬、歐陽茵櫻走入了後堂，便讓卞喜坐下，急忙問道：「褚燕可有什麼消息？」

卞喜回道：「啟稟主公，褚燕、于毒、孫輕、王當帶著他們手下的兄弟在新昌、安市、汶縣、平郭一帶流竄，牢牢地將田韶的一萬五千人拖進了山林裡。經過十幾天的較量，由於他們兵力分散，也死了一千多弟兄，這次褚燕將餘下的四千人全部聚集在一起，準備和緊緊咬住他們的田韶打上一場，並且在新昌設下了埋伏，估計這個時候已經開戰了。」

「田韶那邊情況如何？」高飛皺起眉頭，不禁為褚燕、于毒等人擔心。

「田韶被褚燕牢牢的牽住鼻子，東奔西跑，疲於奔命，他手下一萬五千人已經戰死兩千多了，而且士兵都疲憊不堪。」

「太好了，田家堡那邊有多少駐軍？」高飛大喜，問道。

「回大人，只有不足一千的私兵。」

高飛聽到這個消息，騰的一下站了起來，道：「天助我也！卞喜，速去讓荀攸、張郃、趙雲到前廳來，讓華雄、龐德集結所有人馬。」

卞喜「諾」了聲，便快步去傳達指令了。

「田韶這個惡霸，看我今天不將你老窩給端了！」高飛臉上露出笑容。

「大人……田家堡周邊機關重重，大人可不能如此冒失啊！」歐陽茵櫻突然從後堂轉了出來。

「你……你在偷聽？」高飛看著歐陽茵櫻，質問道。

歐陽茵櫻立即跪在地上，叩頭道：「請大人息怒，小櫻不是有意偷聽的，小櫻見卞大人急衝衝的進來，必有要事，所以……」

「算了，你起來吧。你剛才說田家堡周邊機關重重，這件事可是真的嗎？」

歐陽茵櫻站了起來，道：「大人對小櫻如此的好，小櫻又怎麼會欺騙大人呢？田家堡周邊有不少機關，平時若沒有人帶著進入堡內，就算城牆上的守衛不放箭，旁人也無法進入堡內，這也是為什麼平時沒有人敢經過田家堡的原因。」

聽歐陽茵櫻這麼一說，高飛回想起十幾天前自己到田家堡的奇怪景象來，城牆周邊確實有一片狹長的地帶寸草不生，而且就連泥土似乎也和旁邊極為不相襯，當即問道：「小櫻，那你可知道田家堡周邊的機關所在嗎？」

「小櫻兩年前去田家堡附近遊玩過一次，當時差點喪命在田家堡的城下，若非田韶的傻兒子及時出現，只怕這會兒大人就見不到小櫻了。所以從那以後，小櫻就經常去找田韶的傻兒子玩耍，借機摸清了機關的所在。也正是如此，田韶看他的傻兒子被我哄得很開心，要將我嫁給他的傻兒子，我父母不從，反被田韶給活活打死……」歐陽茵櫻說到後面，泣不成聲。

高飛聽完，嘆了聲氣，對歐陽茵櫻道：「小妹，別哭，五天內，我一定將田韶的人頭給拿下。」

歐陽茵櫻拭去淚水，道：「田家堡戒備森嚴，周圍也有不少機關，而且城池高厚，攻打起來十分不易，**與其折損兵力的強攻，不如智取田家堡。**」

「智取？」

高飛萬萬沒有想到歐陽茵櫻一個小小年紀的女孩，居然能說出這番話來，饒是有趣地問道：「怎麼個智取法？」

歐陽茵櫻道：「我知道怎麼偷偷進入田家堡，但我只進過田家堡一次，對裡面的地形不是很熟悉，大人必須找一個能夠經常出入田家堡的人作嚮導，一旦進到田家堡裡面，就可以乘勢占領田家堡的武庫和糧倉，只要占領了這兩個地方，田家堡裡就會陷入大亂。那些私兵都是恃強凌弱的人，平時欺負欺負百姓還行，真要是和軍隊交起手來，倒不足為慮。」

聽完歐陽茵櫻的分析，高飛倒是覺得這女子十分聰慧，當即道：「不愧是歐陽世家之後，連你這個小女子都懂得如何作戰。進入田家堡的嚮導不難找，我軍隊裡就有一個。」

歐陽茵櫻「哦」了聲，隨口問道：「是誰？」

「公孫康！」

歐陽茵櫻欣喜道：「公孫康的同宗伯父公孫昭是襄平令，公孫昭又住在田家堡，公孫康受到公孫昭的召見，常進出田家堡。而且，公孫康對於公孫昭讓他做伍長感到很恥辱，心裡面其實很恨公孫昭，他這個人倒是可以相信。」

「哈哈，沒想到我家的小櫻倒是一個女諸葛啊。」

「女諸葛？什麼女諸葛？」歐陽茵櫻好奇地問道。

高飛一想諸葛亮這個時候還沒成名呢，女諸葛這個詞用著不太恰當，急忙改口道：「沒什麼，就是說你是女中豪傑！」

歐陽茵櫻道：「小櫻也只是將自己知道的說出來而已，算不上什麼女中豪傑，倒是大人才是當世真正的英傑呢。」

高飛見歐陽茵櫻十分的聰慧，突然有了一個想法，想把歐陽茵櫻變成一個女謀士，當即問道：「小櫻，你想當決勝於千里之外的謀士嗎？」

歐陽茵櫻點點頭，隨即又搖了搖頭，道：「可是……我是個女的，女人也能當謀士嗎？」

「在我這裡男女平等，只要你夠聰明，好學，就有機會施展你的才華。」

「小櫻願意。」歐陽茵櫻肯定的回答道。

高飛笑道：「很好，既然你願意的話，那以後我就給你介紹一兩個老師，你就跟著他們學習兵法、謀略，爭取以後好好的為我出謀劃策，你覺得怎麼樣？」

歐陽茵櫻歡喜道：「小櫻願意，多謝大人。」

高飛笑了笑，道：「不必謝，你到後堂去陪你嫂子吧。」

歐陽茵櫻欠了欠身，便走進後堂。

過了一會兒，荀攸、張郃、趙雲三個人一起來到大廳，齊聲拜道：「參見主公！」

高飛擺擺手，示意他們三個人坐下，隨即道：「如今田韶已經被褚燕牽制在新昌一帶，田家堡裡只有一千私兵，我們這個時候也該行動了，先下手為強，一舉將田家堡給端了，之後再進軍新昌，和褚燕等人前後夾擊，務必要將田韶一網打盡。」

荀攸、張郃、趙雲齊聲道：「主公英明。」

高飛道：「張郃，你留下一千人負責守備城池，剩餘的軍隊全部帶走，子龍、荀先生，你們隨同我一起出征，咱們一定要將田家堡的勢力在遼東徹底拔除！」

「諾！」

請續看《三國奇變》【戰略篇】第四卷 殺機懾人

三國奇變【戰略篇】卷3 三國美女

作者：水的龍翔
發行人：陳曉林
出版所：風雲時代出版股份有限公司
地址：10576台北市民生東路五段178號7樓之3
電話：(02) 2756-0949
傳真：(02) 2765-3799
執行主編：朱墨菲
美術設計：吳宗潔
行銷企劃：林安莉
業務總監：張瑋鳳

初版日期：2021年11月
版權授權：蔡雷平
ISBN：978-986-5589-28-8

風雲書網：http://www.eastbooks.com.tw
官方部落格：http://eastbooks.pixnet.net/blog
Facebook：http://www.facebook.com/h7560949
E-mail：h7560949@ms15.hinet.net
劃撥帳號：12043291
戶名：風雲時代出版股份有限公司

風雲發行所：33373桃園市龜山區公西村2鄰復興街304巷96號
電話：(03) 318-1378
傳真：(03) 318-1378
法律顧問：永然法律事務所 李永然律師
北辰著作權事務所 蕭雄淋律師

行政院新聞局局版台業字第3595號 營利事業統一編號22759935

定價：290元

國家圖書館出版品預行編目資料

三國奇變 / 水的龍翔著. -- 初版. -- 臺北市：風雲時代出版股份有限公司, 2021.04- 冊； 公分

ISBN 978-986-5589-28-8（第3冊：平裝）--

857.75 110003326